अनघ शर्मा

जन्म : 27 नवम्बर,1984।

शिक्षा : बैचलर्स ऑफ़ होटल मैनेजमेंट, एमबीए।

पेशे से अध्यापक। सालों तक कहानियाँ लिखने-छपने के बाद यह पहला संग्रह। होने न होने के बीच की ख़ाली जगह जिसे घर कहते हैं, वही घर जैसा कुछ फ़िलहाल मस्कट, ओमान में।

सम्पर्क : anaghsharma@hotmail.com

धूप की मुँडेर

अनघ शर्मा

राजकमल पेपरबैक्स

राजकमल पेपरबैक्स में
पहला संस्करण : 2019

राजकमल पेपरबैक्स : उत्कृष्ट साहित्य के जनसुलभ संस्करण

राजकमल प्रकाशन प्रा. लि.
1-बी, नेताजी सुभाष मार्ग, दरियागंज
नई दिल्ली-110 002
द्वारा प्रकाशित

शाखाएँ : अशोक राजपथ, साइंस कॉलेज के सामने, पटना-800 006
पहली मंजिल, दरबारी बिल्डिंग, महात्मा गांधी मार्ग, इलाहाबाद-211 001
36 ए, शेक्सपियर सरणी, कोलकाता-700 017

वेबसाइट : www.rajkamalprakashan.com
ई-मेल : info@rajkamalprakashan.com

बी.के. ऑफसेट
नवीन शाहदरा, दिल्ली-110 032
द्वारा मुद्रित

मूल्य : ₹ 150

DHOOP KI MUNDER
Stories by Anagh Sharma

ISBN : 978-93-88753-56-2

मम्मी, मंजू चाची और बड़ी बुआ को
जिन्होंने उम्र के लम्बे अन्तर को परे रख
हमेशा गहरे दोस्त की तरह
समझा और चाहा...

अनुक्रम

इन दरख़्तों से ख़ूँ टपकता है

I

ऐ मुहब्बत वालियो, उठो देखो, किले की बुर्जियों में सौदाई फ़रिश्तों के आँसुओं का सैलाब उमड़ा पड़ा है। बेगम मुमताज़ का इंतकाल हो गया। मुहब्बत वालियो देखो, सफ़ेद संग को तराश कर शाहजहाँ ने ताज बनवाया है। उसकी सफ़ेद मीनारों से सरककर कोहरा नीचे उतर रहा है। जमुना की ऊदी रेत पर ओस पड़ रही है या पाला है, कुछ समझ नहीं आता। वो देखो क़िले की बुर्जी की तरफ़ कोई बढ़ा जा रहा है। वहाँ, जहाँ शाहजहाँ कैद है। सोने की सुनहरी थाली में, गोटे लगे किमख्वाब से कुछ ढँका हुआ है। क्या है ये? शाहजहाँ ने खींचकर कपड़ा हटा दिया। कटा हुआ सिर। किसका? पद्मा का सिर, किसने काटा? सिर छूटकर शाहजहाँ के हाथों से गिर पड़ा। चौंककर इमराना जाग पड़ी। खिड़की के नीचे भीगा हुआ मोतिया महक रहा था। उसने पलटकर घड़ी देखी, सुबह के चार बज रहे थे। पिछली पूरी रात रह-रहकर पानी बरसता रहा था। उसने उठकर कूलर बन्द किया और पंखे की गति धीमी कर दी।

पिछले साल इसी सावन में पंडित ने शुक्ला जी से कहा था—"आने वाला साल बहुत अच्छा होगा दिव्य के लिए शुक्ला जी। अगले साल सावन में स्वाति नक्षत्र बड़ा शुभ है लड़के के लिए। पर हाँ, एक बार रुद्री पाठ करवा दें इसके नाम से, फिर देखिएगा कैसे आपके नाम और विरासत को आगे बढ़ाता है दिव्य। और सवा आठ रत्ती का लहसुनिया पहनवा दीजिए चाँदी में।"

इमराना ने एक जम्हाई लेते हुए ख़ुद से कहा, 'सो जाओ इमराना बीबी, अभी तो सात बजने में बहुत वक़्त है, और जब से आगरा आई हो जी-भर नींद नसीब नहीं हुई।' उसने लाहौल पढ़ा, वैसे भी पिछले कई दिनों से ऐसे डरावने सपने बहुत आने लगे थे उसे।

यह किसका सिर काट भेजा औरंगज़ेब ने?

दारा का!

ये सियासत है, शाहजहाँ ने सोचा और वहीं गश खाकर गिर गया। ये सिर पद्मा का तो हो ही नहीं सकता, उसने सोचा। वो तो अभी गुज़री है साढ़े तीन महीने पहले और दारा तीन सौ साल...। हाँ वो वही होगा।

सियासत या राजनीति का ताना-बाना इतना घना होता है कि माइक्रोस्कोप के साथ भी कुछ देखना मुमकिन नहीं। पत्तियों के तंतुजाल से भी ज़्यादा घना और दुरूह। ऐसा ही घना और जटिल दिमाग था रेवतीचरण शुक्ला का। कैसे-कैसे माइग्रेट्स वहाँ आकर शरण पाते थे। इमराना भी उन्हीं में से एक थी।

चाय की प्यालियों की खट-पट ने उसे वक़्त से कुछ पहले ही उठा दिया।

''क्या कर रहे हो दीपक?'' उसने नौकर से पूछा।

''भैया जी के लिए चाय बनाई थी तो प्याले साफ़ कर रहे हैं।''

''कुछ बताकर गए हैं? कहाँ जा रहे हैं?''

''हाँ, सुधीर भाई साहब के साथ एक हफ़्ते के लिए लखनऊ।''

''और हम यहाँ पागलों की तरह इस कोठी की साफ़-सफ़ाई करवाते फिरें'', इमराना ने बड़बड़ाते हुए कहा, ''हमारी चाय हमारे कमरे में ही पहुँचवा देना, थोड़ी देर और आराम कर लूँ मैं।''

2

सारा दिन बाग़ीचे की साफ़-सफ़ाई कराने में गुज़र गया। इतनी बड़ी कोठी थी पर बसावट कम और पेड़-पौधे ज़्यादा। हर तरफ़ लम्बी-लम्बी घास खड़ी थी जिसे उसने रोलर चलवाकर कटवाया, पेड़ों की टहनियाँ छटवाईं और फिर जाकर दिव्य का कमरा साफ़ किया। कमरे में एक तरफ़ रॉट आयरन का मॉडर्न डिज़ाइन में पलंग पड़ा था। एक कोने में रोज़वुड की मेज़ रखी थी, जिस पर उसका अधखुला लैपटॉप, चाय का प्याला और आधा खाया टोस्ट पड़ा था। उधर पलंग पर एक सफ़ेद कुर्ता पड़ा था, जिसे शायद वो सुबह जाते वक़्त पहनने वाला था, पर छोड़ गया। उसे तह करते हुए उसने सोचा, ये आस्तीनें कितनों के ख़ून के छींटों से भीगी हुई हैं। यार-दोस्तों के, ग़ैरों के, अपनों के छीटों से।

धाँय, गोली चली, पद्मा के सीने को पार कर गई। वो चौंककर चैतन्य हुई। ये पॉलिटिक्स उसकी समझ में नहीं आती। इन कोठियों में पता नहीं क्या-क्या होता है। जब वो अपने कमरे में पहुँची तो शाम ढल चुकी थी। इक्का-दुक्का बादलों को चीरकर चाँदनी नीचे उतरकर चमक रही थी। उसने खिड़की खोली, ठीक सामने टिकोमेर्जेंटीना का पेड़ खड़ा था, जो उसे बिलकुल पसन्द नहीं था। दो कौड़ी का पेड़ न शक्ल न सूरत, उसने खिड़की बन्द कर दी। उसने दूसरी खिड़की खोली, सामने चन्द्रमा साफ़ दीख रहा था, एक तांबई रंग के गोले के अन्दर।

"ये गोला कैसा है अम्मा?"

दो पन्द्रह-सोलह साल की लड़कियाँ एक बुढ़िया के पेट में हाथ डाले ये बात पूछ रही थीं। इनमें से एक पद्मा थी दूसरी इमराना।

"जब ऐसा घेरा पड़ता है तो इन्दर भगवान सभा करते हैं देवताओं की!"

"ऐ अम्मा, जैसे छोटे चाचा करते हैं?" पद्मा ने पूछा।

"हाँ वैसे ही," उन्होंने हँसकर कहा।

पर किसे पता था कि आने वाले कल की एकांकी में ऐसी सभाओं की सूत्रधार पद्मा होगी। वक़्त की कुंडली में बड़े-बड़े सूत्रधारों का भविष्य सिर छिपाए सोता है। आज के शेर, जंगल के मालिक, दरियाओं का रुख़ मोड़ने वाले कल सिर्फ़ हवाले में इस्तेमाल होंगे, शुक्ला जी को रह-रहकर ये ही डर खाये जा रहा था। वो अभी-अभी एक बड़ी पार्टी से अलग हुए थे। अपने चौंतीस साला राजनैतिक अनुभव के बल पर उन्होंने अलग पार्टी तो बना ली, पर ऐसा तारणहार जोड़ने में असमर्थ रहे जो उनके बाद इस विरासत को आगे बढ़ा सके। इसलिए अब उनकी सारी आशाएँ अपनी भतीजी पद्मा पर टिकी थीं। उनका दिमाग़ हज़ारों दाँव-पेच से भरा था। इन दाँव-पेचों को परवान चढ़ाने के लिए उन्हें एक ऐसे व्यक्ति की तलाश थी जो महत्त्वाकांक्षी हो और साथ-साथ नए सपने देखने का आदी भी। इस कसौटी पर सिर्फ़ पद्मा खरी उतरती थी। उनकी दूसरी निकटस्थ थी इमराना, जिसका काम सिर्फ़ इतना था कि सज-धज के उनकी दी हुई इफ़्तार पार्टियों में घूमना या साल में कभी-कभार अल्पसंख्यक आयोग की किसी मीटिंग में साथ चले जाना। इसलिए उनकी नैया का सारा दारोमदार अब पद्मा पर था।

3

एक गुणा एक बराबर ग्यारह, एक गुणा एक बराबर ग्यारह वो बार-बार दोहराए जा रहा था।

"ऐ क्या पढ़ रहा है यह?" पद्मा ने दिव्य को झिड़का, "किसने सिखाया ये?"

"नाना जी ने," उसने एक नज़र शुक्ला जी को देखकर कहा।

"क्या चाचा जी आप भी..." पद्मा ने कहा।

"अरे हम इसे राजनीति का गणित सिखा रहे हैं। कैसे गठजोड़ से विधायकों को ख़रीदा जाता है? कैसे निर्दलियों को अपने पक्ष में किया जाता है?"

"ये किताबी गणित तो कोई भी मास्टर पढ़ा देगा इसे।"

उन्होंने हँसते हुए कहा, "तुम्हें कितनी मुश्किल से सिखाया था राजनीति का ककहरा हमने। इसके मामले में हम कोई रिस्क नहीं लेंगे, इसे तो बहुत आगे जाना है अभी, वो भी कम समय में। तुम तो अभी भी कितनी स्लो हो।"

पर वो नहीं जानते थे कि एक दिन ये स्लो-लर्नर तुरुप का इक्का साबित होगी। जो गूढ़ ज्ञान पद्मा को लिंकन, गाँधी, नेहरू और बाबू जगजीवन राम का दर्शन नहीं दे पाया, वो उनकी संगति में धीरे-धीरे फल-फूलकर छतनार पेड़ बन गया।

''याद रखो पद्मा, गाँधी, नेहरू का दृष्टिकोण लोकल पॉलिटिक्स समझने में कभी कोई हैल्प नहीं देगा। उसके लिए तुम्हें लोकल आदमी की स्टडी करनी पड़ेगी। उसके फोड़े-फुंसी से लेकर बवासीर तक का हिसाब रखना पड़ेगा। नेशनल लेवल पर जाने के लिए पहले ज़िला स्तर पर दो-चार होना पड़ेगा।''

ये छोटी-छोटी सीखें काँच चढ़े माँझे की तरह उसके रास्ते की हर पतंग को काटती गईं।

ɞ

''मन क्या है चाचा जी?''

''मन क्या है? कुछ नहीं, एक आला दर्ज़े का हैट-रैक है पद्मा, जिसपे लोग टोपियाँ उतार-उतारकर टाँग देते हैं। या ख़ालिस शब्दों में ये सिर्फ़ एक खूँटी है, जिस पर हज़ारों तरीक़े के मुखौटे टँगे रहते हैं। अपनी सुविधा से जो भी चाहो उतारकर पहन लो। इस खूँटी पर तुम्हें शतकोटि कृष्ण टँगे मिलेंगे, अर्जुन, नकुल-सहदेव से लेकर दुर्योधन, शकुनि से लेकर शिखंडी तक एक-दूसरे में गुँथे हुए मिलेंगे। अलग-अलग मौक़ों पर इस खूँटी के हिज्जे-हिसाब बदलते रहते हैं यानी दिशा-दशा परिवर्तन। जिससे भी तकलीफ़ हो उस मुखौटे को तुरन्त उतार दो पद्मा।''

कुछ ही सालों बाद पद्मा शुक्ला विधवा हो गईं, और खूँटी से रंजन नाम का मुखौटा उतर गया।

ɞ

शाम का धुँधलका अभी धुँधला ही था, अँधेरे में नहीं बदला था। अँगीठी के अध-बुझे कोयले-सा, न पूरा सुलगा हुआ न ही बुझा हुआ। हलका-हलका लाल रंग में लपलपाता हुआ। सेलम की रुई-सा गुनगुना। मुहब्बत के लिए एकदम माफ़िक वक़्त।

रंजन पिल्लै ने सदर बाज़ार के ओर-छोर एक नज़र उठाकर नापे पर पद्मा का दूर-दूर तक कोई पता नहीं था। वो दोनों हाथ पैंट की जेब में डाले इधर-उधर टहलता रहा पर वो नहीं आई।

वो इसी साल कर्नाटक से आगरा आया था। इतिहास से एम.ए था और मुग़लकालीन भारत पर रिसर्च कर रहा था। और आगरा से बेहतर कौन जगह हो सकती थी? वो दोनों कभी क़िले में मिलते, कभी फतेहपुर सीकरी, कभी ताजमहल में तो कभी राजा मंडी मार्केट में। उसे इतिहास से प्रेम था और उसे राजनीति से। वो

अकबर का दर्शन समझता था और वो युद्धनीति। वो शाहजहाँ के स्थापत्य से चकित था तो वो उस दौर के षड्यंत्रों को सूँघती फिरती थी। वो खंडहरों में हँसी सुनता था तो वो तलवारों की आवाज़।

☙

''ये शाम के उदास चेहरे मुझे बहुत लुभाते हैं। ये उदासियाँ मुझे बहुत पसन्द हैं। मेरी अपनी ज़ाती हैं, निजी हैं, व्यक्तिगत हैं। मेरी पर्सनैलिटी का एक बड़ा हिस्सा अँधेरा, उदास है। किसी का दिया हुआ नहीं, मेरा अपना छाँटा हुआ। ज़िन्दगी के अलग-अलग हिस्सों से थोड़ा-थोड़ा चुराकर मैंने ये फ्रेम तैयार किया है। नदी किनारे का गीला सूनापन, आधा चन्द्रमा, क्रेसेन्ट मून तुम नहीं समझोगे। हज़ार-हज़ार सालों तक कोई नहीं समझेगा इस महकते हुए डिप्रेशन को।'' उसने वॉटर-वर्क्स चौराहे पर खड़े हुए रंजन से कहा। पीछे यमुना उदास, दम तोड़ती लहरों में बह रही थी। हर साल इसका पानी कम हो जाता है। यहाँ बाढ़ क्यों नहीं आती ? आए तो रिलीफ़ फंड इकट्ठा किया जाए। थोड़ा पॉलिटिकल फुटेज तो मिलेगा, उसने सोचा।

''चलें ?'' उसने रंजन से पूछा।

''हाँ, तो सवाल ये है पद्मा कि तुम पॉलिटिक्स में क्यों हो ?''

रंजन और भी बहुत कुछ कहता रहा, पर वो दूसरी तरफ़ बहती हुई यमुना को देखती रही। नदी के छोटे-छोटे भँवर में गेंदे के फूलों की माला एक थैली में बँधी धीमी गति से बह रही थी। हम सबका जीवन ऐसा ही है। इन लहरों के सहारे बहता, डूबता, टूटता हुआ और किसी एक मोड़ पर ओझल। आधे चन्द्रमा की परछाईं लहरों के साथ बहते-बहते कभी टूट जाती थी, तो कभी नए सिरे से बन जाती थी। बादलों के रुई जैसे टुकड़ों ने आकाश को अपने अन्दर समेट लिया। वो दोनों पुल के फुटपाथ से उतरकर सड़क पर आ गए। उसने कुछ कहा वो सुन नहीं पाई। एक बस तेज़ी से दोनों को पीछे छोड़ती हुई आगे निकल गई, और उसकी बात हॉर्न के शोर में डूब गई।

4

''तो सवाल ये है कि मैं पॉलिटिक्स में क्यों हूँ चाचा जी ?''

''आजकल बहुत सवाल पूछने लगी हो तुम। यहाँ बैठो,'' शुक्ला जी ने एक कुर्सी खींच दी उसके आगे। फिर बोले, ''इनसे मिलो, ये हैं प्रभात अग्रवाल, हमारी पार्टी के बिहार और बंगाल के नए प्रभारी। मैं चाहता हूँ कि तुम इनके साथ बिहार में पार्टी प्रचार पर ध्यान केंद्रित करो। अभी तुम्हारी मेहनत पार्टी की स्थिति मज़बूत कर सकती है और लौटकर यू.पी. पर ध्यान लगाओ। तुम्हारा उत्तर समय आने पर।''

वो एक झटके से उठे और बाहर निकल गए।

छः महीने के लम्बे अन्तराल ने उसके अन्दर ठहराव पैदा कर दिया था। कहाँ-कहाँ नहीं घूमी थी वो। मोतिहारी, पटना, पूर्णिया, भागलपुर और भी न जाने कहाँ कहाँ, लगभग आधा बिहार। इस यात्रा ने उसके अन्दर आकलन करने की एक नई क्षमता को जन्म दिया था। अब उसके अन्दर उमड़ते-घुमड़ते प्रश्नों के बादल कम बरसते थे।

"तुम पार्टी क्यों नहीं ज्वाइन कर लेतीं? एक एक्टिव वर्कर बन जाओ। वैसे भी तुम इफ़्तार पार्टीज़ और अल्पसंख्यक आयोग की मीटिंग्स तो अटेंड करती हो। तुम्हारे पार्टी को फ्रंट लेवल पर ज्वाइन करने से एक ख़ास कम्युनिटी को हमसे जुड़ने में आसानी होगी," पद्मा ने इमराना से कहा।

चाय के प्याले में चीनी घोलते-घोलते इमराना रुक गई, "आजकल तुम्हारे दिमाग में छोटे चाचा की तरह हज़ारों खुरपेच चलती रहती हैं। क्यूँ, है न पद्मा? मैं ज़मीनी स्तर पर रही हूँ हमेशा और वैसे ही रहना चाहती हूँ। यूँ भी मुझे ये सब चीज़ें कम समझ में आती हैं।"

"फिर भी..."

"फिर भी क्या पद्मा? महुआ के शहद से ज़्यादा मीठे हैं छोटे चाचा और महुआ की ताड़ी से ज़्यादा ज़हरीले। बड़े घाघ हैं ये," इमराना ने खिड़की खोलते हुए कहा। खुली खिड़की में से साफ़ धुला आकाश दीख रहा था और आधा चन्द्रमा चमक रहा था। हलकी-हलकी चाँदनी चारों ओर फैलने लगी थी। सामने के पेड़ पे किसी घोंसले में परिन्दे ने पंख फड़फड़ा के करवट बदली। कंपन से शाखें काँपीं। दो मुरझाए लाल फूल शाख़ से टूटकर ज़मीन पर गिरे तो उसने खिड़की बन्द कर दी।

"इन लाल गुलाबों के अन्दर ऐसी तेज़ गंध होती है जो आदमी का सिर चकरा दे। इनकी पत्तियों के साथ काँटे होते हैं। चन्दन के पेड़ पर साँप लहराते फिरते हैं। यही साँप अपराजिता और रात की रानी की तरफ़ भी आकर्षित होते हैं। भौंरे चम्पा के फूलों की तरफ़ झाँकते भी नहीं। हज़ार-हज़ार रात चम्पा यूँ ही नंगे आसमान के नीचे खुले सिर भौंरों के इन्तज़ार में खड़ी रहती है। यहाँ प्रेम जैसा कुछ नहीं होता रंजन। वक़्ती रस्में हैं ये सब और वक़्त के साथ इनका रूप बदल जाता है। मेरा-तुम्हारा या किसी का किसी से भी सम्बन्ध निश्छल नहीं है। इस आँचल के किनारे में ये जो रेशमी धागे से फूल कढ़ा है, इसके लिए भी इसे हज़ारों बार सूई से छलनी होना पड़ा है। व्यक्ति का सिवाय अपने आप के किसी और से निश्छल प्रेम नहीं हो सकता। इसीलिए प्रेम बड़ा पीड़ादायक है।"

"पर जहाँ मन मिल जाते हैं वहाँ प्रेम पीड़ादायक नहीं होता।"

"मन तो एक खूँटी है रंजन, जिसपे हज़ारों मुखौटे टँगे रहते हैं। कल को कोई भी मुखौटा फिसल सकता है। ये रहस्य, रोमांच, गंध, रंग, सूर्य की चमक, लहरों के प्रसार में डूबते किनारे, मिस्र की प्रेम कहानियों में ही नील के किनारे अच्छे लगते हैं। और नील इस देश में बहती नहीं रंजन।"

"इस देश में गंगा और शांतनु का प्रेम तो है पद्मा।"

"गंगा इस शहर में नहीं।"

"इस शहर में यमुना तो है, यहाँ से ताजमहल दीखता है पद्मा।"

पर शुक्ला जी जानते थे, नदी कोई सी भी हो जब उफान पर आती है तो बुलन्द इमारतों की भी नींव हिल जाती है। पद्मा की भावनाएँ उनकी इच्छाओं की नींव हिलाती उससे पहले ही पद्मा का जीवन रंजन के साथ बाँध दिया उन्होंने।

5

शाम ने अपने नन्हे-नन्हे पंख फैलाकर ज़मीन पर उतरना शुरू कर दिया था। सड़क के दोनों ओर बकाइन और कनेर के पेड़ शाम के टिमटिमाते उजाले में चुपचाप खड़े थे। यही पिछले बरस तक पौधों की श्रेणी में आते थे। शाम अब पंख समेटे कैक्टस के गमले के पास बैठी थी। गमले में बहुत सारे छोटे-छोटे हलके गुलाबी रंग के फूल खिले थे। रात के आने में अभी बहुत समय था। शाम ने वहीं से बैठे-बैठे दरवाज़े की दरार में से झाँककर देखा। पद्मा के कमरे में रात का अँधेरा पसरा पड़ा था। वो घबड़ा के उठ खड़ी हुई। बाहर किसी शाख़ से कनेर का फूल टूटकर ज़मीन पर गिर पड़ा। इमराना ने दरवाज़ा खोलकर कमरे की बत्ती जलाई। सामने की मेज़ पर पद्मा की तसवीर रखी थी, जिस पर सुबह के चढ़े फूल सूख चुके थे। हवा के साथ कामिनी के फूलों की गंध कमरे में घुलने लगी। उसने तसवीर के सामने दिया जलाया और ताजे फूल चढ़ा दिए। मेज़ के एक कोने पर अमरीका के पूर्व राष्ट्रपति बिल क्लिंटन की जीवनी रखी हुई थी। इमराना ने हँसकर सोचा जो पद्मा जय प्रकाश नारायण, और गांधी की जीवनियाँ पढ़कर राजनीति की सीढ़ियाँ चढ़ती थी, आज उसका बेटा विदेशी राजनेताओं का हाथ थामे कूटनीति पढ़ रहा है। वो आराम कुर्सी पर बैठ गई।

रात अब अपने पूरे चरम पर थी। पहर के आखिर में उसने देखा-बाहर अँधेरा सागवान के चौड़े-चौड़े पत्तों से उतरकर नीचे खिली नागचम्पा पर फैलने लगा था। यहाँ से आगे बढ़कर यह यमुना के मटमैले पानी की सतह पर लेटकर और गहरा हो जाएगा। हाथी घाट तिराहे पर हाथी और उनके पैर जकड़े मगर भी इस अँधेरे की गहरी पकड़ से बच नहीं सकते। वहाँ से आगे बढ़कर यह सड़क किनारे दोनों तरफ़ पत्थर की अधबनी मूर्तियों पर छा जाएगा। उसके बाद ये मनकामेश्वर के शान्त, चुप,

आधी नींद में डूबे मन्दिर को अपने अन्दर लपेटता हुआ आगे बढ़ जाएगा। फिर ताजमहल की ऊँची सफ़ेद मीनारों के गले पर लिपटकर उनका दम घोंटने लगेगा। और फिर दिया बुझते ही इस कमरे में पसर जाएगा। उसने काँपती उँगली से नाइट बल्ब जला दिया और कमरा बन्द करके बाहर चली गई।

०२

अपने कमरे में बैठा हुआ दिव्य अपनी सीधी कलाई निहार रहा था। इसी कलाई पर लगभग छः महीने पहले पुलिस ने हथकड़ी पहनाई थी। खींचतान में अँगूठे के पास का एक बड़ा हिस्सा कील में फँसकर फट गया था। वो ज़ख्म तो अब भर गया था, पर एक पीली लकीर रह गई थी उस जगह। उसे पता ही नहीं चला कब पीछे से सौम्या आ गई। जब उसने झुककर उसका कन्धा चूमा तो वो चौंक गया।

"तुम कब आईं ?"

"बस अभी आई, क्या सोच रहे थे ?"

"कुछ नहीं ऐसे ही लखनऊ वाली मीटिंग का प्लान बना रहा था, कल जाना है ना। नीचे कौन-कौन बैठा है ?"

"दयाल अंकल और नानाजी, कल कैसे जाओगे ?"

"क्यों ?"

"नानाजी कह रहे थे कि कल तुम्हें दीवानी जाना है।"

"हम्मम..." एक मिनट चुप रहकर उसने कहा, "लखनऊ तो रात को जाना है और दीवानी सुबह, बारह बजे तक फ्री भी हो जाऊँगा।"

"भाई जी को बोलूँ साथ जाने के लिए।"

"शैलेश को क्यों तंग कर रही हो ? आई विल मैनेज माइसेल्फ़।"

"ठीक है, बाद में मुझे अबुलला की मज़ार तक ड्रॉप कर दोगे ?"

"क्यों ?"

"इम्मो मौसी पद्मा आंटी के लिए चादर चढ़ाएँगी, साथ चलने को बोला था उनने।"

"रहने दो, क्या करोगी जाकर ?" उसने सौम्य को घूरा।

जैसे उसने कोई न कहने लायक भेद भरी-भीड़ में खोल दिया हो।

"फॉरगेट ऑल सच स्ट्युपिडिटी।"

"तुम आंटी का ज़िक्र आते ही बात क्यों टालने लगते हो ?"

"क्योंकि मुझे उस विषय में बात करना पसन्द नहीं।"

"दिव्य बाहर निकलो इस गिल्ट से। तमाम दुनिया जानती है वो एक हादसा था बस। ट्राई टू बी हैप्पी। इतना परेशान क्यों रहने लगे हो आजकल ?"

"क्योंकि मैं जानता हूँ वो गोली..."

"शश्शश..." सौम्या ने उसके मुँह पर हाथ रख दिया, "ख़बरदार जो कुछ भी कहा। चुप बिलकुल चुप।"

थोड़ी देर की चुप्पी के बाद दिव्य ने पूछा।

"तुम्हें आज से पहले ऐसे रिएक्ट करते नहीं देखा सौम्या।"

"क्योंकि मैं तुम्हें खोना नहीं चाहती।"

"जीवन एक झरने की तरह है दिव्य, हर वक़्त बहता हुआ। निरन्तर आगे को बहता हुआ। कभी पलटकर नहीं लौटता, जो गया सो गया। मत बाँध कर रखो कुछ, उलीच दो दोनों हाथों से। सब बहा दो, कुछ मत रखो दिव्य।"

"बहुत कुछ उबलता रहता है अन्दर ही अन्दर।"

"दिव्य, दुनिया की कोई आग किसी समन्दर, किसी झरने को सुखा नहीं सकती। समन्दर की सतह में लगातार फूटने वाले ज्वालामुखी भी कभी उसे सुखा नहीं पाते। किसी के भी भीतर सूरज जितना ताप नहीं होता जो सब जलाकर ख़त्म कर दे। अन्दर आग पालने वालों की आँखों में भी आँसुओं का सोता छिपा होता है।"

सौम्य ने उठकर खिड़की खोल दी। धूप की एक किरण तिरछी होकर उसके माथे से फिसलती हुई कंधे पे जाकर ख़त्म हो गई। "वहाँ देखो दिव्य," सौम्या ने बाहर खिले हुए एक सदाबहार की तरफ़ इशारा किया।

"ये पौधा दो बार मेरी गाड़ी के नीचे आ गया था। फिर भी अपनी जिजीविषा से पनप रहा है। फूल भी खिल रहे हैं। बरसात के मौसम में भी कई मोर पंख फैलाकर नहीं नाचते। अनार की डालियों की छतनार छाँव सब को नहीं मिलती। तुम्हें मिली है तो उपयोग करो।"

6

खटाखट-खटाखट कैमरे के फ़्लैश ने उन सब पर रोशनी बिखेरनी शुरू कर दी। एकाएक भीड़ में ऐसी हस्तियों को देखकर हाटवालियों ने अपने-अपने सामान समेटने शुरू कर दिए। किसी ने सिल-बट्टा पीछे सरकाया, किसी ने चीनी मिट्टी के प्याले खिसकाए। किसी ने कुछ तो किसी ने कुछ और उनके लिए रास्ता बना दिया।

"ये सब क्या है सौम्या?" उसने पूछा।

"कुछ नहीं अबुलला का उर्स है आजकल।"

"और ये अख़बार वाले?"

"दैनिक जागरण वाले हैं। मैंने ही बुलाया है इन्हें। कार में बैठकर बस पाँच मिनट का इंटरव्यू दे देना। चलो अब अन्दर चलें, चादर चढ़ाने का वक़्त हो रहा है।"

वो मुड़ी कि एक गिरगिट पास से सरककर सड़क किनारे के गड्ढे में कूद पड़ा।

कुछ छींटें उसकी साड़ी पर गिर पड़ीं। उसने घूम के देखा, एक छोटे से गड्ढे में उसका सिर्फ़ सिर चमक रहा था। ये सरीसृप होते ही ऐसे हैं, हर बनते काम पर मिट्टी उड़ेलने वाले। पर मिट्टी उड़ेलने वाले सिर्फ़ ये ही नहीं होते। उस ईश्वर के चौसर पर और भी बहुत प्यादे खड़े रहते हैं राजा की मुंडी काटने को। एक ऐसा ही प्यादा कहीं अनंत भविष्य के गर्भ में साँस ले रहा था।

गुलाब था या केवड़ा जिसकी ख़ुशबू दिव्य को सराबोर कर गई। उसने चारों तरफ़ नज़र घुमा के देखा, एक सोलह-सत्रह साल की उठे बदन की लड़की एक कोने में खड़ी सौम्या को निहार रही थी। बार-बार अपने दुपट्टे को उँगली से बाँधती और खोलती, फिर बाँधती और खोल देती। अचानक उसने दिव्य को अपनी तरफ़ देखते पाया तो झेंपकर आँखें झुका लीं।

"नाम क्या है तुम्हारा?" दिव्य ने पूछा।

"परवीन।"

"कहाँ रहती हो?"

"यहीं, बाग़ फ़रज़ाना में, टीन के गिरज़े के पास।"

"तो यहाँ क्यों?"

"अम्मी को चादर चढ़ानी थी।"

"ओह!"

इतने में सामने से सौम्या आ गई।

"क्या कर रहे हो? चलो भी।"

"बस कुछ नहीं, ऐसे ही इस लड़की से बात कर रहा था।"

"अच्छा दो मिनट ठहरो यहीं। एक फ़ोटो ऐसा भी खिंचवा लो इसके साथ। टैग लाइन मैं सजेस्ट कर दूँगी।"

"मिनिस्टर आम जनता के बीच, या फिर राज्य का भावी कर्णधार, खेवैया अपनी रिआया के साथ या फिर...।"

"अच्छा बस करो," दिव्य बोला।

ଓ

नब्बे का दशक अपने उतार पर था और दुनियाभर की राजनीति अपने चरम पर थी। देश मंडल आयोग की सिफारिशों से झुलस रहा था। जिधर देखिए उधर ही आग की लपटें धूँ-धूँ कर के उठ रही थीं। सिर्फ़ पद्मा के कमरे में ख़ामोशी करवटें बदल-बदल के सो रही थी। रंजन की तसवीर पर चढ़े फूल सुबह से शाम तक चढ़े-चढ़े सूखने लगे थे। शुक्ला जी ने कमरे में झाँककर देखा। पद्मा एक फाइल में सिर गड़ाए पड़ी थी।

"ये विदेशों के झंझट छोड़ो और ये फ़ाइल पढ़ लो।"

"क्या है इसमें चाचा जी?"

"मंडल आयोग ने जिन-जिन पॉइंट्स की सिफारिश की है, और जिनकी वजह से ये बवाल मचा है उसी की सूची है ये। सरकार ने बैठे-बिठाए ये मौक़ा हाथ में दे दिया है तो पद्मा इसे कैश करा लो। थोड़ी मुख़ालिफ़त थोड़ी हिमायत करके हित साध लो।"

"दो परस्पर विरोधी नीतियाँ कैसे चल सकती हैं चाचा जी?"

"यही तो राजनीति है बेटा, न बुरे बनो न भले। उदारवादिता दिखाना जरूरी है पद्मा इस समय। ऐसे ही छोटे-बड़े अवसर भाग्य तय करते हैं, इस वक़्त पार्टी का भाग्य तुम्हारे दारोमदार पे टिका है।

"अगले महीने लखनऊ में तुम्हारी एक मीटिंग फिक्स की है यादव जी के साथ।

"कुछ दिन प्रभात के साथ बैठकर मीटिंग का मसौदा तैयार कर लो। पूरी तैयारी बिना कोई हल नहीं निकलेगा। केन्द्र की सरकार गिरी नहीं कि प्रदेश में एक नया समीकरण बनेगा और यादव जी की सरकार तैयार। और फिर तुम्हारा यहाँ से जीतना लगभग तय है। अगर तुम नहीं भी जीतीं तो भी तुम्हारी कैबिनेट की राह का समाधान है हमारे पास।"

"क्या?"

"हम पार्टी का विलय उनके साथ कर रहे हैं, और सी.एम यादव जी ही बन रहे हैं। बस मीटिंग में अपने पक्ष पर अड़ी रहना। हम चाहते हैं कि तुम ऊर्जा या महिला एवं बाल विकास मंत्रालय की डिमांड करो।"

"और अगर शर्त नहीं मानी गई तो?"

"तो भी अड़ी रहना। यादव जी ने हमें भरोसा दिलाया है तोड़ेंगे नहीं।"

"आपको इतना यक़ीन कैसे है चाचा जी?"

"क्योंकि वो शेर हैं, दहाड़ ही काफ़ी है उनकी।"

"शेर मारे भी जाते हैं।"

"याद रख लड़की, शेर जंगलों में विचरते हैं, और खुले सिर में घूमने वाले जुएँ होते हैं, जिन्हें नाखूनों से रगड़ दिया जाता है। शेरों को मारने के लिए मचान बाँधनी पड़ती है।"

पर समय ने पद्मा को नाखून के हलके दाबभर से रगड़ दिया। ये उसका पहला पड़ाव था राजनीति के लम्बे अनथक सफ़र में। जब एक बार उसके हाथ सत्ता की चाबी आई तो उससे बड़े-बड़े ताले खोलने का हुनर, सिल्वर फिश की तरह हर परिस्थिति में मुसीबतों को दाँत से काटने का हौसला उसमें स्वत: ही आ गया। वह अब प्रदेश की राजनीति का उभरता हुआ सितारा थी पर तेज़ी से कृष्णबिंदु की ओर अग्रसर।

सन 92 में जनता दल टूटने के बाद जब यादव जी की अपनी पार्टी की सरकार बनी तो पद्मा के भाग्य की पतंग अनंत आकाश की परिक्रमा के लिए उड़ चली।

7

"जिसका विद्रोह होता है, उसका वर्चस्व होता है, और जिसका वर्चस्व होता है वो राजा होता है। मुझे राजा बनना है इसलिए वर्चस्व चाहिए, समझीं सौम्या?" दिव्य ने कहा।

"और राजा का ही पतन होता है, याद रखना दिव्य," सौम्या ने एक फीकी हँसी हँसकर कहा।

बरसात की बूँदों ने जहाँ जीवन की सामान्य परिपाटी को ढर्रे से उतारा वहीं जून की आग उगलती गर्मी से राहत भी दी। कोठी के कोने में लगा बॉटलब्रश अपने पूरे शबाब पर था, अमलतास के नन्हे पीले फूलों ने पेड़ों को पूरी तरह ढक रखा था। इतनी बहार के बाद भी इमराना के अन्दर कहीं एक अजब-सी हड़बड़ाहट थी। एक संशय की डोर हृदय के इस कोने को छूती दूसरे कोने की तरफ़ बढ़ जाती थी। भय, संशय, गोपन की बिजली रगों की तरफ़ बार-बार लपलपा जाती थी। चिन्ता के बादल पल-पल उमड़ते-घुमड़ते रहते थे पर बरसते नहीं थे। वो जितनी बार आँखें बन्द करती उतनी ही बार कितनी ही सूरतें हँसते हुए गुज़र जाती थीं। कभी रंजन की, कभी पद्मा की, कभी सौम्या, कभी शुक्ला जी, कभी दिव्य और कभी...। अचकचा कर उसने अपनी आँखें खोल दीं। कैसी सूरत थी उसकी। स्याह रंग, मर्दाना गठन, लड़कों की स्टाइल में कटे बाल, हथेलियों के बीचोबीच मेहँदी का धब्बा। बार-बार हथेली फैलाकर बात करने का लहजा। पैर इतने मोटे जैसे सूज गए हों, उन पर फँसी पाज़ेब। ऊपर से काहिया रंग के छींटदार कपड़े। उसकी बातें इमराना का दम ऐसे घोंटे जा रही थीं जैसे साँप की गिरफ़्त में मरता हुआ चूहा।

"देखिए बहन जी, बिन बाप की लड़की मुहल्लेभर की नज़र में चढ़ जाती है। उस पर ऐसी दिया-बत्ती सी हँसी है हमाई लड़की की कि धप-धप पूरा घर चमक-चमक जाए। सुरमे की लकीर-सी पतली हमाई मौड़ी अँगुरियन के पोरों-सी होने लगी है। वा पै दिन-दिन खटिया पर पड़ी रहती है। मुहल्लेभर की औरतें मुँह फेर-फेर के हँसे हैं हमाए दरबज्जे पै। अभी उमर ही क्या है उसकी? सतरा बरस। उस पर सफ़ाई भी करवानी है अभी।"

"क्या नाम है लड़की का?"

"परवीन।"

कुछ देर बाद इमराना ने उसके हाथ में हज़ार-हज़ार के तीन नोट थमा दिए और कहा, जाओ सफ़ाई करवा देना। नज़र रख अपनी लड़की पर वर्ना मिट्टी में खोदकर गड़वा दूँगी। ढूँढ़े नहीं मिलेगी तुझे।"

उसके जाने के बाद उसने सारी खिड़कियाँ खोल दीं। देर तक घुटी-घुटी फ़िज़ा में बाहर से आते गीली हवा के झोंके उसे बड़े भले लगे। वो फिर जाकर पलंग पर बैठ गई। ऐसी दिये-बाती सी हँसी तो सौम्या की भी है। पूरा घर जगमगाने लगता है फिर दिव्य को बाहरी उजाले की ज़रूरत क्यूँ पड़ी? ऐसे अजदहे दूर ही से प्यार

की चिरैया को फाँसकर मार देते हैं। पर अजदहे ने फंदा ही नहीं कसा बल्कि ज़हरीली साँसें भी हवा में घोल दीं। ऐसे ही तीन हज़ार रुपए सौम्या से भी वसूल कर के ले गई वो सफ़ाई करवाने के लिए।

8

धाँय करके गोली चली, धमाके से पूरी कोठी काँप उठी। साथ चलते कूलर की तेज़ आवाज़ भी उस धमाके में घड़ीभर को डूब गई। वो दौड़कर ऊपर भागी। पद्मा का ख़ून से लथपथ शरीर आधा कमरे में और आधा चौखट के बाहर पड़ा था। इमराना के पीछे-पीछे शुक्ला जी भी वहाँ पहुँच गए। कमरे के एक कोने में दिव्य खड़ा था और पाँव के पास पिस्तौल पड़ी थी। दोनों चीज़ें एक साथ पहुँची शुक्ला जी के घर, एंबुलैंस और पुलिस की जीप। वो तीन दिन अस्पताल में भर्ती रही। आगरा मेडिकल कॉलेज में शायद ही कभी इतनी भीड़ जुटी हो जितनी इन तीन दिनों में जुटी। सुबह से शाम तक मिलने वालों का ताँता आई.सी.यू. के बाहर लगा रहता था। लोग बारी-बारी से दरवाज़े से झाँकभर लेते थे। इन तीन दिनों में शुक्ला जी कभी अस्पताल में तो कभी जेल में चक्कर काटते पाए जाते थे। ऑपरेशन के बाद भी पद्मा की स्थिति ख़तरे के बाहर नहीं थी। बचने की उम्मीद धीरे-धीरे कम होती जा रही थी। तीन दिन की अथक मेहनत के बाद हर कोशिश थम गई। बागबाँ के हाथों से उड़कर ख़ुशबू हवाओं में मिल गई और शाख़ से फूल टूट गया।

पद्मा की मृत्यु ने शुक्ला जी के राजनैतिक मानचित्र में एक बड़ा शून्य पैदा कर दिया था। इस शून्य को सिर्फ़ दिव्य भर सकता था। इसलिए उसे साफ़-सुथरी इमेज के साथ इस केस से बाहर निकालना उनका एकमात्र ध्येय था। चाहे इसके लिए उन्हें साम-दाम-दंड-भेद किसी का भी इस्तेमाल करना पड़े। पाँच महीने की लगातार दौड़-धूप के बाद फ़ास्ट-ट्रैक कोर्ट से वो दिव्य को बरी करा पाए। कोर्ट में पुलिस ने जो दस्तावेज़ जमा किए थे, उनमें साफ़ लिखा था कि पिस्तौल साफ़ करते समय गोली ग़लती से छूट गई और ऐन मौक़े पर पद्मा सामने पड़ गई। दोनों वाक़ये अचानक हुए, ये मात्र एक दुर्घटना थी।

झंझा, आँधी, अंधड़ सौम्या के मन को एक कोने से उठाकर दूसरे कोने में पटक देते थे, और फिर कहीं दूसरी जगह पटक देते थे। निर्वात के एक धक्के से अनंत अंतरिक्ष में आकाशगंगा टूटकर बिखर गई थी। ऐसा ही हाल आजकल सौम्या का हो रखा था। कौन था ऐसा जो सौम्या के इस उठते अंधड़ को झेल पाता?

दिन ढले भी हवा में उमस और गर्मी थी। धड़धड़ाती ट्रेन की आवाज़ हवा में दूर से तैरती आ रही थी। एक रेल की पटरी रावली के शिव मन्दिर की दीवार से सटकर गुज़री थी जिसकी वजह से हर बार गुज़रती ट्रेन की धमक मन्दिर को कँपा

जाती थी। रावली के शिव पर सौम्या की बड़ी आस्था थी। पर इन दिनों हर आस दीमक लगी भुरभुरी मिट्टी के ढेलों की तरह हाथ लगते ही टूट रही थी। एकाएक गुज़रती रेल ने उसका ध्यान तोड़ दिया। ज़रा-सा फ़र्श काँपा तो उसने सोचा जो शिव हर आती-जाती गाड़ी से काँप जाते हैं, वो उसके काँपते मन को क्या साध पाएँगे? कोई मज़बूत हाथ ही इस समय इस भटकते मन को साध सकते हैं, और ऐसे हाथ सिर्फ़ इमराना के थे। उसने हाथ जोड़े और बाहर निकल आई।

शाम का सुरमई अँधेरा जब काजल की तरह चारों तरफ़ फैल गया तब वो शुक्ला जी के घर पहुँची।

"दिव्य कहाँ है?" उसने घुसते ही पूछा।

"लखनऊ गए हैं।" इमराना ने कहा।

"और नाना जी?"

"साथ गए हैं।"

"आप अकेली हैं घर में?"

"हाँ, चाय पिएगी?"

"नहीं मौसी।"

एक बार को तो इमराना सकपका गई।

"सच बताना इम्मो मौसी।"

"क्या?"

"जब कोई उँगलियों के पोर-सा हो जाता है तब क्या पुराना रिश्ता टूट जाता है?"

एक चुप्पी...

"बताओ न?"

दुबारा चुप्पी... बहुत देर बाद इमराना ने कहा, "जानती है बेटा, कुछ लोग इस क़दर खुशफ़हम होते हैं कि ख़ुद का क़द इतना ऊँचा समझते हैं जैसे यूकेलिप्टस का पेड़। जिसकी जड़ें ज़मीन के पार का सारा पानी सोख लेती हैं। ऐसे लोग न ही किसी सदाबहार के सब्ज़े को खिलने-पनपने देते हैं, न ही किसी को छाँव देते हैं। ये ख़ुद को इतना कद्दावर समझते हैं कि कोई नॉर्मल इनसान इनके पास नहीं जा सकता। इनके गाल सिर्फ़ जिराफ़ या गुज़रे ज़माने के डायनासॉर ही सहला सकते हैं। कई बार जी चाहता कि ऐसों के आँगन में एक सागवान रोप दिया जाए, जो अपनी ख़ुशक़ामती से इन्हें ऊँचाई का एहसास दिला सके। बहुतों के लिए ठीक बैठती है ये बात। क्यूँ है न? दिव्य भी इन्हीं में से एक है।"

"कौन रोप सकता है इनके आँगन में सागवान मौसी?"

"क्यूँ, तुम रोप सकती हो। अपनी ऊँचाई से इन्हें बौना बना सकती हो। एक सलाह देती हूँ। वैसे तो दिव्य को देनी चाहिए थी, पर तेरे लिए ज़्यादा कारगर साबित होगी।"

"क्या?"

"इस ग़ुस्से को टोन्ड डाउन कर, पॉलिश कर, नरिश कर, जज़्ब कर के रख। ख़ामोश दरिया हमेशा बड़ा तूफ़ान लाते हैं।"

"मैं समझाऊँ उसे मौसी?"

"कोई फ़ायदा नहीं।"

"क्यों?"

"क्यूँकि ब्यानहार गैया और खुले नाड़े के आदमी की बैचैनी तब तक नहीं ख़त्म हो सकती जब तक कि वो फ़ारिग न हो जाए।"

"आप इतनी ऐंटी दिव्य क्यों हो?"

"क्यूँकि पद्मा मुझे बहन जितनी प्यारी थी।"

"तुम तो पार्टी ज्वाइन करने वाली थीं।"

"कांग्रेस।"

"यू.पी. में कांग्रेस का कोई भविष्य नहीं है। तुम्हें बसपा या सपा इनमें से कोई ज्वायन करनी चाहिए।"

हवा में रात की रानी और बेले की मिली-जुली गंध घुलने लगी थी।

"चलूँ मौसी?" सौम्या ने पूछा।

"अच्छा, आराम से जाना।"

"ठीक है, एक बात और मौसी।"

"क्या बेटा?"

"इनकी पैदाइश में कोई खोट?"

"नहीं, ऐसा क्यूँ लगा?"

"मैंने सुना था कि इनकी पैदाइश का कुछ सम्बन्ध प्रभात बाबू से था। जिसके शक़ के चलते पद्मा आंटी को..."

"नहीं, हर्गिज़ नहीं, बिलकुल नहीं। ऐसा कुछ नहीं था। पद्मा का करैक्टर असैसिनेट मत करो।"

"तो फिर ऐसा क्यों?"

"इसलिए कि आज के दौर में प्यार का एटिट्यूड और फ़िजिकल डिज़ायर अलग तरीक़े का है। हीर-राँझे अब इश्क़ के सन्दर्भ में भी इस्तेमाल नहीं होते। सौम्या हर आदमी के मन में एक बाँबी होती है, जो आदिम से आज तक और आज से अनंत तक हज़ारों तरह के साँपों की पनाहगाह रहेगी। और औरत की बाँबी में एक से एक ख़तरनाक अजदहे पलते रहते हैं, जो वक़्त आने पर बड़े-बड़े सूरमाओं को मसल देते हैं।"

9

कॉफ़ी हाउस में वो दोनों नहीं आमने-सामने जैसे चुप्पी बैठी थी। नकली फूलों पर प्लास्टिक की ओस से जमे हुए। फिर सौम्या ने ही कॉफ़ी का प्याला सरकाते हुए कहा, "प्यार दो तरीक़े का होता है। एक जैसा तुमने किया और दूसरा जैसे मैंने। मैं जानती थी मेरा प्यार तुम्हारे लिए ऐसा था। जैसे बटन होल में लगा फूल...पहले दिन महकेगा, दूसरे दिन थोड़ा कुम्हलाएगा और तीसरे दिन जब मुरझा जाएगा तब इसे हाथ से झटक दोगे। और तुम्हारा प्यार मेरे जीवन में दो चीज़ें लेकर आया। पहला, मन के सुदूर कोनों में नखलिस्तान। दूसरा, मन के कोने-कोने में रेगिस्तान। दोनों ही सूरतों में नुक़सान तो मेरा ही हुआ। और हाँ, मैंने दयाल अंकल की पार्टी ज्वाइन कर ली है।"

शीशे में आया हुआ बाल पहली बार साफ़-साफ़ दीखा दिव्य को।

धमाके की तरह एक शाम शुक्ला जी दिव्य के जीवन में धमाका कर के ख़ामोश हो गए। मार्गदर्शन की बीच की राह में ही वो दिव्य को अंधड़ झेलने के लिए अकेला छोड़ गए।

वे दोनों अब ज़िन्दगी के हाथों में शटल कॉक की तरह थे। वह जिधर चाहती उधर उछाल देती। मौसम बदले, ग्लेशियर जमे, पिघले, नदियों में उफान आया, गाँव-शहर डूबे, पानी चढ़ा, फिर उतर गया। मौसम बार-बार बदलते रहे। हर बदलते मौसम के साथ थोड़ा-थोड़ा वे दोनों भी बदलते रहे।

प्रेम और प्रेम के बाद की घृणा को उन दोनों ने पॉलिटिकल मैंडेट (राजनैतिक आदेश-पत्र) की तरह ग्रहण किया। घड़ियाँ बदलीं और छोटे-छोटे वक़्फ़े सालों में बदल गए। जीवन की परिधि दस बरस आगे खिसक गई। दस सालों में दोनों ने अपने-अपने मापदंडों में बहुत कुछ खोया, बहुत कुछ पाया।

☙

दिव्य ने इमराना की ममता खोई तो परवीन की बेलौस मुहब्बत पाई। हालाँकि ये मुहब्बत हमेशा उसके गले में फाँस-सी चुभती रही। तो उधर सौम्या ने दिव्य को खोया और इमराना जैसा सारथी पाया, जिसके साथ अनायास ही पद्मा और शुक्ला जी का गूढ़ ज्ञानानुभव और नीतियाँ स्वतः ही उसके रथ पर आकर बैठ गईं।

दाँव-पेच आगरा की गलियों से निकलकर सालों से लखनऊ की फ़िज़ाओं में खेले जाने लगे थे। दोनों तरफ़ की चालें, घातें उनके जीवन में कशीदाकारी का काम कर रही थीं। कभी बनती बात बिगड़ती, कभी बिगड़ा काम इफ़्तार पार्टियों में बनता।

ꙮ

"मौसी।"

"हूँ"

"हमें यादव जी की पार्टी ज्वाइन करने का ऑफ़र मिला है।"

"जानती हो दिव्य डिप्टी सी.एम. बनने लायक औक़ात रखता है उस पार्टी में।"

"जानते हैं, पर औरत की मन की बाँबी में बड़े ख़तरनाक अजदहे पलते रहते हैं।"

"मतलब?"

"मतलब ये कि परवीन कौन है उनकी? मॉरल पुलिस का काम करेगी पब्लिक और मीडिया। हमारी पार्टी का उनमें विलय ऊर्जा मंत्री का पद दिलाएगा हमें। वक़्त की नज़ाकत को देखकर झुकने वाली घास ज़्यादा वक़्त तक तूफ़ान में टिक पाती है। और देखिए डिप्टी सी.एम. तो नहीं बनने देंगे हम उन्हें, ना ही कोई ढंग का मंत्रालय जाने देंगे उनके पास।"

"तुमको यक़ीन है?"

"पक्का, एकदम पक्का। चुनाव तो आने दो बस एक बार।"

जैसे-जैसे चुनाव पास आते गए वैसे-वैसे मीडिया ने दिव्य और परवीन के सम्बन्ध की पैनी जाँच-पड़ताल शुरू कर दी। दिव्य की परेशानी का सबसे बड़ा सबब था मीडिया का लगातार बढ़ता दबाव, जिसकी वजह से परवीन का टिकट पाना बहुत मुश्किल हो गया था। फिर भी जुगत भिड़ाकर उसने परवीन को औरैया से टिकट दिला दी।

दो वाक़यों ने चुनाव की सूरत बदल दी थी। चुनाव से पाँच दिन पहले दिव्य ने परवीन का नाम प्रवीन बदलकर सिविल मैरिज करके मीडिया की तमाम अटकलों और रस्साकशी को थाम लिया था, और अगले दिन पार्टी विलय के बाद जिस गाड़ी से सौम्या और दिव्य वापस जा रहे थे वो हाई-वे पर धुंध के कारण बस से टकरा गई। ड्राइवर सही-सलामत निकाल लिया गया था। दिव्य का बायाँ पैर चोटिल था और डॉक्टर ने कहा था कि कम से कम छः महीने तक व्हीलचेयर का इस्तेमाल करना पड़ेगा। बस एक सौम्या को हादसे के बाद बचाया नहीं जा सका। दूसरे दिन सुबह वेंटिलेटर पर दम तोड़ दिया उसने। फ़ाख़्ता इस मुँडेर से हमेशा के लिए उड़ चुकी थी। बस एक इमराना समझ रही थी हादसे की हक़ीक़त को।

चुनाव हुए, नतीजे आए। यादव जी को बड़ी जीत मिली थी। जगह-जगह नामी हस्तियों को शपथ ग्रहण समारोह में शामिल होने का न्योता भेजा जाने लगा था। ऐसा ही एक न्योता दिव्य ने भेजा था इमराना के पास समारोह में शामिल होने के लिए।

टी.वी. चल रहा था, न्यूज़ पर थोड़ी-थोड़ी देर बाद समारोह की झलक दिखाई जा रही थी। हलकी नारंगी रंग की साड़ी में लिपटी परवीन दिव्य की व्हीलचेयर को मंच की तरफ़ ले जा रही थी। न्यूज़ रीडर बार-बार ये बता रही थी कि ज़्यादा घायल होने के कारण दिव्य शुक्ला अपनी पत्नी प्रवीन शुक्ला के साथ अपने पद की शपथ लेंगे। प्रवीन शुक्ला प्रदेश की ऊर्जा मंत्री की रूप में शपथ ले रही हैं और दिव्य शुक्ला...

न्यूज़रीडर आगे कुछ और बोलती उससे पहले ही इमराना ने टीवी बन्द कर दिया। खुली खिड़की से ठंडी हवा का झोंका अन्दर आया तो उसने मुड़कर देखा। एकाएक घने कोहरे की चादर हर जगह पसर गई थी। गुड़हल और अनार की पत्तियों से सरक-सरक के कोहरा बूँद-बूँद ज़मीन पर गिर रहा था।

उसे सामने कभी पद्मा दीखती, कभी सौम्या तो कभी हँसता हुआ दिव्य।

अचानक उसे हर जगह लाल रंग का कोहरा नज़र आने लगा। गुड़हल और अनार की पत्तियों से उसे सुर्ख़ रंग की बूँदें टपकती दीखने लगीं। उसने डर कर तुरन्त खिड़की बन्द कर दी और पास पड़ी कुर्सी पर धम्म से बैठ गई।

नीमबेहोशी में डूबने से पहले उसने इतना ही कहा।

"या अल्लाह! इन दरख़्तों से ख़ूँ टपकता है।"

इस धुएँ का नाम शाम है

I

एयरपोर्ट की इतनी गहमागहमी और भीड़ के बाद भी उसे अन्दर ही अन्दर अजीब सा डर लग रहा था कि कोई उसे रिसीव करने आएगा भी या नहीं ? वैसे उसने परसों शाम टिकट होते ही उन्हें अपने आने की ख़बर दे दी थी। ऐसा नहीं था कि वो दिल्ली पहली बार आ रही हो, पहले भी दो बार आ चुकी है। पर इस बार का आना पिछली दोनों बार के आने से अलग है। न आज से पहले उसके नाम कोई ऐसी चिट्ठी ही आई थी और न ही ऐसी हैरान करने वाली मुश्किल। उसने इधर-उधर देखा, सामने एक आदमी उसके नाम की तख़्ती पकड़े खड़ा था। सड़क पिछली रात की बारिश के बाद अभी भी गीली पड़ी हुई थी और हवा में अब भी चुभने वाली ठण्ड बरकरार थी। मार्च के ऐसे ख़ुशगवार मौसम में भी उसे पसीना आ रहा था, घबराहट हो रही थी। उसने ड्राइवर को सरसरी निगाह से देखा और खिड़की से सर टिका आँखें मूँद लीं।

दिल्ली कोई ऐसा बला का ख़ूबसूरत शहर तो नहीं। जाने कितने रंग-रोगन से इसने ख़ुद को देखने लायक बना रखा है। उसने दुनिया के कितने ही हसीन, जवान, नई बहारों में लिपटे शहर देखे हैं। ऐसे शहर जिनकी रातों को आसमान से देखो तो दहकते लावे-सी उतरती रोशनी चमकती दीखे या जिन्हें दिन में देखो तो दूर-दूर तक हरियाली की चादर बिछी हो जिसके ऊपर रंग-बिरंगे बेल-बूटे करीने से कढ़े हों। या वो शहर जो नीले पानी की गहरी चादर में कुनमुनाते सोये रहते हैं। ये शहर इन सब से बिलकुल ही अलग है। यहाँ न समंदर है न मीलों फैले हरे मैदान। गोद में रखी किताब झटके से गिर पड़ी तो उसकी आँख खुल गई। इसी किताब में उसके नाम किसी भूदत्त का भेजा लिफ़ाफ़ा था, जिसे उसने आज से पहले न ही कभी देखा था और न ही इस चिट्ठी के मिलने से पहले तक उसका नाम ही सुना था। फिर भी वो इस चिट्ठी के सहारे इतनी दूर यहाँ तक चली आई। गाड़ी एक बन्द गली

में एक पुराने से मकान के सामने जा रुकी। वो उतरी, बाल सही किए और दरवाज़े पे लगी घंटी बजा दी। लगभग पाँच-सात मिनट बाद एक नौकर आया, दरवाज़ा खोला और उसे ड्राइंगरूम में ले जाकर बिठा दिया। उसने चारों तरफ़ नज़र दौड़ाई और कोने में जाली की दीवार के साथ लगे एक गोल सोफ़े पर बैठ गई। सामने की दीवार पर किसी स्त्री का ऑइल पेंट से बना एक बहुत बड़ा पोर्ट्रैट टँगा था जिस पर जाली से आती रोशनी धूप-छाँव का बिम्ब डाले हुए थी। सफ़ेद कपड़ों में लिपटी स्त्री की ढब कोई चालीस-बयालीस की उम्र की थी। पोर्ट्रैट के ठीक नीचे एक छोटी तिकोनी मेज़ पर एक तसवीर रखी थी जो ऊपर टँगे चित्र की हू-ब-हू थी। वो उठी और अपनी किताब मेज़ के कोने पर रख तसवीर उठा ली। ये तसवीर ऐसी थी जैसे किसी उदासी को फ्रेम में बाँध के रख दिया हो। चेहरे की दोनों आँखें इतनी ठहरी इतनी उदास थीं जैसे छलकते-छलकते पानी जम गया हो। अगर कोई ग़ौर से देखे तो उस जमे पानी की लपट आँखों के किनारों पर देखी जा सकती थी। उसने तसवीर वापस उसकी जगह पर रख दी और कमरे का मुआयना दुबारा करना शुरू कर दिया। कमरे की हर चीज़ ख़ामोश पीलेपन में लिपटी हुई थी। उसे आए कोई दस मिनट होने आए पर अब तक कोई भी तो मिलने नहीं आया। उसने दुबारा तसवीर उठा ली और अबकी ध्यान आँखों की बजाय चेहरे की बाक़ी भंगिमाओं पर आ टिका था।

"चित्रा देवी।" किसी ने पीछे से टोका।

उसने मुड़ के अजनबी को देखा, उमर कोई पैंसठ-छियासठ के आस-पास होगी।

"इनका नाम चित्रा देवी था जिनकी तसवीर आप देख रही हैं, और मेरा भूदत्त।" उसने कहा।

"जी, मेरा नाम तराना है। आपने ही मुझे वो चिट्ठी भेजी थी शायद। वैसे मैं जानती हूँ इन्हें। इनकी कुछ एक फ़िल्में देखी हैं मैंने।" उसने कहा।

"हाँ मैंने ही भेजी थी और आने के लिए शुक्रिया। बैठिए, चिट्ठी लाई हैं आप?" वो मानो चिट्ठी की बात कर तस्दीक करना चाह रहे हों कि सामने बैठी लड़की वही है जिसके नाम वो ख़त भेजा गया था।

"हाँ ये रही।"

वो उठी और क़िताब के बीच रखा लिफ़ाफ़ा निकाल उन्हें पकड़ा दिया। हालाँकि उन्होंने उस लिफ़ाफ़े को खोल के नहीं देखा कि उसमें वही ख़त है जो उसे भेजा गया था या कोई और। नौकर आकर चाय के दो बड़े प्याले सामने रख गया था। कमरे में चुप्पी थी और चाय से उठती हुई भाप।

थोड़ी देर रुककर उसने ही कहा, "आप मुझे मेरी माँ के बारे में कुछ बताने वाले थे।"

"ये तसवीर में जो हैं यही हैं।" वो उस से बोले।

उसने तसवीर देखी पर अपने और तसवीर वाले चेहरे में कोई साम्य नहीं पाया।

उसकी आँखें सामने बैठे भूदत्त पर फिर टिक गईं। वो उसकी आँखों में आए सवाल को भाँप गए।

''मैं उनका मैनेजर था, उनका काम सँभालता था।''

''कैसा काम?''

''वही जो फ़िल्म वालों के मैनेजर का होता है। डेट्स देखना, प्रोड्यूसर से मिलना और उनकी लाइफ़ आसान बनाना। मैडम तुम्हारे लिए कुछ छोड़ के गई हैं, जो अब तक मेरे पास था अब तुमको सौंपना है।''

''क्या?''

''एक ज़मीन छोटी-सी पुणे में और कुछ पैसा जो अब बढ़कर सात-साढ़े सात लाख हो गया होगा।'' भूदत्त ने उसे चाय का प्याला पकड़ाते हुए कहा।

''बहुत सेंसिटिव थीं वो और उतनी ही मनमौजी।''

''सच?''

''यूनिकॉर्न के पंख, सूरज का कुंड और पानी का मकान ढूँढ़ने से भी ज़्यादा मुश्किल था उनका मनमौजी स्वभाव साधना।''

''ऐसा क्या मिज़ाज था उनका?''

''मिज़ाज ऐसा था जैसे राख में दबा हुआ आलू, सोंधा-सोंधा पर भाप छोड़ता, भभकता हुआ।''

''कुछ और बताइए उनके बारे में?''

''बीस साल से भी ज़्यादा वक़्त उनके साथ रहकर भी मैं उन्हें बहुत ज़्यादा नहीं जान पाया।'' भूदत्त ने उसे एक डायरी थमाते हुए कहा।

डायरी, जिसके फट्टे पर उगता या डूबता सूरज और मटमैला-सा खेत छपा था। वो समझ ही नहीं पाई कि उस चित्र का रंग उड़ गया था या उसकी सियाही ही ऐसी थी।

डायरी के पहले दो पन्नों पर कई सारे शेर लिखे हुए थे जिन्हें पढ़कर उसने सोचा कि एक अदाकारा ऐसे सस्ते शेर भी लिख सकती है। पर अस्ल चीज़ तो तीसरे पन्ने पे थी।

''मेरे वारिस, ये विरसा तुम्हारे लिए ही छोड़ के जाया जा रहा है। इन चंद मामूली काग़ज़ के टुकड़ों पे सियाही की छाप ही मेरे जीवन का एक बड़ा हिस्सा है, बड़ा क्या कहूँ तक़रीबन पूरा-पूरा ही तो है।''

उसने भूदत्त की ओर देखा और सवाल दाग दिया।

''वारिस से मतलब?''

''मैडम ने तुम्हारी पढ़ाई-लिखाई पर पैसा ख़र्च किया था। या ये कहूँ कि परवरिश की थी। उनकी इच्छा थी कि तुम जब बड़ी हो जाओ तब तुमसे मिलकर ये डायरी तुम्हें सौंप दूँ। अब जब तुम यहाँ आ गई हो तो इस पर तुम्हारा हक़ बनता है।''

उसने डायरी को दुबारा देखा और बन्द कर दिया।

"क्या मैं इसे अपने साथ होटल ले जाऊँ? परसों जाने से पहले वापस करती जाऊँगी आपको।" घंटों उनसे इधर-उधर की निरर्थक बातें कर के जब वो थक गई तो उसने पूछा।

"ठीक है ले जाओ वैसे भी तुम्हारी ही चीज़ है।" उसने अनमना-सा होकर कहा।

जाली से आती धूप अब हलकी पड़ने लगी थी। बाहर जो भी दृश्य होगा उसकी शाम के अँधेरे में बदलने की सम्भावना बढ़ने लगी होगी। भूदत्त ने उठकर बत्ती जलाई तो उसे ध्यान आया कि उसे यहाँ आए बहुत समय हुआ।

"मुझे अब चलना चाहिए शाम हो गई।"

"मैं छोड़कर आऊँ?"

"नहीं, टैक्सी खड़ी है बाहर मेरी।"

गाड़ी उनके मोहल्ले से बाहर निकल सड़क पर आ गई थी। नए-नए बनते पुलों के जालों ने सारे शहर को जकड़ रखा था। सारा शहर जैसे इस वक़्त घरों से निकल बाहर सड़कों पर आ के बिखर गया हो। उसकी गाड़ी इस समय जहाँ दौड़ रही है वहाँ बड़ी बुझी-बुझी मैली-सी रोशनी है। ऐसा लगता है जैसे रात का अँधेरा ज़मीन पर उतरने से पहले ही इन बल्बों में आ बैठा हो।

"हम सही रास्ते से तो जा रहे हैं न?" उसने ड्राइवर से पूछा।

"जी।"

उसने सन्तुष्ट होकर आँखें बन्द कर लीं। कितना थका देने वाला दिन रहा आज का। दिन ही क्या पूरा हफ़्ता ही ऐसा रहा। कोई आपको ख़त भेजता है और आठ सौ-नौ सौ किलोमीटर दूर आपके बसे हुए जीवन को उलट-पुलट कर रख देता है। आप जाने किस मूर्खता में, किस आस में अपना झोला-बस्ता उठाए कहीं भी चले आते हैं। उसने एक साँस छोड़ते हुए सोचा और डायरी खोल ली।

2

न तड़पने की इजाज़त है न फ़रियाद की है
घुट के मर जाऊँ ये मर्ज़ी मेरे सय्याद की है।
—शाद लखनवी

ऐसा लगता है जैसे शाद ने ये शेर मेरे लिए ही लिख छोड़ा हो। मेरे अन्दर का सय्याद जो गिन-गिन के मेरी साँसें छोड़ता है, इसकी मर्ज़ी होती है तो किसी दिन सोने भी देता है वरना मेरी रातें तो अब जाग के ही गुज़रती हैं। ये रातें जो किसी अनजानी चीज़ की तलब में छटपटाती फिरती हैं उसे इस सय्याद ने क़ैद कर के जाने कहाँ रख छोड़ा है। इसकी झलक दिखाकर फिर कहाँ ओझल कर देता है। उजाले की हलकी आहट सुनाई देती है और फिर गुम। समय एक बेतरह पिटा हुआ मोहरा है

और इसी मोहरे को आपके राजा को मारने की महारत हासिल है। ये मोहरा आज चुन-चुन के मेरी बिसात को बिगाड़ रहा है। इस वक़्त ने सालों तक मुझे जिस ऊँचाई पर रखा आज वहीं से धकेल रहा है। नैनीताल के इस कमरे में दो चीज़ें इस वक़्त एक साथ हो रही हैं। तलब से मेरे हाथों में ऐंठन चल रही है और इन्हीं ऐंठे हुए हाथों से मैं छूटते वक़्त को कस के पकड़े हुए हूँ। ओस की बूँदों से तर खड़े इस शहर के ये पहाड़, जिनकी उदास रातें जैसे बनी ही इसलिए हों कि मैं यहाँ आऊँ और इन लम्बी उदास रातों में टहलूँ, अन्दर के ईंधन को बूँद-बूँद बुझते हुए महसूस करूँ और छन्न की आवाज़ को सुनूँ। ये आवाज़ मेरी सोची हुई तमाम आवाज़ों जैसे कि फूल के चटकने, बादल के उठने, पानी के इठलाने इन सब से कितनी अलग है। ये ज़िन्दगी के किरदार की आवाज़ है, जिसे किसी दिन एकदम ही ख़ामोश हो जाना होगा। ये भड़भड़ाते दरवाज़े एक रोज़ अचानक ही किसी चटखनी के लग जाने से बन्द हो जाएँगे। हवा तक के ये रास्ते अचानक ठिठककर गोल-गोल घूमते हुए मेरे ही घर के सामने से लौट जाएँगे। मेरे बढ़े हुए हाथ बीच ही में रुक जाएँगे। कितने किरदार यूँ ही मेरे ज़ेहन में, साँसों में अटके-अटके से उखड़े-उखड़े से रह रहे हैं जिनसे मुझे एक ही बार में छुटकारा चाहिए। पर ये इतना आसान कहाँ? छूटना बहुत आसान कहाँ? मुझे अपने गालों पे पानी की धार महसूस हो रही है और गले में ख़ुश्की। आजकल ये आँखें बात-बेबात पानी बहाने लगती हैं और इस पानी से मेरी प्यास बुझती नहीं। सामने मेज़ पर मेरे कल के डायलॉग पड़े हैं, पन्ने फड़फड़ा रहे हैं। कल सुबह का शॉट है, और मैं इस क़ाबिल नहीं कि कल सेट पर जा के किसी से आँख मिला सकूँ। वैसे भी कल की कौन जाने? आप की बुलन्दी कल किसके दामन से बँध जाए, किसे पता? बुलन्दियाँ मुझे कभी पसन्द नहीं आईं। मैंने कभी इन्हें चाहा ही नहीं। इन्होंने मुझे आकाश पर चढ़ाया और अब मुझे वहाँ से धकेला जा रहा है।

तराना ने महसूस किया कि उसकी आँखें गीली हैं। उसने डायरी बन्द कर दी। गाड़ी कब से लाल बत्ती पर रुकी हुई थी। सामने के फुटपाथ से एक बच्ची दौड़ती हुई आई और उसकी कार के काँच पर चेहरा टिका दिया। उसने देखा बच्ची का चेहरा जाने कितनी अधूरी आशाओं से भरा हुआ था। बाल मिट्टी से उलझ-उलझ कर रूखी लटों में बँट गए थे। लड़की की नीली शनील की फ्रॉक उसके पैरों को नीचे तक ढके हुए थी। ये भी शायद किसी की दी हुई होगी। उसने पर्स खोला और कुछ पैसे निकालकर उसे दे दिए। शायद ऐसे ही किसी सड़क किनारे के फुटपाथ से उठाकर किसी ने उसे अपना लिया होगा। उसकी ज़िन्दगी सँवारी होगी। पर ऐसा भी क्या अपनाना कि आप कभी किसी को गले ही न लगा सको। बत्ती हरी हुई, गाड़ी ने रफ़्तार पकड़ ली। उसने देखा बच्ची की आँखों में भी हरा रंग चमक रहा है। हरा दुनिया का सबसे सुन्दर रंग है तराना ने सोचा। उसने खिड़की से बाहर हाथ निकाला और हिला दिया।

गाड़ी होटल के पोर्च में आकर रुकी। वो उतरी ड्राइवर को पैसे दिए और अगली सुबह ग्यारह बजे आने के लिए बोलकर अन्दर बढ़ गई। लॉबी में एक बहुत बड़ा झूमर झूल रहा था और उससे निकलती सतरंगी रोशनी टूट के ज़मीन पे बिखर रही थी। उस रोशनी में उसे एक अनजाने चेहरे के कराहने का भ्रम हुआ। वो पलटी और तेज़ी से चलती हुई बाहर आ गई। एक टैक्सी रोकी, पता बताया और घंटेभर बाद टैक्सी वापस उसी बन्द गली के मकान के सामने खड़ी थी।

"तुम वापस कैसे आ गईं?"

"मुझे डर लग रहा था।"

"क्या अकेले रुकने में?"

"नहीं! रुकने में नहीं, बल्कि अकेले में इस डायरी को पढ़ने में। क्या अपने पढ़ रखी है ये?"

"नहीं।" भूदत्त ने जवाब दिया।

उसने डायरी हाथ बढ़ा के भूदत्त को पकड़ा दी।

"मुझे ये मकान उन्हीं ने दिलाया था। इसका फर्नीचर उनके बम्बई वाले घर का है। उस घर में हर चीज़ एक हलका पीलापन लिये हुए सफ़ेद थी। घर जो दो तरफ़ से समंदर दिखाता था। उसी की नमीदार नमकीन हवा उनको ले डूबी।"

"वो घर बदल भी तो सकती थीं?"

"जब सनक आपके बाकी सेंसेस पर हावी हो जाती है फिर आप सोचने के लायक नहीं रहते।"

दीवार पे टँगी घड़ी के पेंडुलम ने एक-एक कर बारह बार आवाज़ निकाल तारीख़ बदलने की सूचना दे दी। दोनों की आँखों में नींद का अभी कोई सुराग नहीं था। उसकी आँखें अभी भी भूदत्त के हाथों में पकड़ी डायरी पर ही थीं।

भूदत्त ने डायरी खोली और पढ़ना शुरू कर दिया।

"आज मैनेजर मुझसे बहुत नाराज़ है। उसने कुछ कहा तो नहीं पर उसकी आँखों का गुस्सा मुझे साफ़-साफ़ दीख रहा था। इतना साफ़ जैसे मेरे साथ बगल ही में चल रहा हो। मेरी तलब ने आज से पहले मेरे व्यवहार में इतनी मुश्किल तो खड़ी नहीं की थी। न ही आज से पहले कभी शाम को मुझे पीना ही पड़ा था। बेचारे को कितनी दूर पैदल चलकर आना पड़ा था। कौन जाने?"

वो सुन रही थी पर भूदत्त वहाँ हो के भी कहीं और थे। ये लिखावट उन्हें कितने बरसों पीछे खींच के ले गई थी।

3

हवा के चारों ओर शाम का पतला झीना पर्दा डला हुआ था। सड़क के अन्तहीन रास्ते

से दौड़ती हुई गाड़ी उस नए पुते हुए मकान के आगे एकदम ही थम गई थी जैसे कहीं और जाने की हड़बड़ी में हो और अचानक रास्ता भूल कहीं और आ गई हो। गाड़ी यूँ तो पुराने ढब की थी पर शाम के चढ़ते अँधेरे में उतरते सूरज की किरणों में बिलकुल नई-सी चमक रही थी। गाड़ी का दरवाज़ा खुला और आगे की तरफ़ से एक आदमी उतरा। उसने नज़रभर सामने खड़े मकान को देखा, उसकी शान को देखा और छत के कँगूरे पे नीले पत्थर का बना मोर देखा। घड़ी भर में ही पूरे मकान का जायज़ा ले उसने गाड़ी का पिछला दरवाज़ा खोल दिया।

"मैडम।"

सर पर धूप का सियाह चश्मा, हाथ में एक घड़ी और चेहरे पे थकान लिये गाड़ी की पिछली सीट से लदबदाते अटपटे से कपड़े पहने वो उतरी।

"ये क्या जगह है?"

"आपका घर।"

"इसपे इतने सारे कबूतर क्यों बैठे हैं?"

"कबूतर!" उसने चौंककर सब जगह देखा पर उसे कुछ नज़र नहीं आया। "कहाँ?"

"वहाँ कँगूरे के कोने पे बैठे हैं देखो कई सारे।"

"वहाँ तो पत्थर का मोर बना हुआ है। आप ही ने तो कहा था मिस्त्री को बनाने के लिए।"

"किस मिस्त्री से?"

"जिसने ये घर बनाया है आपके लिए?"

"किसके लिए?"

"अच्छा छोड़िए ये सब बातें और अन्दर चल के घर देखिए।"

"नहीं।"

"क्यों भला?"

"ये जगह अच्छी नहीं है। यहाँ डर लग रहा है मुझे। बेच दो इसे मुझे नहीं रहना यहाँ।"

"..."

"तुम भी वापस चले जाओ।"

"कहाँ?"

"जहाँ से तुम आए हो। कहीं से तो आए ही होगे तुम? वैसे तुम्हारा नाम क्या है? मुझे याद नहीं पड़ रहा।"

वो उसे अपना नाम बताता, उससे पहले ही उसने गाड़ी की चाबी उसके हाथ से छीनी और उसे सुनसान जगह अकेले मकान के सामने खड़ा छोड़ चली गई।

"कहाँ से आए थे आप?" तराना ने पूछा।

"कलकत्ते से, सोलह की उमर में बम्बई भाग के आया। एक साल अशोक स्टूडियो में छोटा-मोटा काम किया। उसके बाद अशोक स्टूडियो की जिस फ़िल्म में मैडम काम कर रहीं थी उसका क्लैप बॉय था।"

"फिर।"

"फिर क्या, धीरे-धीरे मैडम के संग उनका काम देखने लगा और बाद में उनका मैनेजर बन गया। उन दिनों मैडम का बड़ा रुतबा हुआ करता था। जिसे देखो वही उन्हें फ़िल्म के लिए साइन किए जा रहा है। अशोक स्टूडियो वालों ने ही उन्हें एक साथ सात फ़िल्मों के लिए साइन किया तो इंडस्ट्री में हंगामा मच गया।"

"क्यों?"

"उस ज़माने में किसी भी हीरोइन के लिए अशोक स्टूडियो की एक भी फ़िल्म करना बहुत बड़ी बात थी। और मैडम ने तो एक साथ सात फ़िल्में साइन की थीं। अगले तीन साल वो टॉप पर रहीं। सातों फ़िल्में सुपर हिट, एक से बढ़कर एक। इन्हीं फ़िल्मों के बाद उन्हें दर्द की रानी का टाइटल मिला। और इसी के बाद दर्द उनसे हमेशा के लिए चिपक गया, जिसने उन्हें बिलकुल बर्बाद कर दिया।"

"मैं अभी जब वापस आ रही थी तो नेट पर पढ़ा कि उनके बड़े अफ़ेयर्स थे। क्या ये सच है?"

"आदमी जब अकेला और अन्दर से ख़ाली होता है तो कई अलग-अलग लोगों में उस चीज़ को तलाशता है जो किसी एक में उसे पूरी मिलनी चाहिए थी। अफेयर्स-वफेयर्स तो कुछ नहीं, हाँ बहुत लोगों से दोस्ती थी उनकी। बाद में जब ये इनसानी दोस्त कम पड़ गए तो उन्होंने पानी से दोस्ती बढ़ा ली। अफ़ीम तो पहले से ही दामनगीर थी।" भूदत्त ने साँस छोड़ते हुए कहा।

"पानी?"

"यानी शराब।"

*

बरसात लगातार पिछले कई दिनों से हो रही है। जज़ीरा के इस कमरे से समंदर सामने ऐसे ठाँठें मारता, उठता दीख रहा है जैसे इन फुहारों के साथ-साथ चलकर कमरे में आ जाएगा, और सामने पड़ी कुर्सी पर मेरे पास बैठ जाएगा। मेज़ पर खुले शतरंज के मोहरे उठाएगा, कोई चाल चलेगा। मुझसे कहेगा कि इस बाज़ी के बाद कुछ पिलाओ, गला ख़ुश्क हो रहा है। मैंने सारा घर छान मारा पर एक बूँद भी नहीं मिली। वो सब जगहें भी ख़ाली थीं जहाँ मैं अक्सर बोतलें छुपा के रख देती हूँ। ये मैनेजर आजकल मेरे ऊपर बड़ी निगाह रखे हुए है। जब से डॉक्टर ने उससे कहा है कि अफ़ीम से मेरे ज़ेहन को जो नुक़सान हुआ है शराब उसे बढ़ा रही है इसीलिए मुझे अब बड़े शरीफ़ अंदाज़ से घर में अक्सर नज़रबंद रखा जाता है। जब मैंने इस

घर का नाम जज़ीरा रखा था तब ये कहाँ मालूम था कि एक दिन मुझे ख़ुद ही इसमें क़ैद होना पड़ेगा। डॉक्टर ने कहा है अफ़ीम ने मेरे दिमाग़ को सिकोड़ना शुरू कर दिया है और शराब से लिवर पर सूजन आने लगी है, जो बढ़कर कल को जानलेवा भी हो सकती है। मैनेजर बोलता है अगर ऐसा रहा तो काम मिलना, काम करना बहुत मुश्किल हो जाएगा मेरे लिए। रंगत और चेहरे–मोहरे की इस चमकदार दुनिया में काम का नाम बहुत बाद में आता है। जब तक चेहरे में चमक की बनावट थी तब तक बेशुमार काम पाया मैंने। दिन की तीन–तीन शिफ़्ट्स भी की हैं और अब सारा वक़्त ख़ाली। पलटकर देखूँ तो अशोक बाबू की बस वही एक बात याद आती है।

"तुम सिनेमा का जीता–जागता दुख हो, यही दुख तुमको सफलता का सुख देता है। यही सुख परमानेंट है चित्रा।" कितनी ग़लत बात कही थी उन्होंने। जीवन में सबसे भुरभुरा सुख ही होता है कि छूनेभर से ही चटक के बिखर जाए, जबकि इसके उलट दुख चाँदी का महीन तार है जिसकी नक्काशी बहुत घनी और मज़बूत होती है। मैंने इस तार से ख़ुद को ऐसा लपेटा है कि अब किसी और की कोई ज़रूरत नहीं। जब मैंने 'साहिल और सितारा' बनाई तो राजेन्द्र को लेना चाहा पर उसने साफ़ टाल दिया। इसी राजेंद्र के साथ मैंने कितनी फ़िल्में की थीं। इसके कैरियर को एक मुकाम पर पहुँचाया था। जब ऐन मौक़े पर इसने मना कर दिया तब अशोक बाबू ने साथ दिया मेरा। ख़ैर फ़िल्म को नहीं चलना था और नहीं चली। अकेलेपन से ये मेरी दूसरी मुलाक़ात थी। इस अकेलेपन ने मुझे ख़ुद को और मेरे साथियों को समझने का वक़्त दिया।

किसी को भीतर–भीतर जो माँझता है वो अकेलापन ही तो है। ठीक वैसे ही जैसे अकेले होने पर रात थोड़ी चमक–सी जाती है, जैसे जुगनू पोसे हुए। आधे चमकदार अँधेरे में चन्द्रमा की रगों में चलनेवाला अकेलापन ही उसे एकान्त का उजला दिया बनाता है। रद्दो–बदल की सभी सम्भावनाओं से परे अकेलापन बड़ा स्थायी है। नींद बीच–बीच में आकर मेरी पलकें झुका रही है। रह–रहकर मेरे कानों में लोगों के बोलने की आवाज़ आ रही है। ये जगह जज़ीरा का मेरा कमरा नहीं कोई अस्पताल है। मेरे बिस्तर के सामने एक कैलंडर टँगा है जिसपे शिव की तसवीर बनी है। ये तसवीर मुझे एक सपने में अतीत के एक घर में ले आई है। सामने एक कमरा है, चौखट और उससे सटा आला। ये चौखट कभी पूरी खुली ही नहीं। अम्मा आले में रोज़ ही दिया जलाती थीं। उसकी रोशनी दरवाज़े से टकरा, ज़रा–सी आड़ लेकर कमरे में दाख़िल होती और ठीक एक जगह जाकर बिखर जाती। आले में शिव की मूर्ति है और रोशनी के ठीक ऊपर मेरी एक तसवीर है कोई इक्कीस–बाईस साल पुरानी। ये तसवीर उन दिनों की है जब मेरे पास बेशुमार काम, नाम, पैसा था। आज कुछ भी तो नहीं, कोई साथी भी नहीं। नर्स ने आकर इंजेक्शन लगाया और किसी से कुछ कहा। उसकी आवाज़ मेरे कानों तक आई पर लौट गई। मेरे कानों में हर

पल बीते कल की आवाज़ें और भी गाढ़ी होकर गिरती हैं और दिल पर काई की एक परत-सी जम जाती है। कितने चेहरे, कितने रास्ते, कितने स्टूडियोज़ क्या-क्या याद आता है मुझे सिवाय अपने नाम के। उम्र ही याद है। बारह बरस होगी जब पहली दफ़ा ख़ुद को परदे पर देखा था मैंने। नाम शायद पहले फ़िल्मों के लिए चित्रमलिका रखा था जिसे बाद में बदलकर चित्रा देवी रख दिया था। अब तो न मुझमें चित्रमलिका ही बची है और न ही चित्रा देवी। अब बचा है भीतर एक खंडहर जिसमें अजाने समय की चलती-फिरती तसवीरें कभी टहलती हैं, कभी थक के घुटने मोड़ वहीं नंगी ज़मीन में सो जाती हैं या आपस में बतियाती रहती हैं। सोना बस इन परछाइयों को ही हासिल है मुझे नहीं। नींद तो कब का मेरा साथ छोड़ चुकी है। ले-देकर अब मेरे पास बची है अतीत की तसवीर, आस्था के नाम पर एक मूर्ति और दो ख़ाली हाथ। इस आले में कभी बिजली की झालर लगी थी जिसे जाने मैंने कब का हटा दिया और इसकी जगह मैंने दिया जलाना शुरू कर दिया। पर मेरा मन चाहता था कि अकेलेपन, अवसाद, उदासी, छटपटाहट की जिस आग में मैं जल रही हूँ उसे मैं ही क्यूँ अकेले महसूस करूँ? इसकी आग ज़रा उस तक भी तो पहुँचे जिसके लिए मैंने सुन रखा है कि वो नाट्यशास्त्र और रंगमंच के जनक हैं। ऐसा होता तो नहीं, मुक्ति की कामना कहीं दीप जलाने से पूरी होती है। इस कामना, इस चाहत के लिए ख़ुद ही को जलाना पड़ता है। मेरी आँखें बार-बार झपक रही हैं, ऐसा लगा जैसे मैनेजर सामने से निकलकर गया हो। अब की बार देखो, इस अस्पताल में कितना रुकना पड़े।

ᨀ

भूदत्त की हथेलियों में जाने कितने सालों का पसीना उतर आया था। उस पसीने में सालों-साल की ख़िदमत का नमक था। पिछले दस दिनों में ये उन्हें दूसरी बार अस्पताल लेकर आना पड़ा था। बन्द मुट्ठी में लिपटे हुए दवाई के पर्चे पसीज गए थे। उसके दूसरे हाथ में दवाई की थैली थी जिसमें नींद की बेशुमार गोलियाँ थीं। डॉक्टर पिछले कितने ही दिनों से रोज़ उन पर नई-नई गोलियों का प्रयोग कर रहा था। भूदत्त उनके सरहाने खड़ा है, इस उम्मीद में कि थोड़ी ही सही पर उनको नींद तो आए। वो पलंग पर हैरान और थकी हुई लेटी थीं। आज तीसरा दिन था, पर उनकी आँखों में नींद का एक कतरा भी नहीं था। उनने परदे पर कितनी ही बार अस्पताल की नर्स का, डॉक्टर का किरदार निभाया था। पर मरीज़ तो कभी नहीं बनी थीं वो। ज़ेहन की नाव बार-बार डूबकर सतह पर आ जाती थी। ऐसे ही किसी जागे हुए पल में उन्होंने भूदत्त से कहा—

"अब क्या हॉस्पिटल ले आए हो?"

"हाँ।"

"पैसे का कैसे होगा?"

"देख लिया जाएगा कुछ।"

वो एक पल को तमतमाई और हाथ में पकड़ा गिलास छनाक से फ़र्श पर दे मारा। काँच किर्ची-किर्ची पूरे फ़र्श पर टूट के बिखर गया।

"तुमने उस टुच्चे आदमी के साथ मिलकर मेरा सारा पैसा लूट लिया। उसने सारा पैसा अपने घर भेज दिया। क्या था वो? मैंने काम किया उसकी फ़िल्मों में तब उसका नाम बना। तुमने उसके ही साथ मिल मेरा ही बटुआ साफ़ कर डाला।"

वो चुप रहा। वो जानता था ऐसे पैनिक अटैक्स उसे जब-तब आते रहते हैं।

"दफ़ा हो जा यहाँ से।"

वो फिर भी वहीं खड़ा रहा। उसे पता था ज़रा देर ही में ये लहर साहिल से टकरा के शान्त हो जाएगी।

"अच्छा सुनो वो नीली गाड़ी निकाल दें तो कितना मिल जाएगा?"

"यही कोई तीस-पैंतीस तक।"

"तो फिर बेच दो उसे।"

"ठीक है। मैं जाऊँ अब मैडम?"

"जाओ।"

वो पलटा ही था कि उनने फिर टोक दिया—

"सुनो! हॉस्पिटल में मेरा असली नाम ही लिखवाना।"

"क्या है आपका असली नाम?"

"अभी तो याद नहीं आ रहा।" उनकी आवाज़ में अब झुँझलाहट उतरने लगी थी।

"तुम्हें याद है क्या है मेरा नाम?"

"चित्रा देवी।"

"नहीं, नहीं, चित्रा नहीं है। शायद...शायद रोचना। हाँ रोचना देवी तुम यही नाम लिखवाना।"

रोचना देवी, रोचना देवी—देर तक उसके भीतर ये आवाज़ गूँजती रही।

"रोचना देवी कौन थीं वैसे?"

"अस्ल में तो पता नहीं पर उनकी फ़िल्म 'साहिल और सितारा' में ये उनके किरदार का नाम था। ये नाम भी जाने कहाँ से उनके दिमाग़ में बस गया था। पहले निशा था पर एक दिन बोलीं कि फ़िल्म में उनका नाम रोचना रहेगा। सब डिस्ट्रिब्यूटर अड़ गए कि नाम बदले बिना काम नहीं चलेगा। पर वो मानी ही नहीं, फ़िल्म पाँच महीने की देरी से रिलीज़ हुई और फ्लॉप हो गई। इसके फ्लॉप होने से उन्हें बड़ा सदमा लगा। इसी के घाटे को पूरा करने के लिए उन्हें घर बेचना पड़ा। इसके बाद बस एक आखिरी फ़िल्म कर पाईं वो।

"मैं कहाँ मिली उन्हें?" तराना ने भूदत्त से पूछा।

"पता नहीं। मुझे एक बार एक चेक दिया और जुहू के एक स्कूल भेज दिया।

बोलीं कि जाओ बच्ची की फीस भरनी है। उसके बाद सात-आठ महीने तक मैं ही जाकर तुम्हारी फीस जमा करता था। मैडम के बाद गया तो पता चला कि वो पहले ही सब इन्तज़ाम ख़ुद ही कर गई हैं।"

"आप जानते हैं ये मुझसे मिलने क्यों नहीं आईं कभी?"

"पता नहीं। शायद किसी को पता नहीं लगने देना चाहती होंगी।"

"पर क्यों?"

"ये इंडस्ट्री ऐसी है, जहाँ लोग अपने सच छुपाकर रखते हैं। मैंने कई हीरोइन देखी हैं जो शूटिंग की नकली शादी में अपना असली मंगलसूत्र पहन लेती हैं। इसलिए कि लोगों को पता नहीं चले कि उनकी शादी हो चुकी है।"

रात थोड़ी शान्त थी। तराना ने देखा कि दिन की रोशनी में चित्र उतना उदास नहीं लग रहा था, जितना कि इस बल्ब की रोशनी में। ऐसा लग रहा था जैसे आँखों की उदासी अब तरल होकर बह निकली हो, और चेहरे पर अलग-अलग जगह जाकर ठहर गई हो। सुबह माथे पर लकीरें नहीं थीं पर इस समय कितनी साफ़ दीख रही हैं। ऐसा लग रहा है जैसे उनकी बातें सुनकर तसवीर का चेहरा परेशान हो उठा है।

4

"ये शहर इतना हंगामाख़ेज़, इतने फ़ित्ने उठाने वाला है कि मत पूछो। ये जलवे, ये फ़ित्ने सतह पर नहीं दीखते। ये तो यहाँ रोज़ गाड़ियों से क़तार-दर-क़तार उतरने वाले जवान लोगों के सीने में सोये रहते हैं। इस शहर ने जाने कितने ही शहर अपने अन्दर समा लिये, वो भी एकदम चुप रहकर। इन चमकदार बत्तियों के पीछे, शॉट्स के क्लैप के पीछे, एक्शन की आवाज़ के नीचे, और टिन के इन भारी-भरकम दरवाजों के अन्दर कितने ही खेत, दुकान दम तोड़ चुके हैं, जो शायद ज़िन्दा होते अगर ये जवान यहाँ दौड़ के न आए होते। यही क्यों, ये शहर तो न जाने कितनी जवानियों के कंगूरे पर टिका है जिन्होंने कब का दम तोड़ दिया है।" उनने मेकअप करते हुए पीछे खड़े भूदत्त से कहा।

"आप भी तो कभी यहाँ आई थीं?"

"हाँ! लेकिन हर आने वाली चीज़ एक दिन वापस लौट जाती है। जानहार को मसीहा और उड़ी हुई फ़ाख़्ता को कभी कोई मुँडेर रोक पाई है भला? हम भी उड़ जाएँगे एक दिन मैनेजर साहब। गाड़ी में न सही तो किसी काँधे पर टिक के ही। तुम कहाँ लौटोगे? मैंने तो कभी पूछा ही नहीं तुमसे मैनेजर।"

"जहाँ आप जाएँगी मैडम, इतने साल आपकी हाज़िरी में दिए हैं, आगे भी वहीं रहेंगे।"

"ख़ैर करो साहब, हम तो अब अपने पर तौल रहे हैं। चलाचली की बेला है। अब तो यहाँ से आख़िरी ठिकाने ही जाएँगे। तुम क्यूँ फ़ज़ूल साथ चलने की रट लगाते हो।"

"क्यों ऐसा बोलती हैं आप? आप की राह तो बिलकुल सीधी है। अभी तो बरसो-बरस हैं आप।"

सीधी है राहे शौक़ प यूँ ही कभी-कभी,
ख़म हो गई है गेसू-ए-दिलदार की तरह।

"'मजरूह' का ये शेर नहीं सुना तुमने? दुनिया की कोई राह सीधी रही है कभी।" कह के उनने सिंगारदानी के ऊपर लगा बल्ब बुझा दिया जिसका एक ही मतलब था कि भूदत्त अब जा सकता है। पर वो कहीं नहीं गया, वहीं खड़ा रहा। वो पलटी और उसकी दोनों हथेलियाँ पकड़ लीं।

"दोस्त और दोस्ती को इस शहर में खोजना बहुत मुश्किल काम है मैनेजर। ये शहर गरम देस की बंजर ज़मीन-सा है। अव्वल तो फूल खिलना ही बहुत मुश्किल है यहाँ और अगर खिल भी जाए तो झुलस जाता है। तुम अब कोई और काम ढूँढ़ लो। ये दरिया अब सूखने लगा है। भूखे-प्यासे होने की नौबत आए उससे पहले दूसरा काम देख लो मैनेजर। तुमने इतने साल अकेले मेरा काम सँभालने में बिता दिए ये क्या कम अहसान है।"

भूदत्त ने कुछ कहा नहीं पर उनने उसकी आँखों की नमी देख ली और उसकी हथेली थपथपा के छोड़ दी।

ও

दिन निकल आया था। जाली की दीवार में से धूप आकर कमरे में बिखर गई थी। घर में सबसे पहले धूप इसी कमरे में आती है। तराना उठी तो उसने देखा कि भूदत्त वहीं आरामकुर्सी पर सोये हुए हैं। डायरी उनके पैर के पास पड़ी हुई थी। उसने डायरी उठाई तो वो जाग गए।

"अरे उठ गईं तुम? मुझे तो पता ही नहीं चला, जाने कब नींद आ गई।"

"मुझे भी।"

"तुम ब्रश कर लो मैं चाय बनाकर लाता हूँ।"

"आप बैठिये मैं बना के लाती हूँ।"

"अच्छा! दूध फ्रिज में है और चाय-पत्ती, चीनी चौके में सामने ही रखी है। दोनों पर लिखा हुआ है।"

"आप अभी भी मुझे उतनी ही छोटी समझ रहे हैं कि जिसकी फीस भरकर आया करते थे। शायद जिसे तब पढ़ना भी नहीं आता था।"

वो उसकी बात पर हँसे तो उसने ग़ौर किया कि ये हँसी बड़ी निश्छल है। इतने साल उनके साथ काम कर के भी उनकी उदासी इन्हें पूरी तरह छू नहीं पाई। कैसी

रही होंगी वो ? उसने सोचा और चाय बनाने चली गई।

"अच्छा ये मोनालिसा की तरह मुँह बन्द कर के पोर्ट्रेट क्यों बनवाया था इनने ? खुलकर हँस नही सकती थीं ?"

"ये चित्र तो बहुत बाद में बना है। उनकी डेथ के कई सालों बाद। इसी फ़ोटो से बनवाया था। ये फ़ोटो ही बिलकुल आख़िरी दिनों की है। महाबलेश्वर में शूटिंग के वक़्त कभी खिंची थी ये फ़ोटो।"

"इनके अपने बच्चे ?" तराना ने पूछा।

"शादी ही बहुत कम वक़्त रही इनकी। मेरे ख़याल से कुल चालीस-बयालीस दिन।"

"ओह!"

"शूटिंग के बीच ही शादी हुई और बीच ही में ख़त्म। बड़ा अकेलापन रहा जीवन में।"

"हूँ..."

"मैं ज़रा बाज़ार हो आऊँ। तुम अगर और सोना चाहो तो अन्दर पलंग पे सो जाओ।"

भूदत्त के जाने के बाद वो बहुत देर तक दुबारा उस तसवीर को देखती रही। कौन सा ऐसा भाव था उस चेहरे पर जिसे वो पढ़ नहीं पाई थी अभी तक, पकड़ नहीं पाई थी। कल रात से दसियों बार तो देख चुकी है इस फोटो को। रोशनी के अलग-अलग कोण पर रखकर तो देख चुकी है फ्रेम को फिर भी कुछ छूट गया है। इन आँखों में अकेलापन, उदासी, दुनिया से जाने का ग़म नहीं है। इनमें तो कोई अधूरी इच्छा, कोई चटकी हुई आरज़ू है। उसने डायरी के खुले पन्ने पर हाथ फेरा और आगे पढ़ना शुरू कर दिया।

5

शाम बुझते-बुझते समंदर में उतर गई है। गली के लैंप-पोस्ट के नीचे दो मरियल कुत्ते एक-दूसरे से सटकर सो रहे हैं। टैक्सी से उतरकर जब वो साया गली में घुसा तो उनने आँखें खोलीं और फिर बन्द कर लीं। जैसे ये साया इस गली का ही कोई बाशिंदा हो जिसे ये कुत्ते पहचानते हैं। ये छोटे काश्तकारों और मछुआरों का मोहल्ला है। यहाँ सब सीपियों से बना सामान ख़रीदते-बेचते हैं। इसी मोहल्ले की पिछली गलियों से निकलकर पलाश स्टूडियो की तरफ़ जाया जा सकता है। ये एक छोटा स्टूडियो है और इसकी फ़िल्म 'शमा' में आजकल मुझे काम मिला है। मेरी पहली फ़िल्म भी पलाश की थी और शायद ये वाली आख़िरी हो।

वक़्त की ढलान पे खड़ा आदमी कब फिसल जाए, उसे पता ही नहीं चलता। गरूर का ढेला कब आकर आपके माथे पर लगे और आपका गुमान ज़मीन पे आ

जाए। धूप में फैली परछाईं अब शाम आते-आते सिकुड़ने लगी थी। सालों फ़िल्मों में चमकता सितारा होने के बाद अब मुझे दूसरे दर्जे के रोल मिल रहे हैं। इस के अलावा मेरी अपनी फ़िल्म 'साहिल और सितारा' ही है मेरे पास। वो साया बढ़ते-बढ़ते दरवाज़े के सामने आकर रुक गया। दस्तक ने मुझे चौंकाया नहीं बल्कि मुझे मालूम था कि वो मुझे ढूँढ़ते हुए यहाँ तक भी आ जाएँगे। ये दस्तक मुझे किसी और जहान के बाशिंदों के पास ले गई। ये ज़िक्र आज का नहीं है। पिछली सदी की वो रात किसी अंधे कुएँ से निकलकर मेरे सामने खड़ी थी। अँधेरे कमरे में अम्मा हैं और मैं हूँ। रोशनी के नाम पर एक लालटेन जल रही है जिसका चटका हुआ शीशा मेरे सामने दीवार पर एक ऐसे पेड़ की तसवीर बना रहा है जिस पर कोई फूल, पत्ती, फल ही नहीं है। बार-बार मुझे यही ख़याल आता है कि क़िस्मत ने हम बे-समर पौधों को रोपा ही क्यूँ? और अगर रोपना ही था तो चट्टानों में ही क्यूँ? मौसम खुला है पर समंदर की नम हवा बता रही है कि आज पानी पड़ेगा। लालटेन की रोशनी अब बुझने की कगार पे थी कि दरवाज़े पर खटखट हुई।

"कौन?"

"मैं।"

बाबा की आवाज़ पर अम्मा ने झट से किवाड़ खोल दिए। बाबा जो पिछले हफ़्ते-आठ दिन जाने कहाँ घूमने के बाद घर आए थे। ऐसा लग रहे थे जैसे उम्र के आठ-दस साल कहीं घिसकर उतार आए हों। न अम्मा ने पूछा और न ही बाबा ने बताया कि वो कहाँ थे इतने दिन। उनने मेरे हाथ में सीपियों से गूँथी दो मालाएँ रख दीं। मैंने उन्हें उलट-पलट के देखा। सफ़ेद सीपियों में नारंगी मोती पड़े हुए थे। ये खुर्शीद की दुकान की माला होंगी शायद। उसकी दुकान का सामान तो महँगा होता है। कोई भी माला बीस-बीस पैसे से कम की नहीं होगी। मैं सोचती रही कि बाबा के पास चालीस पैसे कहाँ से आए होंगे, जबकि मुझे तो माला पाकर खुश होना चाहिए था। तंगी बाज़ दफ़ा ख़ुशी के माने बदल देती है।

"खाना खाओगे?" माँ ने हंडिया देखते हुए पूछा, हालाँकि पूरी ख़ाली थी।

"नहीं! पेट में जलन-सी हो रही है। कुछ ठंडा हो तो दे दो। दूध सा...।"

अपने ही घर में उन्हें दूध जैसी चीज़ माँगने में शर्म और झिझक हो रही थी। माँ ने जाने किस कोने से छुपा हुआ दूध का कप निकाला और उन्हें पकड़ा दिया। वो शायद नहीं जानती थीं कि वो जलन क्या है? आज होतीं तो मैं समझा पाती कि अम्मा दिन-रात की इस आग में जलना कैसा होता है?

दो घूँट दूध पीकर बाबा ने माँ से कहा, "कल इसे पलाश ले जाना। शायद कुछ काम बन जाए। मैं बात करके आया हूँ आज।"

"कैसा काम?"

"वो लोग एक फ़िल्म बना रहे हैं जिसमें चाँद की छोटी बहन के लिए एक

लड़की की तलाश है उन्हें।"

चाँद सचमुच चमकता चंदा थी उन दिनों। उसकी बहन का रोल मिला था मुझे पहली ही फ़िल्म में। हीरोइन की बहन, दूसरे दर्जे का रोल है तो क्या हुआ? काम तो मिला। बारह साल की लड़की को फ़िल्मों में इतनी बड़ी हीरोइन के साथ काम करने का मौक़ा मिल रहा है ये क्या कम बड़ी बात है। कुल सात सीन थे पूरी फ़िल्म में मेरे। और आख़िर के सीन में मुझे मरना था। चाँद सीने से लगाए रो रही है मुझे, और मेरी काँपती आवाज़ धीरे-धीरे ख़ामोश हो रही है। सच कहूँ मुझे आज भी लगता है कि चाँद से अच्छा शॉट दिया था मैंने। देखो कैसे क़िस्मत ने पहली ही बार में पहचान लिया कि ग़म से मेरा बड़ा क़रीबी रिश्ता है। उसकी लगाई मोहर आज तक हलकी नहीं पड़ी। ज़िन्दगी पलाश के जिस गोल चक्कर से शुरू हुई थी वहीं ख़त्म भी हो रही है।

मैं सुनसान गली में चल रही हूँ। बरसात के बाद आकाश में धुला हुआ चन्द्रमा मेरे साथ चल रहा है और ज़मीन पर उमर का चौदहवाँ बरस। हवा की खुनकी में हाथ में पकड़े हुए पाँव ठंडे पड़ते जा रहे हैं। पिछले दो साल से लगातार छोटे-मोटे काम करके मैं थक चुकी हूँ। पर रोटी की गर्माहट थकने का कोई मौक़ा नहीं देती। हर मौसम में चेहरे की रंगत तो बदल जाती है पर मेरी आँखें—ये वैसी ही ख़ामोश, ख़ाली रहती हैं। इनने किसी भी रंग का आना रोक दिया है। कई बार ख़ुद आईने में अपनी आँखें देख के डर जाती हूँ। चौदह बरस की आँखें ऐसी तो नहीं होनी चाहिए। क्या कभी कोई शोख़ी यहाँ आकर बस पाएगी? घर आ गया, किवाड़ भिड़े हैं। मैं दौड़कर अम्मा को ये बताना चाहती हूँ कि अगले बरस पलाश वालों ने एक छोटे बजट की फ़िल्म में मुझे हीरोइन लेने का वादा किया है। इस फ़िल्म के बाद उसी की तैयारी करनी है मुझे, और चाँद के कपड़े तैयार करने वाले मास्टर मेरे कपड़े बनाएँगे इस फ़िल्म में। पर अम्मा, जिन्हें मैंने कभी अपना नाम लेते भी नहीं पाया, क्या समझ पाएँगी इस ख़ुशी को? मुझे तो ये भी नहीं पता कि उन्हें मेरा नाम याद है भी या नहीं। वो सीन मेरी आँखों से निकलता ही नहीं, अधखुली किवाड़ की दरार के बीच से मेरी आँखों में सदा के लिए बस गया है। बाबा लेटे हुए हैं। सर के नीचे पतला तकिया लगा हुआ है। शायद दर्द बहुत बढ़ गया है। अम्मा उनके घुटने एक-एक कर के मोड़ रही हैं और पेट के नज़दीक खिसका रही हैं। जाने उन्हें घुटने पेट में देने से सच में आराम मिलता था या आराम का वहम। अम्मा एक हाथ से उनका माथा सहला रही हैं और दूसरे से अपनी पनीली आँखें पोंछ रही हैं। बर्फ़ की एक ठंडी चट्टान मेरे सीने में सरक गई। चौखट के इस पार मैं हूँ और उस पार घर है। घर जिसमें अपनेपन का साझा दुख है पर मैं इस साझे में कहीं नहीं हूँ। मैं, जिसके

मुस्तक़बिल में ज़माने-भर को ग़म का नाटक दिखाना लिखा है उसका अपना ग़म क्या है? दिल के डूबने की आवाज़ पहली बार तभी सुनी थी मैंने। और मेरे इन आख़िरी दिनों तक ये लगातार किसी अंधी सुरंग में डूबता ही जाता रहा है। बाबा के जाने के बाद अकेलेपन ने, तनहाई ने मुझे शिद्दत से जकड़ लिया। बाबा ऐसे गए जैसे भरी दुपहरी में धूप में खेलते-खेलते कोई साथी किसी दीवार की ओट में दम भरने बैठे और फिर चुपचाप नज़रें बचाकर बीच खेल में से भाग जाए। अम्मा से मेरा कभी कोई उन्स का रिश्ता नहीं रहा। अम्मा और मैं बिना डोर के हवा में लटके घर के बाशिंदे थे। नज़दीकियों के नाम पर मेरे हाथों में ख़ाली अदृश्य हवा थी जिसे जितना भींचना चाहूँ वो उतनी ही तेज़ी से बाहर हो जाए। घर, अपने लोग, और रिश्ते मेरे मन में गढ़ी ऐसी फाँस थे जिसे मैंने जितना निकालना चाहा वह उतनी ही अन्दर धँस गई। इस दिली नासूर से बचने के मैंने नया साथी खोज लिया था, नशा। काम से लौटो, ज़रा अपने साथी से बात करो और आसमान में उड़ जाओ। धीरे-धीरे इस नशे ने मुझे अपने दामन में समेट लिया। अब छोटी-छोटी चीज़ों से दिल को तसल्ली नहीं मिलती थी। पहले अफ़ीम और अब शराब रात-रात भर मुझे गोद में लेकर लोरियाँ सुनाती है, और नींद में ले जाती है। अम्मा ने कभी मुझे रोकने की कोशिश नहीं की। जाने उन्हें मुझसे डर लगता था या बेपरवाही थी। जो भी था अब लोगों को मैं पसन्द आ रही थी, मेरा काम पसन्द आ रहा था। मेरी किसी रेगिस्तान में फँसे मुसाफ़िर-सी डूबती, काँपती आवाज़ लोगों को सुरूर से भर देती थी। मेरा टूटता वजूद उन्हें अदाकारी का नायाब नमूना लगता। पर कोई कभी समझ पाया कि मैंने कैसे अन्दर ही अन्दर ख़ुद को खींच के तान रखा है। ज़िन्दगी मुझे बार-बार भरमा देती है कि बहार के मौसम बहुत हैं, बस तुम मेरा हाथ न छोड़ना। और मैं पागल इस भुलावे में आकर अपनी डूबती नाव का चप्पू फिर थाम लेती हूँ। ओह! बाबा अगर तुम होते तो मैं तुम्हें मन के सब राज़ खोलकर सुनाती।

☙

कितनी अकेली उदास सी शाम है। घर की सब बत्तियाँ जल रही हैं पर रोशनी नीचे फ़र्श पर आते-आते कुम्हला गई है। कैसा अँधेरा है जैसे किसी ने हाथों पर रगड़कर दिन के चेहरे पर राख मल दी हो। मैनेजर को मैंने आजकल आने के लिए मना कर दिया है। शूटिंग भी रोक रखी है, जाने प्रोड्यूसर कैसे इस नुक़सान को भर पाएगा। ख़ैर मैंने ख़बर भिजवा दी है कि इन पाँच-सात दिन का मुआवज़ा मैं ही भरूँगी। हम सोचते क्या हैं और क्या हो जाता है। इस शहर ने बिलकुल बराबर का लेन-देन किया है मुझसे। ख़ूब रोशन दिन दिखाए तो बे-हिसाब काली रातें। उजली धूप दिखाई तो तेज़ बारिश भी दी। ये झूले की पींगों-सा बरसता पानी, तेज़ चमकती बिजली और नमीदार हवा मेरे दिल की खोखली दरारों में भीतर तक

उतर जाती है। रेशमी उदासी वाला ये मौसम कितनी दफ़ा मेरे पैरों में उलझन के चक्कर छोड़ जाता है। ऐसे मौसम में सिर्फ़ मरने का इन्तज़ार बाक़ी रह जाता है। मरना कितनी दीवानगी से भरा हुआ है। हर बार की तरह इस बार भी ये मौसम मुझे मायूस कर के गुज़र जाएगा।

इसी उलझन, इसी मायूसी से निकलने के लिए हम ज़िन्दगी को कितनी ही बार ग़लत हाथों में सौंप देते हैं। बाद में कितनी ही नाकारा, नाकाम कोशिश करते हैं सब समेटने की। पर तब सिवाय किर्चियों के हाथ क्या आता है? मैंने उसे पहले देखा या उसने मुझे ये कहना, सोचना बेमानी है। अस्ल मायने इस चीज़ के हैं कि हम जिसको साथी मान रहे हैं वो ज़िन्दगी के लम्बे रेगिस्तान में प्यारभरी फुहार-सा बरसेगा या ग़ुबार-भरे बादल-सा गुज़र जाएगा। झूठी, लफ़्फ़ाज़ और बेमानी ख़्वाहिशों के लिए हम साथ तो आ गए पर जुड़ न सके। सोने-सा चमकता ताँबे का टाँका ज़्यादा चल नहीं पाया। हम अधूरी ख़्वाहिशों के साथ-साथ रहे। प्यार का मुखौटा तो हमारी शादी में पहले ही हफ़्ते सरकने लगा था। जिस दीवार में बनने से पहले ही दरार आ जाए उसकी तामीर रोक ही देनी चाहिए। हमारा रिश्ता बड़ी जल्दी ही रास्ते पर आ गया, बस जैसे किसी इद्दत के ख़त्म होने के इन्तज़ार में हो। वो छोटा था मुझसे उमर में। उमर से छोटे आदमी की ख़्वाहिशें, चाहतें अलग होती हैं। वो आप में दोस्त ढूँढ़ेगा, उसकी चाह का तलबगार ढूँढ़ेगा। पर आपके उन नाज़ों को नहीं उठाएगा जिसके लिए आप किसी और को तलाशते हैं। किसी चेहरे में किसी आईने को तलाशना बड़े जोखिम का काम है। कोई चेहरा लाख चाहकर भी वह आईना नहीं बना सकता जिसमें आप अपने खोये हुए को तलाश सकें। वो बड़ी जल्दी पहचान गया कि मुझे उसमें अपने खोये हुए बाबा की तलाश है। वो तो ख़ुद ही अपनी औलाद नहीं चाहता था तो मेरा खोया हुआ हाफ़िज़ कैसा बनता। आप किसी को मुहब्बत से तो बाँध लोगे पर झूठी ख़्वाहिश से नहीं। उसने मेरा झूठ पकड़ लिया था। उसने जाना चाहा, मैंने राह दे दी।

आज अम्मा की बेतरह याद आ रही है। आज अगर होती तो मेरे घुटने भी पेट में मोड़ के कहती, "सोई रहो ऐसे ही थोड़ी देर, तकलीफ़ कम हो जाएगी तो दर्द भी कम हो जाएगा।"

पर अधूरी, अतृप्त इच्छाओं की भूख कहीं मिटी है भला। सब खो के भी उम्मीद का दिया लौ ले ही जाता है मेरे दिल में।

है अपनी क़िश्ते-वीराँ सरसब्ज़ इस यक़ीं से
आएँगे इस तरफ़ भी इक रोज़ अब्र-ओ-बाराँ

फैज़...

6

ये दिन बहुत उदास और बुरी तरह थका देने वाले बड़े हैं। ऐसा लगता है जैसे मेरी सारी ताक़त किसी रग के कहीं चटक जाने से चुपचाप बह गई है। शूटिंग पर भी अब बार-बार बीच में रुकना पड़ जाता है। घर पर लौटकर जो बिस्तर का सहारा लेना पड़ता है मुझसे वो अगली सुबह शूटिंग पर जाने के वक़्त ही छूटता है। ये शूटिंग भी दुबारा करनी पड़ रही है। मेरी इस बीमारी ने बार-बार परेशान किया है मुझे। इन कानों में अजीब-अजीब आवाज़ें बोलती हैं, कभी सरगोशियाँ करती हैं तो कभी किसी पहाड़ से टकरा के लौटी हुई सदा-सी गूँजती हैं। डॉक्टर कहता है कि ये मेरे नशा करने और ज़्यादा काम करने की वजह से है। मुझे ख़ूब आराम करना चाहिए। पर मुझे मालूम है कि ये ज़ेहन के डूबने के बायस हैं। देने वाले ने मुझे इस शर्मिंदगी से बचाने के लिए मेरे हाथों में एक अज़ीम मुश्किल रख छोड़ी है। जिस बीमारी में औज़ार लगने से ज़िन्दगी की गाँठ खुल जाती है उसी की गाँठ-गिरह मेरे हाथ बाँध दी है। डॉक्टर के लाख कहने के बाद भी मेरा मन इस बात को मानने को राज़ी नहीं होता। डॉक्टर ने मैनेजर से कई बार कहा कि बिना ऑपरेशन मेरे सही होने की सम्भावना हर दिन कम होती जाएगी। मैंने बहुत छोटी उम्र में इस बीमारी से बाप को जाते देखा था। इस नामुराद बीमारी का डर तब से मेरे दिल में गाँठ की तरह पड़ गया है। मैनेजर ने बार-बार कहा कि इस ऑपरेशन के बाद मैं सही हो जाऊँगी पर मैंने हर बार उसे टाल दिया। क़ैस को मरना है तो लाख़ लैला उसके सामने खड़ी कर दो पर रेगज़ार का सुनहरा कफ़न लैला की शफ़ा को हँस-हँसकर अँगूठा दिखा देगा। तड़प मंज़ूर है मुझे पर शरीर पर कोई ख़राश नहीं। यूँ भी ज़िन्दगी की कितनी ही ख़राशों को मुस्कुरा के छुपाया है मैंने।

अब बड़ी जल्दी-जल्दी हाथ-पैर सूज जाते हैं। कोहनी से नीचे कलाई तक हाथ और घुटने से नीचे के पैर ऐसे हो जाते हैं जैसे पानी-भरी मशक। बाल टूट-टूट के गिरने लगे हैं। इस मुश्किल से बचाने के लिए डायरेक्टर ने पूरी फ़िल्म में मेरा गेटअप ही बदल दिया है। कलाई तक की क़मीज़, गरारा और सर को ढँके हुए दुपट्टा। पर कोई मौत का गेटअप बदल पाया है भला? उसे आना है और हर शै आना है। हरचंद कोशिश कर लो पर वो मेहमान कभी आकर अकेला लौटा है बिना मेज़बान के! मेरी बड़ी आरज़ुओं में एक माँ सुनने की आरज़ू ख़ाली रह गई। अब लगता है ये मेहमान अपने मेज़बान को उसकी इस आरज़ू के पूरी हुए बिना ही ले जाएगा।

मेरे अन्दर अक्सर नैनीताल की एक शाम घूमती रहती है। शूटिंग ख़त्म हो गई थी और हम सब लोकेशन से वापस लौट रहे थे। मेरी गाड़ी काठगोदाम रोड से नीचे ढलान को उतरी ही थी कि एक आदमी सामने आ गया। ड्राइवर ने ऐन मौक़े ब्रेक लगा गाड़ी रोक ली। मुझे जाने क्या हुआ, मैंने पर्स खोल के कुछ पैसे निकले, गाड़ी का शीशा नीचे किया और उसे पकड़ा दिए।

पता नहीं कैसे उसने मेरा काँपता हाथ देख लिया और पूछ बैठा, "बहुत थकान लगती है?"

बेसाख़्ता मेरे मुँह से 'हाँ' सुनकर वो बोला, "आगे थकावट के कई मौसम आने हैं और ऐसी ढलानें जिन पर सँभलना मुश्किल है।"

अब अक्सर उसका चेहरा मेरी आँखों के सामने फिर जाता है। सुकून यूँ भी मुझे कभी नहीं रहा, और उस दिन के बाद तो एक पल भी नहीं। दिल बैठे-बैठे भर जाता है। इस घर के सामने जितना समन्दर है उससे ज़्यादा मेरे भीतर है। इस लबालब भरे मन में भी पतझड़ ने अपनी जगह बना ही ली है। पतझड़ की ये बेल अब धीमे-धीमे मेरे अन्दर गाती-गुनगुनाती बढ़ रही है।

एक बात कहूँ...पतझड़ की ये आवाज़ मेरे कानों की अब तक की सुनी आवाज़ों में सबसे शानदार है। इस आवाज़ ने मुझे सिखाया कि दुख की आवाज़, उसकी ध्वनि सबसे बारीक होती है। ये आवाज़ बताती है कि आपका दुनिया को देखने का माद्दा कैसा है? आप कितने हस्सास हैं, संवेदनशील हैं? बहार के मौसम में चें-चें करते परिन्दों को तो कौन-कौन ही न सुन ले? समाअत का असली हुनर तो दोपहर की चुप्पी में बोलती कोयल की आवाज़ सुनने में है। उससे भी ज़्यादा बिना देखे ये बताने में है कि कोयल किस डाल पर बैठकर कूक रही है। मैंने अपनी ज़िन्दगी का बहुत सा वक़्त इसी छुपी कोयल और डाली को ढूँढ़ने में खर्च किया है। इस तलाश ने कुछ और दिया हो या न दिया हो पर मेरे पेशे के हुनर को थोड़ा ज़्यादा चमकदार बना दिया। इतना कि कल को मैं मर-खप जाऊँ तो शायद कुछ लोगों के ज़ेहन में जिन्दा रहूँ। ये भी शर्तिया नहीं कि कोई किसी को याद ही रहे। लोग कितना झूठ बोलते हैं कि हमें उम्र के उस वक़्त की बातें भी याद हैं जब हम घुटनों के बल चल रहे थे या बिस्तर से करवट लेते गिर-पड़ जाया करते थे। मेरे साथ तो कभी ऐसा कुछ हुआ ही नहीं। मेरी यादों की तख़्ती पर तो मानो धारधार बरसात हुई हो और सब साथ बहा ले गई हो। बचपन तो छोड़िए अब इस उम्र में भी कम ही याद रहता है कि कल क्या हुआ था। किस सेट पर डायलॉग भूला, किस गाने पर बोल छूटे। कहाँ क्या-क्या हुआ कुछ याद ही नहीं। याद की सबसे ताज़ातरीन याद ही यही है कि बाबा के बाद कभी किसी सेट पर स्पॉटबॉय से अफ़ीम की ज़रा-सी ख़ुराक जुटाई थी। पर कब, किस फ़िल्म पर ये नहीं मालूम।

उदासियों ने बाद में कुछ और बढ़कर मुझे घेर लिया। ये शायद उन दिनों की बात है जब बाला की तबीयत खराब रहने लगी थी। जिस दिन ये पता चला कि उसका दिल उसका साथ छोड़ रहा है, उस पूरे दिन मेरे गले में एक सैलाब उठता-डूबता रहा। हालाँकि बाला मेरी कोई बहुत अच्छी दोस्त नहीं थी, पर दुश्मन भी तो नहीं थी। हमपेशा थे तो दोनों कभी किसी शूटिंग पर या किसी मजलिस में टकरा गए तो हँस के दुआ-सलाम कर ली, बस ऐसी दोस्ती रही उससे। वो मुझसे ज़्यादा

सुन्दर थी पर परदे पर दुख को जीने का मेरा अंदाज़, मेरा तजरबा उससे कहीं ज़्यादा था। बाला की बीमारी का एक यही फ़ायदा हुआ मुझे कि चुपके-चुपके लोग उसकी फ़िल्मों के रोल मेरे पास लाने लगे। उसको लेकर लोग सौ-सौ अंदेशे उठाने लगे कि कहीं उसकी फ़िल्में बीच ही में न अटक जाएँ। उसकी छोड़ी वही फ़िल्में मेरे दरवाज़े तक आईं जिनके आख़िर में मुझे मर जाना था। ख़ैर मरना तो सभी को है, पर्दा तो छोटी बिसात का कपड़ा है, अस्ल मौत के कपड़े का फ़लक तो चौड़ेपने का है।

मेरे अपने फ़लक के दायरे के सिकुड़ने का अंदेशा लोगों को मुझसे पहले होने लगा था। इतना पहले कि जब मेरी हथेलियों की पकड़ चीज़ों पर हलकी पड़ने लगी वो तभी समझ गए कि अब मेरी अस्ल डोर भी हाथ से छूटने वाली है। इस बीमारी ने मुझसे मेरी सबसे प्यारी चीज़ ले ली। मुझे अपना घर 'जज़ीरा' फ़िल्म के नुकसान की भरपाई और इलाज के लिए बेचना पड़ा।

ᏄᏋ

घर, जिसके होने के सपने-भर से कितने मौसम लहलहा उठते हैं। रेशमी धागों से बने हुए इसके मौसम जिनकी धूप-छाँव, बरसातें बड़ी अलहदा होती होंगी। जज़ीरा ऐसे ही सपने की इमारत है मेरे लिए जिसे अब छोड़ना पड़ रहा है। इसमें अपने कमरे के गीले फ़र्श पर लेट कितनी ही शामों का ढलता सूरज समन्दर में ग़र्क़ होते देखा है मैंने। कितनी सीली हवाओं वाली रातों का चाँद इसकी खिड़की से आसमान पर टँगा देखा है। ये अब भी उगेगा पर इसकी खिड़की से टिका हुआ सर न होगा मेरा। इस घर का नाम जज़ीरा रखते वक़्त मुझे बिलकुल भी अंदाज़ नहीं था कि ज़िन्दगी का टापू मन के पानी में धँस-धँस के एक दिन पूरा ही डूब जाएगा। घर से निकलना कई बार दुनिया से निकलने से भी बड़ा भारी काम होता है।

दुख ने मेरे धूप-छाँव की जासूसी बड़े लम्बे समय तक की है। दिन जाता है तो रात आ जाती है और रात जाती है तो दिन, पर पानी की आँख-सा दुख जो लगातार बह रहा है उसका सुराग ढूँढ़ने पर भी कहीं नहीं मिला मुझे। समय किसी जगह ज़रा देर टिक के बैठा ही नहीं कि मैं उसकी पीठ पर हाथ फेर सकूँ।

इन दिनों बिस्तर पर लेटे-लेटे एक सपना बार-बार आता है मुझे। मैं किसी गर्म जलती टीन के नीचे हूँ, ये जगह शायद कोई स्टूडियो है, और किसी तेज़ रोशनी ने मेरी आँखें चुँधिया दी हैं। इस स्टूडियो से निकलकर अब मैं घर जाने की सुनसान सड़क पर अकेली हूँ। इस सपने में इस सड़क पर एक पुरानी टूटी-सी पर मज़बूती से पाँव टिकाए एक अदृश्य हवेली मेरे साथ चलती रहती है। मैंने न जाने कितनी बार बीच राह में इस हवेली में शरण ली है। इसमें दरवाज़े से घुसते ही सीधे हाथ को सीमेंट से बनी सीढ़ियाँ है। बिलकुल सीध में एक आँगन है जिसकी उलटी तरफ़ एक कमरा है जिसके अधखुले किवाड़ों के बीच में से एक अंगूरी हरे रंग का दुपट्टा

जिसपे गुलाब, अंगूर की बेलें और मोर कढ़े हुए हैं, लहराता है। दुपट्टे का छोर जहाँ ख़त्म होता है वहाँ एक छोटी चौकी है। उसके ऊपर सफ़ेद तकिए पर कोई सर टिकाए हवा में फड़फड़ाती दुपट्टे की अंगूरी बेल के नीचे सो रहा है। मैंने कितनी बार उस चेहरे को देखना चाहा जो शायद मेरा ही है। पर उन बेलों पर चलने वाले चींटे और एक काँटो भरी शाख़, दोनों मुझे हवेली से निकाल बीच सड़क पर फेंक देते हैं, और मेरा आगे का रास्ता रोक लेते हैं। ये सपना तो हर बार यहीं टूट जाता है। ये शाख, जिसके तने पर बेशुमार काँटे हैं मेरे सीने में हर पल लहराती है। ये इतनी पैबस्त, इतनी अन्दर तक गड़ी हुई है कि उम्र के किसी भी दौर में इसे खींच के निकाल फेंकना बड़ा मुश्किल काम है। ये इतनी वज़नी है कि मेरी आधी उम्र इसके बोझ से पस्त रही और बाक़ी आधी इसके फेंके हुए जालों में उलझ के रह गई है।

इन तज़रबों के बाद मुझे मालूम चला कि ज़िन्दगी जैसी कोई चीज़ है ही नहीं कहीं। ये बस एक ख़ला है, एक अंधा गड्ढा, गिरो तो गिरते जाओ सरीखा। मैंने कई बार इस शाख़ पर ऐसा भी महसूस किया है जैसे कभी पल-भर को इन काँटों के बीच कोई हरा पत्ता उगा हो और लहलहा गया हो, पर ये शायद मेरा वहम है। ज़िन्दगी जाने क्यूँ बहुत एहतियात से बरतने की चीज़ मानी गई है। जबकि ये मुझे हमेशा ही बहुत जालसाज़ लगी, जिसका ऊपरी काग़ज़ ही बस मुलायम और साफ़-सुथरा है और अन्दर ख़ाली। ये जो चीज़ है जिन दिनों ये शाख़ नहीं होती उन दिनों ये धुआँ बन के सीने में सरसराती है। हस्सास लोग इसे चाहे कुछ भी बुलाएँ, कुछ भी कहें पर अस्ल में इस धुएँ का नाम शाम है, जिसकी देहरी पर एक बुझता हुआ दिया रखा है और जिसके आगे सिर्फ़ अँधेरा ही अँधेरा है।

वह दिल नहीं रहा है, न अब वह दिमाग है
जी तन में अपने, बुझता-सा कोई चराग़ है
मीर!!

☙

इसके आगे डायरी के सारे पन्ने ख़ाली थे। तराना ने एक धीमी साँस छोड़ डायरी बन्द कर वहीं तसवीर के पास रख दी। हाथ-मुँह धोए और होटल जाने के लिए टैक्सी वाले को फ़ोन करके बुला लिया। भूदत्त कब से उसके पीछे खड़े थे पर उसे ध्यान ही नहीं था। उसकी आँखें अब भी तसवीर पर टिकी थीं।

"तुम इन काग़ज़ों को देख लो एक बार।" भूदत्त ने उसे टोका।

"कैसे काग़ज़ है?"

"पुणे वाली ज़मीन के, देख लो एक बार फिर तुम्हारे नाम चढ़वाने की प्रोसेस शुरू कर देंगे। अपना अकाउंट नम्बर भी दे जाओ तो पैसा उसमें ही ट्रांसफर कर दूँगा।"

"मुझे ज़्यादा कुछ नहीं चाहिए। ज़मीन और चार लाख ठीक हैं मेरे लिए और

बाक़ी पैसे से किसी लड़की की पढ़ाई-लिखाई करा दीजिए। हाँ! ये फ़ोटो और डायरी मैं साथ ले जाना चाहती हूँ।'' वो बोली।

टैक्सी बहुत देर से दरवाज़े पे खड़ी थी। जब वो गाड़ी में बैठ गई तो भूदत्त ने उससे पूछा।

''तुमने ये पूरा पैसा लेने से क्यों मना कर दिया?''

''ताकि कल कोई और तराना आकर अपनी ज़िन्दगी बनाने के लिए आपका और इनका शुक्रिया अदा कर सके।'' उसने गोद में रखी तसवीर की तरफ़ देखकर कहा। ''अच्छा सुनिए एक बात और।'' एक पल हिचकिचाकर उसने कहा।

''क्या?''

''क्या आप मेरे असली पेरेंट्स को ढूँढ़ने में मेरी मदद करेंगे? जो पैसा अब आपके पास बचा है उसी में से इस्तेमाल कर लें ढूँढ़ने में, चाहे जितना लगे।''

भूदत्त ने उससे कुछ कहा नहीं, बस उसके सर पर हाथ फेरा और ड्राइवर को जाने का इशारा कर दिया। गाड़ी घड़ी-भर में ही गली के मोड़ से मुड़ के ग़ायब हो गई। मार्च का मुस्कुराता सूरज कुछ और चमक के उनके दरवाज़े के सामने आ गया और वो घर में घुसते हुए सोच रहे थे—ज़रा देखिए मैडम! मरकर भी आपको माँ बनना नसीब नहीं हुआ।

एक बालिश्त चाँदनी

डाल दिया रे पानी पे बिछौना, किसने किया रे ये पानी पे बिछौना
ससुर हमारे चौधरी, सास बड़ी तेताल, हाय– हाय– हाय–दिन रात लड़े हैं
डाल दिया रे पानी पे बिछौना, किसने किया रे ये पानी पे बिछौना

वो गाती जा रही थी और बरसते पानी को देख रही थी। कितने दिनों से लगातार बरसात हो रही थी। फरवरी की ऐसी उतार उसने ने आज तक नहीं देखी थी, न ही उसे ऐसा मौसम याद है कि जब फरवरी में कभी इतनी बरसात हुई हो। पानी की पतली–पतली लकीरें छत से फूटकर दीवार पर बह निकली थीं। उसने तीसरी बार गद्दा खिसकाया कि कहीं भीग न जाए। हवा में इतनी नमी थी फिर भी उसकी इन्द्रियाँ तपिश महसूस कर रही थीं। अँधेरे आकाश में धुएँ की एक रेखा सच में थी या उसकी आँखें ऐसे ही देख रही थीं ये बात वो समझ नहीं पाई। वो सारा दिन कमरे के अन्दर थी, बाहर निकली ही नहीं, फिर ये कमरे के भीतर उसकी आँखें क्या देख रही थीं? छत आकाश सरीख़ी हो गई है उसकी कल्पनाओं में और दीवार पर पानी की लकीरें धुएँ का प्रतीक। हवा में बरसात की गंध के अलावा एक और गंध थी जो बार–बार उठ रही थी जैसे कहीं दूध जल गया हो या शायद बालों के जलने की चिरायंध थी। ये सब सोचते–सोचते कब उसकी आँख लगी और वो कब तक सोती रही, उसे कोई होश नहीं। आँगन में हुई एक धमाकेदार आवाज़ ने उसकी नींद तोड़ दी। पहले उसे लगा कि जैसे पीपल की कोई डाल टूट के गिरी है पर दूसरे ही पल किवाड़ पे पड़ती दस्तक ने उसे चैतन्य कर दिया।

''कौन? कौन है?'' उसने डरते–डरते पूछा। अकेले होने का डर इस अँधेरे में उसे आज पहली बार लगा था। उसने सोचा! कौन होगा जो शहर के बाहर बने इस उजाड़ घर पे दस्तक दे रहा है? आज तक यहाँ की इक्का–दुक्का आबादी में कभी

किसी ने उसे आँख उठा के भी नहीं देखा तो दरवाज़ा खटखटाना तो बड़ी दूर की बात है, वो भी आँगन में कूद के। रात के बरसते अँधेरे में कौन उसके दरवाज़े पर है? क्या पता कोई चोर-उचक्का हो, कहीं चाकू-वाकू ही मार दे। मारे डर के उसके माथे पर पसीने की बूँदें आ गईं। दरवाज़े की बाकी कुण्डियाँ बन्द कर के उसने ख़ुद को कुछ और सुरक्षित महसूस किया। वो पलटी ही थी कि दरवाज़े की झिर्री से आती कराह की पुकार उसे जाने कहाँ ले गई, जैसे किसी की आवाज़ उसके मन में चमकी और पलट गई हो। उसने झट बिना कुछ सोचे दरवाज़ा खोल दिया। सामने एक तेईस-चौबीस साल का लड़का काँपता-सा खड़ा था।

वो अन्दर आकर एक कोने में चुपचाप काँपता हुआ बैठ गया। बहुत इन्तज़ार के बाद उसका डर कुछ कम हुआ तो वो उससे बोली,

''रज़ाई तो मेरे घर में एक ही है। हाँ एक मोटा अबरा है, उसे भी ओढ़ लेना, कुछ तो ठंड कम लगेगी।''

उसने कोई जवाब नहीं दिया। घुटनों पर ठोड़ी रखे वो वैसे ही काँपता रहा।

चम्पा ने दरी बिछाई, उस पर अबरा रखा और उससे बोली, ''बिस्तर लगा दिया है मैंने, तुम सो जाओ।''

वह सो गया तो वो कमरे से बाहर निकल आई। पानी ज़रा भी कम नहीं हुआ था। उसी रफ़्तार से बरस रहा था। आँगन की मोरी रुँधी पड़ी थी, पानी पूरे आँगन में भर गया था। टखनों तक भरे पानी में चलकर उसने कोने में रखी बाँस की खपच्ची उठाई और मोरी खोलने की कोशिश करने लगी। उसे पता ही नहीं चला, वो कब से उसके पीछे आकर खड़ा था।

''लाइए मैं कर दूँ।''

वो उसकी आवाज़ से चौंककर पलटी। खपच्ची उसके हाथ में पकड़ा के कमरे की चौखट से टिककर खड़ी हो गई। उसकी हथेलियों की तेज़ चोट से पल-भर में पानी खुल के बह निकला। वह जब से यहाँ आया है वो उसका चेहरा नहीं समझ पाई है। मोमबत्तियों के हलके उजाले में उसके कन्धों की बनावट तो दिखती है पर चेहरा नहीं दिखता। सुबह देखूँगी, उसने सोचा।

जब वह सुबह सोकर उठा तो वह कहीं नहीं थी। वह कमरे से बाहर निकल आया और रात के अँधेरे में जहाँ पनाह पाई थी उस जगह को नज़र-भर देखना शुरू कर दिया। लम्बे-लम्बे गलियारे और बरामदे उस घर को यूँ घेरे हुए थे जैसे भँवर के छल्ले पानी को घेर लेते हैं। दूर गलियारे के अंत में रंग उड़े घड़े और सुराहियाँ ऐसे रखे हुए थे कि मानो उनके भीतर का पानी सदियों पहले ही सूख चुका हो, और अन्दर एक ऐसी अनजान लिपि छोड़ गया हो जिसे यहाँ पढ़ने वाला कोई नहीं। आँगन का पीपल और बुर्जी एक-दूसरे से होड़ ले रहे थे। उसने देखा, बुर्जी के सिरहाने अलग-अलग आकार की इकतीस खूँटियाँ लगी थीं और पत्थर पर हर ओर तराशे

हुए कमल थे जिन पर अब काई का क़ब्ज़ा था। अकेले खड़े-खड़े उकता के वह अन्दर गया और वापस उसी सीले गद्दे पे पसर गया जिस पर रात-भर ठिठुरता रहा था। उसने जाँघ पर एक गाँठ महसूस की, हाथ से दबाकर देखा तो टीस की एक झंकार नस में लहक-सी गई।

वो जब वापस आई तो नींद में वह कराह रहा था। चम्पा ने हाथ बढ़ा कर उसका माथा छूना चाहा पर जाने क्या सोचकर रुक गई। जिस चेहरे को ठीक से देखने के लिए वो रात-भर बेचैन रही उस चेहरे में दिन के उजाले में कुछ ख़ास नहीं पाया। ये एक कम उम्र लड़के-सा चेहरा था, बस जिसकी लुनाई कहीं खींचकर फेंक दी गई हो। उसने कराह कर पाँव झटका तो वो बोली।

"क्या हुआ?"

"कुछ नहीं, शायद जाँघ में कोई फोड़ा है। बहुत दर्द हो रहा है सुबह से।"

"रुको एक पेन किलर ले लो और पुल्टिस बना देती हूँ लगा लेना, शाम तक फोड़ा फूट जाएगा।

"एक कप चाय और मिलेगी? वह उससे बोला।

ҩ

घड़ी का काँटा सरककर नौ की तरफ़ बढ़ने लगा था। मरियल-सी धूप नीचे उतरकर ज़मीन के एक कोने की तरफ़ बढ़ने लगी थी। बाहर जाते-जाते वो ठिठककर रुक गई। कमरे के एक कोने की तरफ़ चींटियों की एक कतार भूसे के कुछ कतरे लिये बड़े मनोयोग से बढ़ी चली जा रही थी। उसका मन हुआ कि एक मग्गा पानी डालकर सब को बहा दे। पर चींटियों से ज़्यादा उनकी पीठ पर लदे भूसे के छोटे-छोटे सुनहरी टुकड़ों ने उसका ध्यान बाँध लिया था। उसे ऐसा लगने लगा कि जैसे वो ख़ुद इन चींटियों के साथ चलते-चलते गर्मी की किसी शाम दिलावर मलिक भुसे की टाल तक पहुँच गई है। वही टाल जहाँ वो और तयूर बचपन में घंटों खेला करते थे, जहाँ से अम्मा उसे उसके धूल-भरे बालों से खींच के लाया करती थीं। चाय के साथ वो आटे की लोई में हल्दी लगा पुल्टिस तैयार कर लाई थी और दोनों चीज़ें उसे थमाते हुए बोली।

"कौन हो तुम? तुम्हारा नाम क्या है? यहाँ कैसे चले आए?"

"पता है कल शहर में फ़साद हो गया था?" वो उल्टा उससे पूछ बैठा।

"नहीं तो!" वो ज़रा परेशान होकर बोली। "तुमने बताया नहीं, उसने दुबारा पूछा।"

"क्या?"

"अपना नाम?"

"समय, मैं समय हूँ।"

"तुम समय हो, मतलब समय वाले समय?"

"हाँ।"

"काम क्या करते हो?"

"मैं घटनाओं की यात्राओं को दर्ज़ करता हूँ।"

"अच्छा ट्रेवलॉग लिखते हो?"

"नहीं तो।"

"तो कैसे करते हो?"

"देखकर मन में रख लेता हूँ।"

"मेरे घर कैसे चले आए?"

"तुम्हारे खुले आँगन में गिर पड़ा।"

"पतंग उड़ा रहे थे क्या?"

"नहीं, अन्तरिक्ष से टूटकर गिरा हूँ।"

"ओह!

"तुम्हारा नाम क्या है?"

"चम्पा। अच्छा पर ऐसे कैसे गिर पड़े? किसी ने धक्का दे दिया था क्या?"

"नहीं तो! पर कभी-कभी मुझे भी अपना घर छोड़ना पड़ता है।" कहकर उसने चाय का प्याला होंठों से लगा लिया।

उसने उसे देखा पर इस बात पर वो कुछ बोली नहीं। दूर कहीं कोई गाना बज रहा था या उसके कानों को वहम हो रहा था, उसे लगा कि हवा में एक धुन तैरती हुई आई और उनके पास बैठ गई—

'मन मेरा प्यार का शिवाला है, आपको देवता बनाना है।'

सारे शिवाले ढहा दिए जाते हैं और सारे देवता अस्थिभंग कर दिए जाते हैं। मन हमारे इन दिनों अजब से लिजलिजेपन से भर गए हैं जिनमें प्यार के टिकने की कोई सूरत लगती तो नहीं। उसने एक सिगरेट जलाई और फेफड़ों तक धुआँ खींचते हुए सोचा।

वो उसे सिगरेट पीते ऐसे देख रहा था जैसे कोई अजूबा देख रहा हो। कुछ देर की चुप्पी के बाद वह एकदम ही उससे पूछ बैठा।

"आप अकेली रहती हैं इस घर में?"

"हाँ तो! आधी दुनिया ही रहती है अकेले।" उसने ज़रा तल्ख़ी से उत्तर दिया, जैसे कह रही हो कि इतने व्यक्तिगत सवाल पूछने लायक पहचान तो नहीं हमारी अभी। फिर दूसरे पल ख़ुद ही उससे पूछ बैठी।

"क्या सच ही में फ़साद हुआ है?"

"हाँ। आपको नहीं मालूम? बाब-ए-निजात की तरफ़ बिजली के तार में झम्पर डालने से शुरू हुई थी, बढ़ते-बढ़ते कट्टे- गोली तक पहुँच गई बात।"

"शहर दूर पड़ता है। कोई ख़बर पहुँच ही नहीं पाती यहाँ तक और ये बरसात तो तुम देख ही रहे हो। कई दिन से हो रही है, इसलिए आना-जाना सब ठप है।"

अनजाने मेहमान ने उससे नज़र बचाकर घर का दुबारा जायज़ा लेना शुरू किया। कैसा मनहूस घर है, इतनी बरसात के बाद भी धूल-मिट्टी से अटा पड़ा है। न आला न खिड़की, न चंदा न तारा। इसमें रहने वाले का तो दम ही घुट जाए। और ये अजूबा लड़की कैसे रहती होगी यहाँ? उसने सोचा।

"नाम क्या बताया था आप ने? भूल गया।" उसने पूछा।

"चम्पा।"

"ओह! चम्पा।"

"चम्पा में क्या बुराई है भई, ख़ासा बढ़िया तो है? और नाम रखने में क्या है भला? अच्छा देखो पुल्टिस ने कुछ फ़ायदा किया या नहीं? अगर पानी रुक गया तो जाते हुए स्टैंड पर छोड़ दूँगी। आगे अपने आप मैनेज तो कर लोगे?" वो बोली।

"कहाँ जाते हुए?"

"काम पर।"

"क्या काम करती हो?"

"ऑर्केस्ट्रा में डांस।"

"??????"

"अब ऐसे क्या देख रहे हो। चाहोगे तो रास्ते से दवाई का पत्ता ले लेंगे। सात बजे से शिफ़्ट होती है मेरी।"

"सुनो, क्या आज रात-भर रुक जाऊँ? कल वापस चला जाऊँगा और पानी भी कितना पड़ रहा है।"

वो हाँ या ना कहती, उससे पहले ही उसने घुटने मोड़ के पेट की तरफ़ किए और आँखें मींच लीं। बादलों के नए जत्थे ने आकर आसमान में आपनी टाँगें फैला उतरती दोपहर की हलकी रोशनी को अचानक ही कुछ और कुंद कर दिया। शाम घिरने को तैयार खड़ी थी और वो ऐसे सो रहा था जैसे सालों बाद कहीं नींद आई हो। "कौन हो तुम, जिसके साथ अकेले होने पर भी मुझे डर नहीं लग रहा?" चम्पा ने दीवार से सर टिकाए आँखें मूँदते हुए कहा।

"समय हूँ! अच्छा चम्पा तुमने तो अब तक अपने बारे में मुझे कुछ बताया ही नहीं। वो आँखें बन्द किए-किए ही बोला।

"तुम तो समय हो। सब का लेखा-जोखा तुम्हारे मन के भीतर है। मेरा भी जानते ही होगे, फिर इतनी बेचैनी क्यूँ है जानने की?"

"जानता तो सब हूँ, पर तुम बताओगी तो तुम्हारा कुछ बोझ हलका हो जाए शायद? बताओगी न चम्पा?"

उसने सुनकर भी इस प्रश्न को अनसुना कर दिया। हलकी-हलकी खुमारी और

ठण्ड ने चम्पा को नींद के महल पर लाकर छोड़ दिया। नींद के इस विराट महल की चौखट पर ग्यारह गुलमोहर अर्ध-चंद्राकार खड़े हैं, जैसे किसी वीथिका का रूप हों। उसने गिने, छोटे से बड़े के क्रम में बढ़ते सात गुलमोहर तो जैन की बगीची के थे। वहाँ तो कैसे उजाड़-निश्चल कोहरा पहने खड़े थे और यहाँ कितने शौक से लहरा रहे हैं।

वो फरवरी की तीसरी तारीख़ थी और ये तारीख़ उसके लिए तीसरी शब का चाँद थी। तीसरी शब जिसमें चाँद लोटे में फँसा छटपटाता रहता है और लाख चाहकर भी बाहर नहीं निकल पाता। ऐसी ही एक तीसरी शब थी वह जब उसने जूतों के फीते कसकर बाँधे, और कंधे पर बैग टाँग बालकनी से सटी छोटी छत फाँदकर वो गली में आ गई। धुंध की पतली झिल्ली को पार कर के हवा उसके नन्हे से दिल में जा उतरी। उसने गली को देखा, सुनसान थी। वो तेज़ क़दमों से दौड़ती हुई गली के छोर तक आ पहुँची। यहाँ से उसायनी कोई सवा किलोमीटर होगी और वहाँ से बगीची लगभग उतनी ही दूर। वहीं वो उसका इन्तज़ार कर रहा होगा।

बगीचे में कोई उसका मुन्तज़िर नहीं था। उसने एक-एक कर हर कोने को खँगाल लिया। उदासी का चोला पहने बस सात गुलमोहर ही खड़े थे। उसने धोखे को और धोखे ने उसे दूर ही से पहचान लिया था। वो चाहती तो उसी घुप्प अँधेरे में घर लौट जाती और किसी को कानोंकान ख़बर भी नहीं होती। उसने घंटे-भर और इन्तज़ार किया पर जिसे आना ही नहीं था, वो आया ही नहीं। घर तो अब लौटने का सवाल ही नहीं था। ऑर्डिनेंस फैक्ट्री के दरवाज़े से आगरा की बस मिल जाएगी। उसने तेज़ क़दमों से फैक्ट्री की तरफ़ चलना शुरू कर दिया।

☙

बस इतनी धीमी चल रही थी कि एक बार उसका मन हुआ कि उतरकर इसके साथ-साथ पैदल ही चल निकले। कोहरे की हलकी बूँदें कीकर, बबूल की फटी हुई पत्तियों पर सूई की नोक-सी चमक रही थीं। फ़िरोज़ाबाद से आगरा के बीच के इस पूरे इलाक़े में कोई घना पेड़ नहीं था सिवाय कीकर, बबूल के जो मीलों इस सड़क के किनारे फैले हुए थे। बस जैसे-जैसे शहर को पीछे छोड़ रही थी उसकी साँस में साँस आ रही थी। ढूँढ़ने वाले जब उसकी तलाश में निकलेंगे तब तक तो वो इस शहर से बाहर निकल चुकी होगी, इस शहर से जहाँ उसने प्यार तो किया पर उसे पाया नहीं। सुबह की रोशनी आकाश पर तैरने लगी थी। उसने महसूस किया कि सीने में कुछ पिघल रहा है। मन पिघलकर सीने में भर गया है। आन की आन सीने में एक आँच लपट-सी उठती और बैठ जाती। सड़क किनारे क़तार से लगे कारख़ानों में से चूड़ियों से लदे ठेले एक के पीछे एक निकल रहे थे और चिमनियों से धुआँ। ये रंग-बिरंगे काँच के छल्ले शहर-भर में घर-घर हिल्ल चढ़ाने को पहुँचा दिए जाएँगे। बजबजाती नालियों वाले घरों के बरामदों में फट्टों पर इन

चूड़ियों को कसकर चढ़ाकर हिल्ल लगाने के लिए छोड़ दिया जाएगा। कितने हाथ दीख जाएँगे आपको जिनकी उँगलियों की पोर सुनहरे रंग में रँगी होंगी और चेहरे पर सस्ती सुनहरी अफ़्शाँ बिखरी होगी। पाँच-सात रुपया मिलता है एक तोड़े की लगाई का फिर भी लोग कितने प्यार से इस काम को करते हैं। इनके काम में डूबे चेहरे ग़रीबी के गीले कपड़े से पुँछ-पुँछ कर पीले पड़ गए हैं फिर भी इन्हें कितना प्यार, कितना इश्क़ है इस काम से।

उसने गले में पड़ा मफ़लर दुबारा कसकर लपेटा और सिगरेट निकाल ली और आने वाले दिनों के बारे में सोचना शुरू कर दिया। ज़िन्दगी यूँ लगती है जैसे कोई लेबनीज़ फैक्ट्री में बनी रोटी। भट्टी के अन्दर लाल, चमकती और हवा भरी हुई पर ज्यों ही बाहर निकलेगी तो पिचकी हुई दाग़-दगीली दीखेगी। गोल-गोल सफ़ेद रोटी सी ज़िन्दगी...।

"अरी! जल्दी-जल्दी हाथ चला...दो तोड़े लगाने हैं घंटे-भर में।" उसकी नींद के गलियारे में एक आवाज़ गूँजी।

खटाखट-खटाखट उसके हाथ चलने लगे, हिल्ल लगी चूड़ियाँ रोलर पर गोल-गोल घूमने लगीं। अम्मा बार-बार उससे खीज जाती कि चार बजते ही उसके हाथ थक जाते हैं, काम रुक जाता है। पर वो कैसे बताती कि हाथ नहीं थकते बस आँखें मलिक साब के मकान की तरफ़ घूम जाती हैं। यही तो वो समय है जब वो फैक्ट्री जाने के लिए घर से निकलता है और दुआ-सलाम के बहाने रुक दो घड़ी उसे देखकर वापस चला जाता है। यही छोटे-छोटे बहाने उसके सपनों की ख़ुराक हुआ करते थे। बस जब बिजलीघर अड्डे पर आकर रुकी तो उसे होश आया। अब यहाँ से कहाँ जाएगी वो? भाड़ में गया लेबनान, भाड़ में गईं रोटियाँ और भाड़ में गई चम्पा, उसने मेरठ की बस में चढ़ते हुए सोचा।

घर से आगरा, फिर आगरा से मेरठ का सफ़र यूँ तो एक दिन में तय हुआ पर उसकी हिम्मत ऐसे टूटी, मानो बरसों की घायल हो। आगरा छुपकर रहना इतना आसान नहीं होता। किसी न किसी दिन कोई न कोई उसे पहचान ही लेता, ढूँढ़ ही लेता। इस निर्वासन की पहली शर्त ही यही होनी थी कि जितनी दूर जा सके उतनी दूर जाया जाए। अब तो मेरठ भी छोड़े सालों होने को आए। जब मेरठ में कुछ काम नहीं बना तो उसने रामपुर का रास्ता किया। यहाँ ज़िन्दगी कुछ पटरी पर है। इन दिनों उसे घर बहुत याद आता है। घर याद आता है या घर से जुड़ा साथ वाला मकान, ये अब भी बड़ा प्रश्न है उसके लिए। पर अब उन यादों का यहाँ इस नए शहर में कोई काम नहीं। पर यादों की ज़मीन बड़ी सर-सब्ज़ होती है, आप चाहें न चाहें, उस ज़मीन पर अंकुर फूट ही पड़ते हैं।

जैसे वही कि जब उसने पहली बार चौधरी साब के बगीचे में छुपकर तयूर के साथ ज़िन्दगी की पहली बीड़ी पी थी। उसके मुँह से आती बीड़ी की खुरदरी गंध

ने जाने उसे कितनी ही बार ललचाया था। बीड़ी तो अम्मा भी पीती थीं पर उनके पास से ऐसी महक तो नहीं आई कभी। तेंदू के पत्ते में लिपटी तम्बाकू की ज़रा सी मात्रा ने ही उसके हवास को हिला दिया था, सारा दिन कनपटी पर हलका-हलका दर्द रहा। चारों तरफ़ से अमरूद के पेड़ों से उतरती गंध और तम्बाकू की महक ने उसकी उँगलियों को पकड़ रखा था। बगीचे की हौद से बीसियों बार कुल्ला कर के जब वो घर पहुँची तो अम्मा अपने आप में बड़बड़ाए जा रही थीं। उसे देखते ही बोलीं।

"अब की इन हरामियों को पुलिस से पकड़वा दूँगी। जाने रात को क्या ठोक-पीट करते रहते हैं? तू देखियो चम्पा एक दिन इनके घर से सुरंग निकलेगी।"

अम्मा बड़बड़ाती रहतीं और वो ऊपर-ऊपर से सब चुप रहकर सुनती रहती। पसे-ग़ुबार इतनी लाशें निकलेंगी ऐसा उसने कभी सोचा ही नहीं था। मिट्टी-सोना सब बराबर हो जाएगा एक दिन। लकड़ी के बड़े-बड़े चौकोर खम्बे जिन मकानों की नींव में ठुँके हुए थे उनकी नींव ऐसे दरक जाएगी, इसका उसे रत्ती-भर भी भान नहीं था। चम्पा को लगा मानो किसी ने नींद ही में उसके गले को दबा दिया हो।

बड़े-बड़े लकड़ी के खंभे उस घर की नींव में अन्दर तक धँसे हुए थे। घर के पहले तल्ले को जो सँकरी-सी सीढ़ियाँ जाती थीं उन पर महीन नक्काशी हो रखी थी। उन सीढ़ियों की लकड़ी कमज़ोर थी या नक्काशी के लिए इतनी छील दी गई थी कि अगर दो लोग एक साथ ज़रा तेज़-तेज़ उन पर चढ़ें या उतरें तो ऐसा लगता था कि मानो भरभरा के पाँव के नीचे से खिसक जाएँगी। इसी घर से लगकर थी दिलावर मलिक की भूसे की टाल जिससे उड़ती धूल गली के हर घर को कम-अज़-कम तीन-तीन बार साफ़ करने को बाध्य कर देती थी। और इसी घर में रहता था वो। इसी घर में, जिसमें से आधी रात को आती खट-खट की आवाज़ पर अम्मा कहती थीं कि "तू देखियो चम्पा एक दिन इनके घर से सुरंग निकलेगी।"

घर में सुरंग जाने थी भी या नहीं, ये तो वही लोग जानें पर हाँ एक सुरंग उसके दिल में बन गई थी जिसका एक मुहाना तयूर के दिल पर खुलता था और दूसरा उसके।

वो न जाने किस सपने की चिलम को आँख से फूँक बैठा था। ये सपना करवट-करवट उसे सोने नहीं देता था। कभी यहाँ, कभी वहाँ सरसराते धुएँ-सा कहाँ-कहाँ नहीं घुमाए फिर रहा था। किसी झील के तल के मोती-सा, किसी धूप की छाया-सा, एक उनींदी-सी पलक पर अटकी हुई किसी नींद के क़तरे-सा। ये सपना प्रेम था। उसके दिन अब ऐसे थे जैसे उनसे किसी ने रातें ग़ायब कर दी हों। दिन बीते तो रातें ख़ाली, शाम के बाद सीधे अगली सुबह। एक रेशम के तार-सा बटा हुआ दुख धीरे-धीरे उसकी बाँह से उतरकर उसके गहरे में पैठ गया था।

अनजाना डर उसके कमरे के रंग-बिरंगे पर्दों की सलवटों में झपकियाँ लेने लगा था। दुख मन के कोरे कपड़े पर पानी के छींटे-सा है, जिसे बहरहाल जज़्ब तो होना ही है। जितनी देरी, जितने अंतराल पर ये भीतर पैठता है वही देरी, वही अंतराल सुख है। जैसे उसने चम्पा से एक बार कहा था।

"झीलें जितनी उदास होंगी उनके पानी उतने ही शान्त और उनके पेड़ उतने ही घने होंगे चम्पा। इसीलिए उदासी अक्सर बड़े कमाल की चीज़ होती है, कुछ भी रोपिये इसमें लहलहाकर खिल ही जाएगा ख़ासकर अकेलापन और तनहाई।"

शहर की हदों से दूर उजाड़-निर्जन में जमना बहती थी। रेत के छोटे-छोटे ढूह जिनकी चिकनी पीठ पर पानी की कमी से असंख्य दरारें उभर आई थीं। वहीं उसी जगह एक रोज़ उसने तयूर का हाथ पकड़कर कहा था।

"देखना एक रोज़ हमारे सपने भी सूख-साख के बंजर हो जाएँगे। मैं तब यहीं इसी स्वर्गाश्रम में जमना की इन थकी हुई लहरों के सामने इन सपनों को रख जाऊँगी।"

"तब मैं रोज़ इन सपनों को देखने आया करूँगा। मैं अन्दर कैसे जाऊँगा, ये लोग मुझे अन्दर जाने देंगे? मेरा नाम सब भेद नहीं खोल देगा?"

"तुम किसी को बताना ही नहीं अपना नाम। झूठ नहीं बोल सकते ज़रा-सा।"

"झूठ मैंने कभी बोला ही नहीं चम्पा। पर मैं एक रोज़ चुपके से आऊँगा और इन सपनों को उठाकर भाग जाऊँगा।" उसने सिगरेट सुलगाते हुए कहा।

सपने बड़ी बारीक़ डोर में टँके रहते हैं, इन्हें आँख से उतार दिल में पहनने से पहले डोर की मजबूती जाँच लेनी चाहिए, वो ये बात मानती थी पर इत्मीनान नहीं कर पाई। मानती तो वो ये भी थी कि वो हमेशा सच ही कहेगा उससे पर ऐसा हुआ तो नहीं। 'परसों तड़के बगीची में मिलना,' जिस पर्ची के दम पर वो सपने सजाए छत फाँद भाग आई थी उसकी लिखाई तो उसके वहाँ पहुँचने से पहले ही मिट गई थी।

अम्मा ने उसे झकझोर के उठा दिया। चम्पा ने देखा गाड़ियों की एक क़तार उस घर के सामने आ रुकी थी। पुलिस के जूतों की आवाज़ें उन सीढ़ियों से नहीं चम्पा को अपने दिल से आती सुनाई पड़ीं। हवा की साँस बाद में रुकी, उससे पहले चम्पा ने अपना दम घुटता देखा। एक गंदे से रस्से में उसकी दोनों कलाइयाँ जकड़ी हुई थीं। तीन पुलिस वालों के पीछे वो सर झुकाए हुए सीढ़ियों से उतरा। एक सिवाय उसके मोहल्ले में सब की गर्दनें ताँक-झाँक को उठी हुई थीं। अम्मा उसके कानों में फुसफुसा रही थीं।

"देख ले, तुझे विश्वास ही नहीं था। नक़्शे पकड़े हैं पुलिस ने गड्डी के गड्डी। इस लड़के के बिस्तर के नीचे से धर निकाले। चौके में से कट्टे भी निकले हैं तीन। अब जा रहे हैं दिलावर को भी टाल पर लेकर, वहाँ भी तलाशी लेंगे। जब आधी-

आधी रात को आवाज़ें आती थीं तब तू ही कहती थी न अम्मा अदरक कूट रही है। बेचारा कारख़ाने से आया है अम्मा तो चाय बना रही है। बन गई चाय। किसी ने फ़ोन कर के ख़बर दी पुलिस को इसके बारे में। बड़ी छपैटी में कल किसी की कनपट्टी पे कट्टा रख दिया था इसने, सुधा की बहू बता रही थी मुझे।''

वो जानती थी पुलिस को किसी और ने नहीं अम्मा ने ही फ़ोन कराया है पर बोल नहीं पाई। अम्मा ने कभी ज़ाहिर नहीं होने दिया पर वो जान गई थी कि अम्मा को उसके और तयूर के बारे में सब पता है। चौधराइन ने सब बता दिया था अम्मा को और अगली सुबह अम्मा चौधराइन के बेटों के साथ उसकी टाल पर पहुँच गई थीं। बाद में ये सारा किया-धरा इसी प्रपंच का हिस्सा था। उसके बाद हफ़्तों उस घर से उसने कोई आवाज़ नहीं सुनी। न ही कोई सीढ़ियों से उतरा न चढ़ा, न ही टाल का लोहे का दरवाज़ा खुला और न ही मोहल्ले-भर को ढँकने वाली धूल ही उड़ी, न ऊँटों पे बँधे महमिल आए न बड़ी-बड़ी आँखों वाले बैलों की बुग्गियाँ ही उस गली में दिखीं। एक दिन वो लौट आया वज़न एक चौथाई और रंग राख-सा लेकर। चम्पा ने उसे देखा पर वो सीधा दनदनाता हुआ घर में घुस गया। उस रात चम्पा ने गले में पहनी सपनों की माला उसी स्वर्गाश्रम की चौखट पर रख छोड़ी जिसके सामने उदास जमना बहती थी। फिर एक दिन उसे अपनी बालकनी में एक पर्ची मिली और उसने अपने जूतों की तस्में बाँध लीं।

cß

''क्या सच ही उसके घर से नक्शे मिले थे?'' उसने चम्पा से पूछा।

''मेरे ख़याल से नहीं।''

''तो फ़िर।''

''जब समाज का तारतम्य बिगड़ने लगता है तो जो घर कमज़ोर हदों में आता है उसकी नीवों पर लोग हमला कर देते हैं। उसका घर मोहल्ले-भर में गिने-चुने घरों में से एक था। आगे-पीछे सात गलियों में एक ही जैसे हरसिंगार के बीच मौलसिरी।''

''तुमने अपनी माँ से कभी कुछ पूछा नहीं?''

''पूछने की कोई ज़रूरत ही नहीं होती जब सब पता हो, और फिर पूछने लायक वक़्त ही नहीं था मेरे पास। उन दिनों इतना होश ही कहाँ था। चीज़ें बहुत बाद में ठहरकर देखने में समझ आती हैं।

''कैसे?

''जिन चौधराइन की ठार पर, अमरूद के बाग़ के बीच मन्दिर से हो के तलैया वाले रास्ते में हम मिलते थे, वहीं चौधराइन ने देख लिया था। चौधराइन के चौड़े हाथ की धमक अभी भी मेरे कान में कभी-कभी दर्द कर जाती है।

''जात का मुसल्ला, इससे मिलना-जुलना है तेरा। तेरी अम्मा को नहीं बता रही

अभी। पर अगली बार इसके साथ दिखी तो घौंटू तोड़ दूँगी तेरे।'' चौधराइन ने मुझसे तो इतना ही कहा पर अम्मा को सब बता दिया था शायद। चौधराइन के लम्बे-चौड़े व्यक्तित्व के सामने पूरा मोहल्ला ही चुप रहता था, रहता भी क्यूँ नहीं सारा मोहल्ला उन्हीं की ज़मीन पर जो था।

''इस धोखेबाज़ी ने तुमको कोई चोट नहीं दी चम्पा? यहाँ-वहाँ भटकती रहीं। कभी रुककर सोचा नहीं।''

''चोट क्यूँ नहीं दी। चोट नहीं दी होती तो आज मैं तुमको यहाँ इस घर में कैसे मिलती?''

''ये घर?''

''कहते हैं कभी रामपुर रियासत के पहाड़ी इलाक़ों में फैली हुई कई इमारतों में से एक इमारत ये भी है। अब देख लो रियासत गई, इस हवेलीनुमा नक़्शे का आन-बान गई।

और तयूर? उसका नक्शा, उसकी आन-बान, याद नहीं किया उसका चेहरा?''

''स्पंदन की गति, धड़कन की चाल ये लगातार आपको बताती है कि हर चलने वाली चीज़ को एक दिन एक पल सहसा ठिठक के रुक जाना है। इसलिए अब प्रेम, परिवार, लम्बे रिश्तों की धारणा में मुझे बिलकुल विश्वास नहीं है। ये बार-बार घड़ी-घड़ी आपके मन में वहमें डालेंगे, एक-दूसरे को लेकर मन भी मैला होगा कई दफ़ा। सो इन अजब-सी उलझनों से बचने का रास्ता खोजना चाहिए। दिल जैसी एक दिन रुकने वाली चीज़ की रफ़्तार बार-बार क्यूँ घटाई जाए। ख़ुसूसियत, दोस्ती, गहरे सम्बन्ध, प्यार ये सब हवा-हवाई बातें हैं। सो आप ये न समझिए कि मेरे साथ इस टूटे-फूटे घर में, मेरे कमरे में हैं तो मेरे दिल में भी हैं। अब मेरा दिल बहुत रूखा और तंग है। इसमें सम्बन्धों की गुंजाइश बिलकुल ही नहीं। मेरी अपने घरवालों से ही नहीं बनी तो किसी और से क्या बनेगी? जैसे कल को मुझे ये याद भी नहीं रहेगा कि तुम जाने कहाँ से कटकर, टूट के इस आँगन में आ पड़े और मेरे साथ रहे। तुम कुछ भी नहीं एक बेचेहरा मुखौटा हो बस।''

''तुमने कहा कि तुम नाच करती हो?'' उसने पूछा।

''हाँ...क्यूँ पूछ रहे हो?''

''बस ऐसे ही। तुम्हारे घर में कोई तसवीर, मूर्ति नहीं दिखाई दी न शारदा की इसलिए।''

''कौन शारदा?

''सरस्वती, ज्ञान की देवी।''

''हम्म, तुम अफ़ीम रखते हो क्या अंटी में?''

''क्यों?''

''अजी हमारे लिए ज्ञान की देवियाँ अलग हैं। हेलन, कुमकुम, पद्मा और

विदेश की जिस देवी के पोस्टर हम लोगों के कमरे में पाए जाते हैं वो मर्लिन है। हम किसी शारदा-वारदा को नहीं जानते। हम लोग दूसरे तरीक़े के नाच करते हैं, जिससे तुम्हारी शारदा का कोई वास्ता नहीं।''

रात उसकी चौखट लाँघकर आज पहले ही अन्दर आ गई थी। इन्तज़ार उकताया हुआ दरवाज़े के नज़दीक ठिठका हुआ खड़ा था। दरवाज़ा बार-बार हवा के झोंकों से खुलता और भिड़ जाता। इन्तज़ार लगाव को, उन्स को कई बार ख़त्म कर देता है और कई बार ज़िन्दा बनाए भी रहता है। विस्मृति में खोये राही दुबारा लौटते ज़रूर हैं पर एक इन्तज़ार करा के। कई बार बड़ा इन्तज़ार देकर लौटते हैं और कई बार ऐसे जैसे रात को देखा सपना भोर का दरवाज़ा खटखटाकर भीतर चला आए। इस अनजान मेहमान के संग कोई और भी मन के झाड़-झंखड़ों में से धूल झाड़ता साथ-साथ चला आया था। अनमनी-सी चम्पा ने देखा वो उसके पायँते बैठा हुआ था, उसके घुटनों पर हाथ रखकर ।

''क्या सोच रही हो?'' उसने पूछा।

''यही कि तुमने समय बनकर बड़े ज़ुल्म किए हैं हम पर। तुमने हमारी हर उस आस को जो उपजाऊ है ख़त्म कर दिया। हमारे सीने में दरारें भर दीं और ज़मीन की छातियों में तारों की बाड़ डाल दी। बुलबुलें सब ईरान को दे दीं और हमारे राजा को अफ़ीम। बारिशें तब दीं जब हमारे चेहरों पर आंधियाँ मली गईं। दिल जैसी चीज़ जिसे हरा होना था उसे तुमने ख़ूनमख़ून लाल रंग डाला।'' वो एक साँस में सब कह गई।

वो एकटक उसे देखता रहा और फिर ज़रा मुस्कुराकर बोला।

''सुनो दिल को दिल ही रहने दो इसे दरख़्त न बनाओ। जिस दिन ये दरख़्त बना तुम इसमें कोंपलें ढूँढ़ोगी और बाद में परिन्दों के घोंसले। एक दिन इसी दरख़्त की जड़ें रेशा-रेशा तुम्हारा दम चूस लेंगी। तुम ज़मीन के लोगों की यही मुश्किल है कि दिल से ख़ून बढ़ाने के सिवाय सारे काम लेना चाहते हो।''

''कुछ खाने को दोगी, भूख लग आई।'' वो बोला।

वो उठी और चुपचाप चौके में चली गई।

''सुनो क्या उसकी याद नहीं आती तुम्हें? क्या तुम भूल गई हो उसे?''

''हम पड़ोसी थे। आमने-सामने के मकान थे। काँच के कारख़ाने में काम करता था वो। उसने ही पहली बार बताया था मुझे कि छाती से हवा खींचकर कैसे काँच में फूँकी जाती है। कैसे हवा के क़तरे काँच में अन्दर बिखर जाते हैं। कैसे हवा का एक क़तरा काँपता हुआ होंठों से उतर दिल में भर जाता है। कैसे ज़रा-सी आँच से हीरे-सा काँच मोम-सा पिघल जाता है। कितना सामान बनता था उसके कारख़ाने में। हमारे घर भी चूड़ियाँ उसी के कारख़ाने से आती थीं हिल्ल के लिए। सालों की

पहचान, दोस्ती प्यार में कब बदली मुझे पता ही नहीं चला। हमने कई बार घर से भागना चाहा पर हिम्मत न जुटा सके।''

''फिर उस दिन कैसे हिम्मत जुटा ली तुमने ?''

''उसकी एक चिट्ठी मिली थी साथ चलने की, मुझे लगा नाराज़गी दूर हुई उसकी। फिर कभी-कभी भूल से हुए गुनाह का मोल भी चुकाना पड़ता है। उन दिनों शहर के हाल ठीक नहीं थे। गली बोहरान (चूड़ी बाज़ार) में चूड़ी की टोकरी रखने को हुए झगड़े ने शाम भर ही में शहर को अपनी लपेट में ले लिया। गलियाँ जलीं, थाने फूँक दिए गए। शहर के सारे राहे-दोराहे, तिराहे-चौराहे मिनटों में जल उठे थे। इसी की आड़ में अम्मा एक दिन अपना काम कर गईं।''

''कैसा काम ?''

''वही पुलिस को फ़ोन। शायद ये कहा था कि बवाल में शामिल एक लड़का यहाँ छुपा हुआ है।''

''उसके बाद ?''

''उसके बाद मैंने उसका इन्तज़ार किया और वो आया ही नहीं वहाँ। शायद उसने सोचा होगा, ऐसे करके सबके सामने मुझे भागी हुई लड़की साबित करके मेरे घरवालों पे बट्टा लगा के वो अपनी और अपने घरवालों की तकलीफ़ों, उन सब ज़लालतों का हिसाब चुका सकता है जो मेरे घरवालों से उन्हें मिले थे। एक भागी हुई लड़की लाख सलाहियतों के बाद भी सबसे नीची सीढ़ी पर होती है तुम्हारे समाज में।

''क्या पता वो वहाँ आया हो ?''

''कौन जाने ? वैसे उस दिन के बाद ये झूठी उम्मीद मैंने कभी पनपने नहीं दी।

''तुम वापस लौट क्यूँ नहीं गईं चम्पा ?''

''कहाँ ?''

''अपने घर।''

''आह! एक न एक दिन तो उन्हें पता चल ही जाता कि मैंने कहीं भागने की कोशिश की थी, वो भी उसके संग, उसके बाद वो लोग मुझे मार देते। चौधराइन के बेटे अपने ही बाग़ में कहीं दफ़्ना भी देते और किसी को पता भी नहीं चलता। दिन के पाँच तोड़े सात रुपए के हिसाब से लगाती थी तब पैंतीस रुपया रोज़ की कमाई थी। ऐसे ही फुटकर पैसे मेरा भाई, माँ और पिता कमाते थे। वो मुझे सूखे टिक्कर तो खिला सकते थे पर दूसरी जात में दो ढंग की रोटी खाने के लिए बियाह नहीं सकते थे। मैंने घर सब सोचकर जान-बूझकर छोड़ा था। जिन्दा रहने की ललक और चाह हर प्यार, हर सम्बन्ध से बड़ी होती जिसे मैं दुबारा उस घर में जाकर दाँव पर नहीं लगा सकती थी।''

''तुम बहुत कैल्क्यूलेटिव हो ?''

''कुछ बुराई तो नहीं इसमें। मरने से दस गुना बेहतर है कि आदमी अपना ठिया

बदल दे।'' कहकर वो चुप हो गई।

बहुत देर चुप रहने के बाद वो ही बोली। जैसे किसी बुख़ार की चपेट में आने के बाद कभी-कभी मरीज़ बड़बड़ाने लगता है वैसे ही अचानक उसने बोलना शुरू कर दिया।

''मुझे ऐसा लगता है जैसे मेरा मन कोई नमीदार जगह है। इस जगह किन्हीं दीवारों में से किसी एक पर एक गोल घड़ी टँगी है, जिसकी तलहटी में कोई पहाड़ी कम बहाव की नदी और पीले छींट के पंखों वाली ख़ूब सारी तितलियाँ हैं। नदी के कई हिस्सों में गोल चिकने सफ़ेद पत्थर बिखरे हुए हैं। कई बार मुझे लगा है कि इन पत्थरों को कोई चुपचाप रात के अँधेरों में उठाकर ले जाएगा और किसी मुरझाए हुए पौधे की गोद में रख देगा। कैसी मान्यता है जो पत्थर में सोये शिव को ठंडी नदी के पास से उठाकर कहीं दूर किसी अनजान के पास रख आती है। कई बार जब अतीत की कोई याद तपती हुई इस कमरे में इन तितलियों से मिलने चली आती है तो मेरा सारा ध्यान बजाय उसका चेहरा देखने के उसके गर्म तलवों के गीले फ़र्श पर पड़ने से निकलने वाले धुएँ पर चला जाता है। अब बहुत ग़ौर करने पर भी कोई चेहरानुमा चीज़ याद नहीं आती। भूलना मेरे लिए सदा ही मुसीबत का बायस रहा है। भूलने से पहले मुझे घंटों यहाँ तक कि कई-कई दिनों तक ये याद करना पड़ता है कि मन भूलना क्या चाह रहा है? मेरे अतीत के पास याद जैसी कोई चीज़ नहीं कि जिसका चेहरा-मोहरा मेरे अन्दर कहीं बसा हो। चूँकि मेरा अतीत यादों के नाम पर बस ख़ाली हवा का पर्दा है, जो हिलता तो है पर उस पर कोई सिलवट नज़र नहीं आती। इसलिए मुझे ऐसा लगता है कि कभी आने वाले दिनों में भी मेरे पास कुछ ऐसा नहीं होगा जिसे भूलने का उपक्रम करना पड़े। हाँ, जब भी कभी रात-बिरात मन के भीतर धुआँ उठता है और उठकर बूँद-बूँद पहले से गीली दीवारों की सतह पर जम जाता है, तब एक हूक-सी हड़बड़ा के उठ खड़ी होती है। उस वक़्त भी मेरी आँखों के पास कोई ऐसा सरोकार नहीं होता जो मेरे मन से कहे कि लो मैं जब चुपचाप आड़ से एक दरवाज़ा खोलूँ तो तुम उमड़ता-घुमड़ता हुआ ये पानी कनपटियों की तरफ़ बहा देना। ऐसे मौक़ों पर मैंने महसूस किया है कि मेरी आँखें नींद का बहाना कर पलकें झपका लेती हैं और मन ख़ामोशी से धुएँ में से पानी जमता देखता रहता है। आँख को अगर कोई याद का चेहरा न मिले तो मन को कोई ऐसा पत्थर ज़रूर मिलना चाहिए जिसे वो चुपचाप शिव मान कर किसी कोने में रख ले। मैंने तुम्हारा कितना इन्तज़ार किया कि तुम आओगे, यूँ सामने बैठोगे और मुझ से बात करोगे। कितने बरस हुए अब मुझे याद भी नहीं। मैंने झीलों जैसे नर्म सीले पाँव पर धूप बाँधी थी। पर अब तलक न मन तक हरारत ही पहुँची है और न ही इसकी उदासी की नमी ख़त्म हुई है। तुम्हारे होने न होने के बीच जो ख़ाली जगह है उसी की मिट्टी में मेरे अतीत का पेड़ अपनी जड़ें रोपना चाहता है,

हरा होना चाहता है। तुम न जाने कितने देशकाल, कितनी शताब्दियाँ बिताकर और कहाँ–कहाँ भटककर इस खंडहर से घर में आ गिरे। इस घर में जिसके रंग–रोगन में मेरे अकेलेपन और उदासियों की सियाही के छींटे यहाँ–वहाँ बिखरे पड़े हैं। इस घर का इस जगह का पानी भी सूख चुका है, यहाँ से लौट जाओ।''

''क्या सच ही लौट जाऊँ?'' उसने एक अजब लगावट से पूछा जिसे वो पल भर में ही पहचान गई।

''मुझे लगावटों, स्नेह, अफ़ेक्शन से घबराहट, झिझक होती है। प्यार की गुंजाइश नहीं बची अब। मेरी जिदें ऐसे हरे ठूँठ हैं जिन्हें तुम्हारी किसी भी चाहत का पानी मुफ़ीद नहीं। तुमको मुझसे कुछ हासिल भी नहीं होना। सुबह तड़के निकल जाना।'' कहकर उसने अपने घुटनों पर रखे उसके हाथ हटा दिए।

अगली सुबह वो लौट गया। जैसे बरसात में टूटकर सरसराता हुआ उसके आँगन में आ गिरा था, वैसे ही फुहार में चुपचाप उसकी देहरी से उतर गया। गली के मुहाने तक पहुँचने में उसे कितने साल लगे, उसे याद ही नहीं। इतना ही याद है कि जब मोड़ से गर्दन घुमाकर देखा तो दरवाज़े की सलाखों पर उसकी उँगलियाँ लिपटी हुई पाईं। घनी बदली में पल–भर को एक बालिश्त चाँदनी छिटककर बिखरी और चुपचाप आसमान में खो गई।

''चम्पा अपने दिल को दरख़्त होने से बचाए रखना।''

जाने वो सुन भी पाई या नहीं पर वो इतना कहते–कहते गली से बाहर निकल गया।

चाँद की पेशानी पर इक दाग़ है...

I
वक़्त की नब्ज़

"तुम्हारे आगरे में बर्फ़ पड़ती है?"

"नहीं, मेरे आगरे में ऐसा कुछ भी नहीं होता है।"

"अच्छा क्या तुम्हारे दिल्ली में समंदर है?"

"नहीं, मेरी दिल्ली में वहशत है, हवस है, मुहब्बत है।"

फ़ोन की घंटी ने उसे कच्ची नींद से उठा दिया।

"हैलो, कौन?"

"सलाम बाजिया।"

"सलाम, इतनी रात गए फ़ोन, सब ख़ैरियत है?"

"हूँ...सब ख़ैरियत है। अब्बू चाहते हैं तुम किसी को भेज रक़ाबगंज वाली ज़मीन का पैसा मँगवा लो।"

"बेच दी क्या?"

"नहीं, पर जल्दी ही बेच देंगे, शायद अगले हफ़्ते तक आ जाए पैसा।"

"किसी और के हाथों क्यूँ?"

"बाजिया, बक़ौल अब्बू इस घर में शराब, सनसनीख़ेज़ बातें, और हंगामाख़ेज़ औरतों के आने पर पाबंदी है।"

"तुम शराब भी पीती हो, सनसनी में रहती हो, और हंगामाख़ेज़ भी हो।"

"दिल्ली में रहना कोई सनसनी वाली बात तो नहीं।"

"ये तो तुम्हीं जानो।"

"ठीक है, रखते हैं फ़ोन। पैसा मँगवा लेंगे हम ख़ुद।"

"ख़ुदा हाफ़िज़।"

ര

"तुम बहुत हंगामाख़ेज़ हो निकहत, बड़ा ब्लंट एटिट्यूड है तुम्हारा।"

कौन है जो रात-रात भर उसके कानों में गूँजता रहता है? अब सारी रात नींद नहीं आएगी उसे। अकेली रातें बड़ी लम्बी होती हैं। काटे नहीं कटतीं। ऐसा लगता है ये तनहाई एक साहिल है दूर तक फैला हुआ, अंतहीन, बेहद लम्बा और विराट, और रात के परों पर बैठा ये साहिल वक़्त की नब्ज़ गिनता रहता है। टिक-टॉक, टिक-टॉक, बिना रुके लगातार सुनता रहता है। कभी-कभी सिर्फ़ किसी एक में ये नब्ज़ डूब जाती है और बस साँसें चलती रहती हैं।

बचपन से जवानी तक कितने ही दिन आगरा में बीते उसे ठीक से याद नहीं और वो अब कुछ याद करना भी नहीं चाहती है। वो जानती है कि अतीत की बाँहों का सिराहना अक्सर सोने वालों के नीचे से सरक जाता है...अकेले रह जाते हैं उदास पंछी, चाँद का चराग़, शाम के सपाट कंधे और रेगिस्तान की गोल कलाइयों पर उभरे नखलिस्तान...प्यासे लोग अक्सर भटक जाते हैं। ये समंदर की नीली आँखें, पेड़ों की सब्ज़ रगें, ज़मीं की मटमैली पीठ पर खिले अतीत के तमाम ग़म लम्बी अँधेरी रातों में महका करते हैं। और ये अतीत जब-तब पास आकर उसे सीलन से भर जाता है।

कितनी लम्बी रातें हैं। काली, घनी, और कफ़न बराबर लम्बी। एक बार ऊपर ओढ़ लो तो ख़त्म ही न हों। उसने घड़ी देखी रात के दो बज गए थे। वो खिड़की से हटी और पलंग पर जाकर लेट गई।

प्यासे लोग अक्सर भटक जाते हैं, पर वो तो प्यासी नहीं थी। ज़िन्दगी ओक लगाकर पी थी उसने पर शायद साथ में पारा भी पी लिया था। सब नसें कट गईं गले की और ज़िन्दगी उनमें से बह निकली। बिन प्यास के अब दर-दर भटक रही है वो। भटकना उसका मनपसन्द खेल था। एडवेंचर उसकी नस-नस में था। ज़िन्दगी को एडवेंचर बनाना चाहती थी वो, एक यही आरज़ू थी उसकी। पर आरज़ू बड़ी कमीनी चीज़ है। सब को पता है कि ये आरज़ू क्या शै है। जड़ें खोद डालती है आदमी की। सब जानते हैं कि ये चाँद-सूरज वक़्त की दरारों से निकले हैं...गंगा भी हिमालय की किसी दरार से फूटी थी...ये सर्दियाँ रोहतांग के दर्रे से उठती हैं...सुना है पठान कभी दर्रा-ए-खैबर से निकले थे...पर कोई नहीं जानता ये आरज़ू, हसरत, चाह दिल की किस दरार से निकलती है, किस दर्रे से फूटती है और किस कोने से उठकर आसमान तक फैल जाती है। अब उसकी उम्र यही सुराग़ ढूँढ़ने में ज़ाया हो रही है।

2
ऐ मेरे माज़ी

शाम के सलेटी-भूरे रंग ने रात की पगडण्डी पकड़कर खिड़की पर दस्तक देनी शुरू कर दी। इसी पगडण्डी पर उतरता दिन और चढ़ती शाम एक जगह ठीक दस मिनट के लिए बतियाते हैं। वो रोज़ देखती है यह दृश्य, फिर दिन पश्चिम को विदा ले लेता है और शाम उसके घर की तरफ़। उसने सोचा अगर बड़ी अम्मी सुबह-शाम को सर जोड़े यूँ बातें करते देखतीं तो क्या कहतीं? वही जो बचपन में उनसे कहा करती थीं।

"ऐ सर निहुडाये मत बतियाओ जूँ चढ़ जाएँगे मौड़ियो।"

आज अगर बड़ी अम्मी होतीं तो वो उन्हें समझाती कि बी-अम्मी जब सुबह-शाम सर निहुडाये मिलते हैं तो बस उदासियाँ चढ़ती हैं कुछ और नहीं। उदासियों के मजमून बड़े रेशमी होते हैं उसने सोचा। ये उदासियाँ माज़ी के पहलू में ले जाती हैं बिठाने को।

यमुना की मैली-मैली लहरें, नालबंद की पतली सँकरी गलियाँ, फुव्वारे का रंगीन बाज़ार, कैंट की ख़ामोश सड़कें, ताजमहल की चाँदनी रातें, मस्जिद के सहन में उठती अज़ान, चची के हाथों की ख़मीरी रोटी और कोरमा, अम्मी की किशमिश वाली खीर, अब्बा का धुँधला चेहरा, चचा की भरी आवाज़, आँगन में लगी मेहंदी और हरसिंगार कितना कुछ याद आ गया उसे, और किसी की बिना तीन उँगलियों की हथेली और एक गुलाब का फूल भी बेसाख़्ता याद आ गया। अचानक उसके हाथ पीठ की तरफ़ घूम गए फिर याद आया कि अब ना वो हथेली रही न वो फूल, पर बहुत सालों पहले उसने उस जगह गुलाब का एक टैटू बनवा लिया था। ये उसके छोटे-छोटे एडजस्टमेंट्स थे अतीत के साथ जीने के। अतीत का अलाव हर पल उसके अन्दर जलता रहता था, दिल्ली की रंगीनियाँ और रौनकें भी इसे बुझा नहीं पाते। यादों के पंछी उड़ते-उड़ते जब चाहें तब उसके कन्धों पर आकर बैठ जाते हैं। माज़ी के ये परिन्दे दोज़ानू बैठकर वक़्त के इस लम्हे को चोंच से छीलते हैं...कहीं शायद कुछ निकल आए। यूँ भी बदन छीलना बहुत मुश्किल है और बदन छील के किसे आज़ादी मिलेगी? रूह को? वो तो वैसे ही धुआँ है बहुत पहले से। यह धुआँ किसी के बस में नहीं। अतीत छीलता है गर आज को तो कल की नंगी पीठ पर चोटों के आड़े-टेढ़े निशाँ पाए जाएँगे। जुनून हो या सुकून, सब रूह की आज़ादियों के कौल-क़रार हैं। माज़ी के परिन्दे हमेशा दोज़ानू ही बैठे रहते हैं और हर पल उसे आते-जाते चोंच मारते हैं।

ख़ुशगवारियाँ भी बहुत पैनी चीज़ होती हैं मन की नसें तक काट देती हैं। उसकी तीन उँगलियाँ एक हादसे में जाती रही थीं। वो सिर्फ़ अपने अँगूठे और

एक बची उँगली से हर शाम उसकी पीठ पर एक गुलाब बना दिया करता था। विदा की बेला में मिलने की उस सुनसान जगह से घर तक निकहत अपनी पीठ को साड़ी के पल्ले से ढककर चलती थी कि कहीं कोई उस फूल का भेद न पा ले। सारी रात वो बेरंग गुलाब उसे महकाए रखता था, नींद में भी। वो उससे सच्ची मुहब्बत करती थी और वो उसे अधूरे हाथ से एक उम्दा आर्ट पीस बनाने का कैनवास भर समझता था।

ଓ

मैं एक दिन बहुत बड़ा पेंटर बनूँगा। देखना सारी दुनिया मेरी बनाई पेंटिंग्स ख़रीद-ख़रीद के अपने ड्राइंग-रूम्स में सजाएगी। देखना मेरे साइन देखते ही लोग तुरन्त पेंटिंग्स ख़रीद लिया करेंगे। वो बिना रुके बोलते जा रहा था तूर की तरह ऊँचाइयों की ओर बढ़ता हुआ। उसके पैरों के नीचे चाँद था। आसमान उसकी उड़ानों में समाता नहीं था, छोटा पड़ जाता था। वो अपने वास्ते ख़ुदा बन गया था और वो जानती थी कि ये ख़ुदाई उन्हें डुबा देगी। पर वफ़ादारियों ने उस वक़्त उसके होंठ सिल दिए थे।

"तुमने मुझे आज तक नहीं बताया।"

"क्या?"

"कि शीरीं क्या है? तुम्हारा सरनेम?"

"नहीं बुद्धू, शीरीं मेरी अम्मी का नाम है। अब्बा को बहुत पसन्द था इसलिए मेरे नाम के साथ जोड़ दिया ऐज़ ए मिडिल नेम। सो पूरा नाम हुआ निकहत शीरीं ख़ान। ख़ान मैं लगाती नहीं, निकहत शीरीं छोटा भी है और क्लासी भी।"

"ओह! आओ चलो, तुम्हें घर छोड़ दूँ।"

"अच्छा सुनो, " वो चलते-चलते हठात रुक गई। मन की उधेड़-बुन आँखों में साफ़ झलक आई।

"क्या हुआ?"

"तुम न्यू आगरा में किसी डॉक्टर को जानते हो ना, तुमने एक बार कहा था।"

क्यों क्या हुआ?

"तुम्हारी ख़ानाबदोशी, तुम्हारा हर्फ़ मेरे अन्दर जगह बना रहा है, पनप रहा है। शादी कर लो पुनीत।"

फक, चेहरा सफ़ेद पड़ गया उसका। वो समझ गई अब सदा के लिए विदा लेनी होगी। एक मुसव्विर, चित्रकार, पेंटर के सब रंग भय की सफ़ेदी में डूब गए।

"शादी कैसे कर सकता हूँ निक्कू? मैं हिन्दू हूँ और तुम...। तुम कुछ ले लो मैं बंदोबस्त कर दूँगा।"

"बंदोबस्त...क्या बंदोबस्त करोगे?"

"पैसे का...।"

"मेरे जिस्म की चौहद्दियों में भटके थे, क्या उस भटकाव का पैसा दे पाओगे? याद है, तुमने अपने दाँतों से मेरे पैर का अँगूठा काटा था। क्या उस लुत्फ़ का पैसा दे पाओगे? जाओ तुम आज़ाद हो पुनीत। निस्बतों से आज़ाद हो, वफ़ादारियों से आज़ाद हो।"

आगे कड़े निर्वासन के दिन आने थे। उसे पता था कि अब ये ख़ानाबदोशी उम्र भर की है। वो जानती थी कि यहाँ से आगे ज़िन्दगी अब सिंगल लेन है। कहीं से वापसी को कोई यू-टर्न नहीं होगा। आगे की सड़क का कोई हिस्सा अब यहाँ नहीं खुलेगा। दिन के मासूम उजले चेहरों को रातों के भारी लबादे पहनने होंगे। "जो भी हो अब कोई वापसी नहीं, अन्दर धूप पालनी है, " उसने ख़ुद से कहा।

"देह में धूप पलती है निक्कू, " अब्बा उस से कहा करते थे।

सब झूठ है, कौन कहता है कि देह के अन्दर धूप पलती है, खिलती है, फैलती है? जो भी कहता है झूठ कहता है। धूप आसमानों के नसीब में है। वहीं खिलती है, फैलती है। देह के अन्दर अँधेरा पनपता है। ऊपर को उठता हुआ, छाता हुआ। अन्दर गहरे में कहीं शिराओं में बर्फ़ बहती है जो ख़ून को जमा देती है। देह में दरारें पलती हैं धूप नहीं। गर अन्दर धूप होती तो मौत-सी ठंडक कैसे ज़िन्दा रह पाती? ये धूप, उजाला सब झूठ है।

बाहर अँधेरा घना होकर फैलने लगा था। और कमरे के कोने में बैठी रात एक जंग लगे खड्ग से समय की फाँकें काट रही थी।

उसने एक डायरी खोली और लिखना शुरू कर दिया...

ऐ गुज़श्ता ज़िन्दगी
मेरे अतीत
मेरे माज़ी
तुमसे नज़दीकी का राब्ता है मेरा
तुम्हें लम्हा-लम्हा जिया है
तुम्हें वरक़-वरक़ पढ़ा है मैंने
यूँ तो कुछ ख़ास भी नहीं था तुममें
कि तुमसे मुहब्बत करूँ मैं
पर मेरा हाल तनहाइयों की पनाहगाह है
और कल की आक़बत का कोई ठिकाना नहीं
मुझे बस इसीलिए प्यार है तुमसे
ऐ मेरे माज़ी

3

दरिया ये बड़े मचलते हैं

अब आगे जीवन की राह बड़ी कठिन है उसने सोचा, और अबकी वक़्त का पाँव भी भारी है और इस दौर में सबसे ज़्यादा पैदाइश ग़मों की होगी जिन्हें उसे चुपचाप समेटना होगा।

ज़िन्दगी के लम्बे बाईस साल उसने दिल्ली की गुमनामी में गुज़ार दिए और बख़ूबी गुज़ार दिए। जैसे मौत के कुएँ का सवार दम साधे अपना सफ़र पूरा करता है ठीक वैसे ही इतना लम्बा वक़्त बिता दिया उसने। कभी ज़रा लड़खड़ाई तो फ़ौरन सँभल गई। चौबीस साल की ख़ूबसूरत लड़की से लेकर छियालीस साल की औरत तक का किरदार तनहाइयों के सहारे चुपचाप निभा दिया और पाया सिर्फ़ एक घर और बच्चों के एक एन.जी.ओ. में नौकरी। ख़ुदा को वो मानती ही नहीं थी। उसके हिसाब से ख़ुदा इंतिहाई तौर पर एक मसखरा है, अगर न होता तो उसकी नौकरी बच्चों की खातिर-तवज्जो में न लगाता। जबकि वो जानता था कि एक ऐसे ही अनजाने-अजन्मे को वो कब की यमुना की लहरों में फेंक आई थी। कभी-कभी जब उसे सब याद आता तो उसका सुकून उजड़ जाता था। ऐसा लगता जैसे मुँह में मिट्टी भर गई हो। चाँद किरचों-किरचों में बिखर जाता। कब्रें-सी दिखतीं उसे हर ओर और वो चौंक जाती। हँसते-रोते चेहरे, सुबह-शाम के चाँद-सूरज सब मिट्टी की कब्र में डूबने हैं एक दिन। मिट्टी में बड़ा फैलाव है, मिट्टी से बड़ी पनाह कोई और नहीं। जितनी भी पनाहगाहें ये दुनिया उजाड़ती है उनके सब ख़ानाख़राब मिट्टी में ही पनाह पाते हैं।

ये ख़याल झटक के वो चाँद देखने लगी...तीसरी शब का चाँद बड़ी मुश्किल से लोटे में से निकलकर आया था और उसकी खिड़की पर टँगा था। वो उसे जीभर के देख भी नहीं पाई थी कि फ़ोन बज पड़ा।

"हेलो!"

"हम त्रिवेणी बोल रहे हैं।"

"बोलो यार इतने दिनों बाद कैसे याद कर लिया?"

"सुनो ताज में एक प्रदर्शनी है सत्ताईस को। सोचा तुम्हारे बच्चों को घुमवा दें वहाँ, क्लासिक पेंटिंग्स हैं, देख लेंगे।"

"अमा छोड़ो यार, हमारे बच्चे कहाँ इस लायक कि कला-प्रदर्शनी देखें। आई.टी.ओ. घूम लें, जनपथ घूम लें, छोले-भठूरे खा लें इतना ही स्टैण्डर्ड है इनका। ताज-वाज लायक कहाँ? हमें बुलाओ तो हम आ जाएँ।"

"तुम्हारा आना तो निश्चित ही है।"

"किसकी एग्जिबीशन है?"

'है एक थाईलैंड बेस पेंटर।''

'क्या होगा उसकी पेंटिंग्स में? पद्मासन में बैठे हुए या आधी नींद में लेटे हुए बुद्ध, दो-चार हाथी, एक नहर या ब्रह्मा की कोई मूर्ति यही होता है इन थाई-चीनियों की पेंटिंग्स में...छोड़ मैं नहीं आ रही।''

''अरे आना तो, मैंने देखी हैं इसकी एग्जिबीशन पहले। बड़ी क्लासी होती हैं। है तो इंडियन आखिरकार।''

''इंडियन?''

''हाँ, तुम्हारे अलीगढ़ का ही है।''

''तुम्हारा बस चले तो सारा यू.पी. ही मेरा बना दो। मैं आगरा से हूँ अलीगढ़ से नहीं। अच्छा है कौन ये पेंटर?''

''है एक पुनीत वार्ष्णेय, कई सालों से थाईलैंड में है। नेचुरल लैंडस्केप्स और एशियन कम्युनिटीज बेस पेंटिंग्स बनाता है। पिछले पाँच-छ सालों से लाइम लाइट में है।''

''हेलो...हेलो चुप क्यों हो गईं भई? तुम हो लाइन पर निकहत?''

चौक-चौक जगमगाहट, उजाले, बल्ब, पेट्रोमैक्स की रोशनी में नहाई हुई गलियाँ। घर-घर से उठते बैन, सिसकियाँ। गोल घेरों में बैठी औरतें घंटों रोती रहती थीं। बी-अम्मी को घेरकर बैठी अम्मी और चची हुसैन का बैन किया करती थीं।

हाय! हुसैन, हाय! हुसैन, तुम क्यूँ गए? तुम कहाँ गए?
हाय मेरे प्यारे प्यासे मर गए नदिया किनारे।
हाय मैं दो बूँद पानी भी न दे सकी।
हाय मेरे प्यारे छोड़ गए मुझ को।

किसका बैन करती थीं अम्मी? घर छोड़कर भागे हुए अब्बू का!

वो घबराकर उठ बैठी। सामने मेट्रो की लाइन पर काम चल रहा था, वैल्डिंग मशीन से निकलती चिनगारियाँ ऐसे उठती थीं मानो दूर से ही उसके अन्दर उतर जाएँगी। उसने उठकर पानी पिया। सामने पूरनमासी का चाँद धुँधला-सा चमक रहा था। एक ओस जैसी पर्त सब जगह पड़ी हुई थी। कितनी अजब बात है, उसने सोचा कि ज़िन्दगी का कहीं कोई शॉर्टकट नहीं। लम्बे चौबीस घंटों में बँटा दिन लाख कोशिशों के बाद भी तेईस का नहीं हो सकता। कहीं ऐसा कोई पुल नहीं है जिसकी शुरुआत पर चढ़ो तो बिना कहीं रुके सीधे आख़िरी पार उतरा जा सके। ये ज़िन्दगी का बीहड़ कहीं ख़त्म नहीं होता। ये ज़िन्दगी कभी गोल, कभी चौसर, तो कभी कुंडली लगाए ऐसे साँप की तरह दीखती है कि जिस की इब्तिदा तो मिलती है पर इंतिहा का कोई छोर नहीं मिलता। इतनी लम्बी क्यूँ होती है ज़िन्दगी? कि सामने-

सामने ये तो दीखता जाए कि इसका एक हिस्सा दीमकों की चपेट में आने लगा है और हाथ बढ़ाकर इसे दामन से न झटका जा सके...।

उफ़! क्यूँ होती है ज़िन्दगी इतनी लम्बी?

दिन निकलने को था पर आसमान अब भी गहरा ही था। उसने आँखें गड़ा के देखा तो ऐसा लगा कि आसमान पर कोई धनुर्धर सदियों पहले अपने तीर-कमान उतार के कहीं चला गया था और अब तक नहीं लौटा है। कौन था ये? किसका तीर-कमान आसमान पर टँगे-टँगे दीमकों की चपेट में आने लगा है? उधर चाँद भी झड़-झड़कर बिखर रहा था। भैरवी के खुले बालों-सी रात जिसमें सैकड़ों सितारे जुगनुओं की मानिंद जगमगाते रहते थे, उस रात की लटों में अब धूल भरी पड़ी है। आवारा सड़कों-सी आकाशगंगाएँ गोल-गोल चक्कर खा रही हैं। कौन कर्ण है ये, जिसका कालपृष्ठ दीमकों की ज़द में आन पड़ा है? कोई बताएगा?

कोई नहीं है यहाँ कुछ बताने वाला। किसी सवाल का जवाब नहीं मिलता यहाँ। फिर भी हाथों की लकीरों में ढेरों सवाल छुपे पड़े हैं। और उसका आज का ताज़ा सवाल था पुनीत से सामना। यहाँ क्यूँ भागे हुए, भूले हुए लोगों से दुबारा मुठभेड़ की सम्भावना बन जाती है?

ये गुमनामी, भटकाव, बेचैनी, झक्की मिज़ाज खुदाई वसीयत है तुमको और वसीयत में मिली दौलत ठुकराई नहीं जाती निकहत, उसने सोचा। जब चाँद उजाले के पर्दों में सरक के खो गया तो उसने भी खिड़की का पर्दा गिरा दिया और सोने चली गई। पर हमिंग बर्ड की तरह बार-बार, लगातार ये ख़याल उसके ज़ेहन में शोर मचा रहा था।

'हथेलियों से कोई हटा दे ये लकीरें, दरिया ये बड़े मचलते हैं।'

4

चाँद की पेशानी पर एक दाग़ है

बुद्ध की एक आदमकद पेंटिंग की तरफ़ वो बड़े गौर से देख रही थी कि त्रिवेणी ने कंधे पर हाथ रख झकझोर दिया।

"घंटे भर से देख रही हो इस पोर्ट्रेट को, ऐसा क्या दीख गया इसमें?"

"ह्म्म, देख रही थी कि कितनी डेस्पेरेट हैं बुद्ध की आँखें इस तसवीर में, इसी में क्यूँ बल्कि और भी जितनी तसवीरें हैं सभी में अजीब-सा एक्सप्रेशन है आँखों का। ऐसा लगता है जैसे मोनालिसा की पेंटिंग से इंस्पायर होकर बनी हों ये सब पेंटिंग्स।"

"श्श्श...पीछे ही खड़े हैं पुनीत जी सुन लिया तो क्या फील करेंगे?" त्रिवेणी ने कहा।

"अरे भई त्रिवेणी जी, इंट्रोडक्शन तो कराइए।" पीछे से एक आवाज़ आई।

वो पीछे पलटी तो ऐसा लगा जैसे परों वाले घोड़े जुल्जनाह पे बैठकर एक पल को अतीत लौट आया हो। पर अतीत आया भी तो जुल्जनाह पे बैठकर और उसकी आँखों में शशोपंज छोड़कर पल-भर में गुम भी हो गया। अब जो सामने खड़ा था वो जवानी के कंगूरे से उतरती बेल का पत्ता था। हाँ, आज भी वो वैसा ही था जैसा कि बाईस बरस पहले था। पर वो कुछ था और कुछ भी नहीं था। निकहत ने माथे पर आया पसीना पोंछा।

"हाँ-हाँ मैं तो आप दोनों को मिलवाना ही भूल गई।"

क्या तआरुफ़ करा रही हो, हम बहुत सालों से जानते हैं एक-दूसरे को। कॉलेज के दिनों में साथ ही पढ़ते थे हम।" निकहत ने कहा।

"अरे वाह! पर तुमने बताया तो नहीं उस दिन मुझे फ़ोन पर।"

"वो इतने दिनों बाद ज़िक्र आया तो पहचान नहीं पाई थी।"

वो बड़े ग़ौर से उसे देख रहा था। फिर एकाएक बोल पड़ा, "तुम बिलकुल नहीं बदलीं...आज भी वैसी ही हो।"

बदले में वो एक फीकी-सी हँसी हँस दी।

☙

भीड़-भाड़ और शोर-शराबे में डूबे रेस्टोरेंट्स और पब्स में घूमते-फिरते कब एक महीना बीत गया, दोनों को पता ही नहीं चला।

"तुमने शादी क्यों नहीं की निक्कू?"

"बस ऐसे ही।"

"आर यू अफ्रेड ऑफ़ योर पास्ट?"

"अतीत से क्या डरना, वो तो कब का बीत गया," वो बोली। "तुम्हारी शादी कैसी चल रही है?"

"अच्छी चल रही है, फर्स्ट क्लास। अच्छा आज रात क्या कर रही हो?"

"कुछ नहीं।"

"तो फिर मेरे होटल आ जाओ। कुछ वक़्त और साथ गुज़ार लेंगे।"

"शटअप! आई डोंट सेल माई बॉडी। प्रेमी के साथ सोने और अनजान आदमी के साथ सोने में बहुत फ़र्क़ होता है।"

"नहीं-नहीं मेरा वह मतलब नहीं था," वो सकपका के बोल।

"अच्छा मैं चलूँ अब।"

"प्लीज थोड़ा और रुको। एक-एक कप कॉफ़ी और हो जाए। वो मैं एक नई पेंटिंग बना रहा हूँ, सोच रहा था कि उसकी सबसे पहली झलक तुम्हें दिखाता।"

"पर तुम्हारी आँखों की दावत अलग थी पुनीत।"

"तो क्या सारा जीवन सन्नाटों में काट दोगी?"

"जानते हो हवाओं का सम्बन्ध सन्नाटों के साथ सबसे गहरा होता है। चिन्ता मत करो मेरे सन्नाटे भी सीटियाँ बजाते हैं," वो हँस के बोली।

"मतलब?"

"मतलब ये कि मैं अपनी नसों में भटकाव लिए पैदा हुई हूँ। ये भटकाव किसी मजबूर लड़की का नहीं है जो ज़िन्दगी के मनचाहे इंतिख़ाब के लिए कोई आग का दरिया पार करे और सदियों तक नंगी सड़कों पर शाहबलूत के पत्ते-सी दर-ब-दर उड़ती फिरे। न ये ऐसी लड़की का है जो अपनी भटकती ज़िन्दगी में किसी ऐसे मखमल की तलाश में है जिससे सवालों और जवाबों की वजह से अपनी आइडेंटिटी पर पड़े शिगाफ़ को ढँक सके। मैं निकहत शीरीं ये ख़ानाबदोशी ख़ून में लेकर पैदा हुई हूँ। बक़ौल अम्मी मैंने पाँचवे महीने में ही लातें मारना शुरू कर दिया था। ये भटकने के लिए मेरी पहली छटपटाहट थी। ये भटकाव मैंने जान-बूझकर चुना है। मैं वो नहीं जो महफ़ूज़ सायबानों के लुट जाने के बाद अपनी नंगी आबरू बचाने के लिए घने दरख़्तों को ढूँढ़ती फिरे...मैं यूँ ही चल पड़ती हूँ। जो ज़माने ने दिया वैसा ही लौटा देती हूँ। मैं ऐसे ख़ुदा की तलाश में हूँ जिसे मेरे किसी के साथ सोने या वन नाइट स्टैंड पर कोई ऐतराज़ न हो। कहीं ऐसा कोई ख़ुदा मिलता ही नहीं, इसलिए मैं ख़ुदा को मानती नहीं पुनीत।

"अच्छा अब चलूँ। एक के बजाय दो बार कॉफ़ी पी ली। इस रेस्टोरेंट का बिल बहुत ज़्यादा आता है। अगर थोड़ी देर और बैठे तो तुम्हारा सारा पर्स यहीं ख़ाली हो जाएगा।"

"चलो मैं छोड़ देता हूँ।"

"नहीं मेट्रो से चली जाऊँगी, जल्दी पहुँच जाऊँगी।"

"लगता है तुम मुझे अपना घर नहीं दिखाना चाहतीं।"

"चलो यूँ ही सही।"

"मैं रात को इन्तज़ार करूँगा। मैं कल आगरा जा रहा हूँ।"

वो बिना जवाब दिए बाहर निकल गई।

मैं कल आगरा जा रहा हूँ। बार-बार यही गूँज रहा था उसके कानों में।

आगरा, आगरा, आगरा...कानों की लवों पर रखा है शहर और वो हाथ बढ़ा कर छू नहीं सकती, निगाह उठाकर देख नहीं सकती।

कुछ नामों में बड़ी जानलेवा ताक़त होती है। सबसे ख़तरनाक मिसाइलों की ताक़त भी छोटी पढ़ जाए इनके सामने। घरों से छूटे बाशिंदे उम्र-भर शहरों के नामों की मार सहते रहते हैं। किसी के लिए आगरा नसें काट देता है तो कोई मुल्तान का

ज़िक्र सुन टूट जाता होगा। किसी की छाती पर क्योटा भी घूँसे मारता होगा। उसने आँखें मूँद लीं। दिल वापस उन्हीं तंग गलियों में, मेहँदी की झाड़ियों में, आँगन और बाजारों में पहुँच गया था।

जब आँख खुली तो अँधेरा घिरने लगा था। वो उठी, तैयार हुई। जनपथ की फ़िज़ूल-सी चकफेरियाँ काट जब उसने घड़ी देखी तो आठ बज रहे थे। उसने हाथ के इशारे से एक ऑटो वाले को बुलाया।

"ताज होटल चलोगे?"

ऑटो वाले ने सजी-धजी निकहत को देखा और मुस्कुराकर बोल, "जी चलेंगे।"

वो हज़ारों बार यहाँ आई थी पर हलकी पीली रोशनी में नहाया होटल आज उसे पहली बार अजीब-सा लगा। रात की रानी की ख़ुशबू उसका दम घोंटने लगी।

"सुनो भैया वापस चलेंगे," उसने मुड़कर ऑटो वाले से कहा।

"जनपथ?"

"नहीं, कैलाश कॉलोनी।"

एक बड़े कैनवास पर गहरे नीले रंग के आसमान पर एक हलके आसमानी रंग का चाँद पूरी आबो-ताब से ऐसे चमक रहा था, मानो जैसे पेंटर ने ब्रश के सहारे सच में चौदहवीं का चाँद काग़ज़ पर उतार के रख दिया हो। साढ़े दस बज गए थे और वो अभी तक उसका इन्तज़ार कर रहा था, और वो अब तक नहीं आई थी। वो थककर आरामकुर्सी पर बैठ गया, और कब इन्तज़ार में बैठे-बैठे आँख लग गई उसे पता ही नहीं चला।

आधी रात के दो बजे घड़ी के अलार्म से उसकी नींद टूटी। चौंककर इधर-उधर देखा तो पाया कि वो कमरे में अकेला था। एकाएक उसकी नज़र कैनवास पर पड़ी। पता नहीं कब कैसे एक लाल रंग की डिब्बी फर्श पर गिर पड़ी थी। उचटकर छींटे यहाँ-वहाँ जा बिखरे। एक पतली लाल रंग की छोटी-सी लकीर चाँद पर खिंची पड़ी थी। रंग था, कब का सूख गया था पर इस लकीर ने चित्र के मायने ही बदल दिए थे। अब देखने पर ऐसा लगता था कि जैसे चाँद की पेशानी पर इक दाग़ है।

अब इन्तज़ार और आस दोनों ख़त्म हो गए थे।

उसने बत्ती बुझाई और पलंग पर जाकर सो गया।

चीनी मिट्टी-रेशम पानी

I

"आह्लाद की रेशमी डोरी हो या विषाद का सूती बिछौना, स्मृति में बन्द पहले प्यार का सूखा गुलाब दोनों में बराबर ही महकता है," उसने कहीं सुना था ये। पर उसकी स्मृति में सिर्फ़ गुलाब ही नहीं तमाम संसार बन्द था और जिसकी महक उसके अन्दर हर पल ठाँठें मारती रहती थीं।

कितनी बड़ी चौखट थी उस घर की जैसे किसी ने बुलंद दरवाज़े की नकल उतार कर जड़ दी हो। धूप-छाँव बिना उसे पार किए दालान में उतर नहीं सकते थे। वो बेल-बूटे, लकड़ी के फूल अब उसकी यादों में कुलबुलाते हैं। अजब-ग़ज़ब सी आवाज़ें अन्दर गूँजती रहती हैं जैसे ख़ाली मैदान में हवा की सनसनाहटें। और यहाँ हॉस्टल के बन्द कमरे में उसका दम घुटता था।

"कौन? कौन है वहाँ?" उसने चीख़ना चाहा पर बोल नहीं निकले।

अवचेतन में से एक आवाज़ गूँजी।

"मृत्यु, मृत्यु अवश्यम्भावी है, जन्म टाला जा सकता है पर मृत्यु नहीं। हर हाल में आने वाली घड़ी है ये, किसी युक्ति से नहीं रोकी जा सकती।"

"कौन है खिड़की पर? तुम हो क्या चक्कूमल? हाँ तुम ही तो हो, तुम्हारी अँगूठियाँ दीख रही हैं मुझे।" उसने बुदबुदाहट में कहा। बुखार की झोंक उसे फिर अतीत में बहा ले गई।

"अच्छा सुनो! तुम भी मुझे औरों की तरह पंडित जी बुलाया करो चक्कूमल नहीं।"

और तुम क्या बुलाओगे मुझे?"

"कीर्ति।"

"ऊँहूँ...मिस सरकार बुलाओ। पता है पिछली दफ़ा इसी नाम से फ्रॉड किया

था मैंने, और फिर पकड़ी भी गई थी,'' उसने कहा।

वो हँस पड़ा ये सुन के।

पर बुखार की दवाइयों ने उसमें हँसने की ताक़त भी नहीं छोड़ी थी। उसने करवट ले खिड़की की तरफ़ पीठ कर ली और वापस औंघासूती में डूब गई।

चक्कूमल शुगर वल्द नानकमल शुगर वल्द मानकमल शुगर हाज़िर हों...वो चौंक कर जाग गई। चौक की घड़ी ने तीन बजाए, चाँद बादल में सरक गया, प्यास ने गले में दस्तक दी। उसने पानी से एक गोली निगली और साथ ही चक्कूमल की याद भी।

पर कौन थे ये दोनों? पखावज से निकली कोई ताल? समय के बाहुपाश से छूटे कोई अजब किरदार? कोई नहीं जानता था कि ये दोनों कौन थे?

ये समय के अद्‌भुत दस्तावेज़ थे। वो वरक़ थे जिन पर जीवन का लिट्‌मस टेस्ट होना था।

खुली खिड़की में से किसी गाने की अस्पष्ट धुन तैरती हुई कमरे के भीतर चली आ रही थी।—'याद अगर वो आए, ऐसे कटे तनहाई।'

''सुनो ज़रा ये खिड़की बन्द कर दो हवा आ रही है अन्दर।'' उसने साथ सोती हुई लड़की से कहा और नींद की नाव डूबने से पहले किसी की याद को दस्तक देते हुए सुना।

''शिरीष के फूल पढ़ी है?''

''नहीं।''

''मैक्सिम गोर्की को?''

''नहीं।''

''रागनियाँ सुनी हैं कभी तुमने?''

''नहीं।''

''तुमने कुछ पढ़ा-सुना है कभी पंडित जी?''

''हाँ तुम्हें सुना है और तुम्हारी लक़ीरें पढ़ी हैं।''

''चुप रहो।'' उसने बनावटी क्रोध जताते हुए कहा।

''अच्छा ये बताओ हम कौन हैं?'' चक्कूमल ने पूछा।

''हम! हम फ्रॉड हैं यार...तुम लोगों की झूठी लकीरें बाँचते हो, और मैं तो ज़िन्दगी को अब तक ख़्वाबफ़रोशी का ज़रिया ही मानती रही हूँ।

''अच्छा जानते हो फ्रॉड करना क्या होता है?''

''नहीं।''

''हम जितनी लफ़्फ़ाज़ी, जितना भरम, जितना धोखा दूसरे को देते हैं, उससे कुछ ज़्यादा उसी वक़्त ख़ुद के साथ कर रहे होते हैं। हम अपनी ज़िन्दगी के साथ

सी-सॉ खेल रहे हैं पंडित जी।''

''और ज़िन्दगी को ख़्वाबफ़रोशी का ज़रिया मानने की कोई वजह?''

''कोई वजह नहीं, और यूँ भी दुनिया में जितनी भी वजहें हैं सब फ़ज़ूल हैं और सलाहियतें तो बोझ हैं। मुझे बेवजह मरना है और सलाहियतों बिन जीना है, एकदम रॉ, बिन तराशे पत्थर की तरह। वैसे भी हम बिखरे हुए वरक़ हैं, कल को कोई ज़िल्दसाज़ आएगा हमें एक के ऊपर एक रखेगा, फिर हमें पाँव से, दाएँ-बाएँ से, सर से ठोंक-ठोंक कर अपनी जाने दुरुस्त करेगा। उसके बाद हमसे बिना पूछे हमें अपनी मनमर्ज़ी से आड़ा-टेढ़ा सिल देगा। ज़िन्दगी सिलने से पहले पूछने का मौक़ा नहीं देती। अगर मौक़ा दे तो दुनिया-भर की किताबों के दो-तिहाई वरक़ कहेंगे कि हमें आज़ाद रहने दो, उड़ने दो। पर कुछ वरक़ ढीठ होते हैं। ये इतनी ज़ोर से अपने कंधे फड़फड़ाते हैं कि ज़िल्द का धागा टूट जाए...हाँ तुम कह सकते हो कि उन्होंने खुदकुशी कर ली। मैं इसी तरह का वरक़ हूँ पंडित जी जिसे आज़ाद रहना है। मैं कल को चाहूँ तो तुम्हें भी छोड़ के जा सकती हूँ।''

वो अवाक उसके चेहरे को देखता रह गया।

2

माई की जै, माई की जै...हर ओर से उठती आवाज़ें उसके अन्दर सिहरन पैदा कर रही थीं। उसने अपनी पसीजी हथेलियों को देखा फिर एक-दूसरे में यूँ चिपका दिया जैसे सामने बैठी भीड़ को नमस्कार किया हो। पंडाल में दूर-दूर तक औरतें क़तार की क़तार दम साधे माई को सुनने के लिए बैठी थीं।

इतनी भीड़ देखकर वो सकपका गई, सोचा कि भाग जाए पर दुनिया को ठगने वाली यूँ ज़रा-सी भीड़ देख भाग जाए तो उसकी बरसों की ट्रेनिंग पर लानत होगी।

काली किनारी की सफ़ेद ताँत में उसने ख़ुद को सामान्य से अलग दिखाने का एक प्रयास किया था जिसमें वह सफल भी हो गई थी। कम उम्र-सी एक अद्‌भुत चमक थी उसके चेहरे पर, जैसे शान्त निर्मल ईश्वर की छाया पड़ गई हो। पर वो जानती थी ये कमाल उसके प्रसाधन भोगी हाथों का है।

ऊँचे तख़्त पर बैठकर उसने एक नज़र सामने डाली। एक हुजूम को अपने सामने नतमस्तक देख उसके आत्मविश्वास की पतवार वापस तन गई। उसने सधी आवाज़ में कहना शुरू किया।

''प्रेम हर मस्तिष्क में एक गर्भाशय रोप देता है। इस गर्भाशय में अनगिनत यादें संतति के रूप में पनपती रहती हैं। प्रेम सफल तो अच्छी, सुखद यादों की संतान जन्म लेती है और अगर असफल तो बुरी, दुखद यादों की संतान जन्म लेती है। प्रेम में

संतति का जन्म निश्चित है और संतति कैसी हो ये प्रेम की सफलता-असफलता पर निर्भर करता है।"

भीड़ दम साधे सुनती रही उसे। कहीं पत्ता भी खड़कने की आवाज़ नहीं थी। गूँज रही थी तो बस माई की आवाज़। उसने देखा उसके शब्दों का जादू चल गया और सब मंत्रमुग्ध-से जड़ हो गए हैं। वो झटके से उठी और मुड़कर वापस अन्दर चली गई। ये नई अदा सीखी थी आजकल उसने, एक रहस्य का माहौल तैयार करो और फिर सबको उस आवरण में छोड़कर निकल जाओ। पीछे जय-जयकार की आवाज़ गूँजती रहें।

अन्दर कमरे में उसने देखा कि चक्कूमल मेज़ पर चढ़कर बैठा हुआ है।

"आओ! बहुत बढ़िया बोला तुमने। जै-जै की आवाज़ यहाँ तक आ रही है।

"थक गईं?"

"हूँ।"

"अच्छा, आओ यहाँ बैठो मेरे पास।" उसने मेज़ पर एक तरफ़ खिसकते हुए कहा।

"नहीं ठीक है, पहले ज़रा ये मेकअप उतार लूँ।"

"एक सलाह दूँ।"

"क्या?"

"यूँ ही प्रेम का पथ दिखाती जाओ लोगों को, भला होगा सबका।"

बालों में से जूड़ा पिन निकालते-निकालते हाथ एकदम रुक गए उसके, चेहरे पर हलकी विद्रूप की लहर आई और आँखों में ठहर गई।

"क्या बचता है बवंडरों के, आँधियों के, बगूलों के बाद में... ? कुछ भी नहीं, सिवाय होंठों पर रेत और हलक़ में चटकती प्यास के...। ख़ुलूस के नाम पर पंडित जी आप लोगों को प्यार की सीख बाँटते हैं यानी कि बवंडर बाँटते हैं, आँधी बाँटते हैं, बगूले बाँटते हैं, प्यास बाँटते हैं। मुझे इसलिए आप की दो कौड़ी की नसीहतों में राई-रत्ती भी इंट्रेस्ट नहीं पंडित जी।

"जानते हो ये प्रेम हलकी डोरियों की तरह पीठ पर कसा होता है। धीरे-धीरे ये डोरियाँ घिस जाती हैं, बदरंग हो जाती हैं, टूट जाती हैं। एक बार ये टूटीं तो कोई भी दर्ज़ी इनका टाँका नहीं जोड़ सकता। इनके टूटने से पीठ और छाती दोनों का नंगापन चमकने लगता है। कोई बिरला ही अपनी पीठ पर ये डोरियाँ कसी रख पाता है। कोई बिरला ही प्रेम निभा पाता है चक्कूमल।"

लाउडस्पीकर से आता शोर अब थम गया था। नेपथ्य का जय-जयकार भीड़ के साथ विदा ले चुका था। अब यूँ लगता था मानो वो दोनों ही अकेले छूट गए हों यहाँ और बाकी सब परिधि लाँघ गए हों।

"ज़रा चारमिस तो पकड़ाना।" उसने कहा।

"तो फिर हम साथ क्यों हैं?" उसने क्रीम पकड़ाते हुए पूछा।

"प्यार के लिए।"

"मतलब?"

"मतलब यह कि हम अपनी ज़रूरतों को प्यार का जामा पहना देते हैं। हम अपनी सुविधा के लिए अलग-अलग चीज़ों को एक-दूसरे पर आरोपित कर देते हैं।"

"कैसी ज़रूरतें?"

"देह की, पैसों की, हँसने-बोलने की, कपड़े-लत्तों की, खाने-पीने की। 'एब्सकोंडर' हैं हम-तुम, यानी भगोड़े हैं अपने-अपने जीवन से। मैं एक शादीशुदा लड़की जो अपनी नीरस, उबाऊ शादी से भाग आई धोखाधड़ी करके। वो तो भले लोग थे कि कोई तमाशा नहीं किया उन्होंने। और तुम गणित के मास्टर, जो चार ट्यूशन भी नहीं जुटा पाया अपने लिए। अब थक-हार के पिता की पंडिताई को ही आगे बढ़ा रहे हो न! बोगनबेलिया के कई-कई रंग वाले फूलों को एक साथ सजाने से कहीं इंद्रधनुष बनता है? उसके लिए धूप-पानी की ज़रूरत होती है। मैं और तुम खेत-मँड़वे की मिट्टी और पोखर का पानी हैं जिन्हें अपने ऊपर, अपने असली रंग-रूप पर बेतरह शर्म है, इसलिए अपने ऊपर 'चीनी मिट्टी-रेशम पानी' का मुलम्मा चढ़ाए रखते हैं। हमारी ज़िन्दगी मेटाफ़र पर टिकी है। हम हर बीतते क्षण, बीतते पल, जीवन के पुराने बीते हुए या बीतने वाले बदरंग हिस्से को किसी न किसी काल्पनिक सुन्दर चीज़ से बदल देते हैं। तुम मेरे झुर्रियों वाले चेहरे को चाँद कहते हो और मैं तुम्हारी साँसों को आग की लपट। पर जानते हो चक्कूमल मैंने तुम्हें कभी नहीं बताया कि तुम्हारी साँसें कितनी ठंडी हैं और तुम कितने बुरे खर्राटे लेते हो। तुम्हें पता है मैं जब-जब तुम्हारे पास रुकी एक दिन भी इन आवाज़ों की वजह से सो नहीं पाई। न ही तुम ने ही कभी कहा कि ये झुर्रियाँ मुझे बदसूरत बना रही हैं।"

"हम फ्रॉड हैं, बेहतर हो एक-दूसरे को छोड़ दुनिया को ठगें। ये चाँद-वाँद छोड़ो और असल ज़िन्दगी में लौट आओ पंडित जी।"

"अच्छा! तुम्हारा लेक्चर ख़त्म हो गया हो तो सोने चलें?"

"नहीं, थक गई हूँ, आज यहीं अपने कमरे में सोऊँगी। चलो बाय, गुड नाइट।"

"बाय।"

एक सुबह वो भाग गई, सब लेकर फ़रार, उसके सर पंडाल और होटल का खर्च और बटुए में सात हज़ार रुपए छोड़कर। अब चाहे वो घर जाए या चीज़ों का बिल चुकाए।

3

जून के नौ तपे के बाद भी अब तक रातें लू के असर से दहक रही थीं। ऐसी ही एक गर्म और अँधेरी रात में वो पराये, अनजान शहर में भटक रहे थे, जैसे अज्ञातवास

में छुपे पांडवों को ढूँढ़ रहे हों। रिक्शे पर बैठे नानकमल शुगर ने इधर-उधर देखा, माथे पर आया हलका पसीना कुर्ते की बाँह से पोंछा और आँखें अँधेरे में यूँ गड़ा दीं मानो समय के पार झाँक रहे हो।

रात के निविड़ अँधेरे में निस्पंदित चुप्पी कभी-कभी किसी जुगनू की चमक से स्पंदित हो उठती थी। थोड़ी देर बाद ही सही पर नानकमल शुगर की आँखें उस अँधेरे में चीज़ें देखने की अभ्यस्त हो गईं। कुछ दूर ईंटों की एक लम्बी मीनारनुमा चिमनी के पास एक बल्ब टिमटिमा रहा था, और कहीं पास से पानी के तेज़ बहने की आवाज़ आ रही थी। परिवेश से परिचित होने के बाद उन्होंने एक बड़े दरवाज़े के पास रिक्शा रुकवा लिया।

"क्यों भैया, तेलमील कम्पाउंड का लड़कियों का हॉस्टल ये ही है?"

"है तो ये ही, पर किससे मिलना है पंडित जी?" चौकीदार ने पूछा।

"हमाई बिटिया है यहाँ।"

"नाम?"

"कीर्ति...कीर्ति शुगर नाम है। ज़रा बुलवा देओ भैया।"

"पंडित जी इतनी रात में तो लड़कियों से कोई मिल नहीं सकता, सुबह मिलना अब।"

"तो अब रात में कहाँ वापस जाईं हम?"

"कहुएं नाईं, यहीं बैठो हमाई बेंच पे।"

"अच्छा ये इतनी ज़ोर का पानी कहाँ बह रहा है भैया?"

"ये सामने जो देख रहे हो पंडित जी, ये गत्ता फैक्ट्री है। गत्ता गलाया जाता है यहाँ, सो वाई का गन्दा, सड़ा पानी बहता रहता है।"

"काम तो इहाँ अच्छा है तुम्हारे शहर में।"

"तुम कहाँ के रहने वाए हो पंडित जी?"

"मुज़फ़्फ़रनगर।"

"हम्म, तम्बाकू खाओ पंडित जी?"

नहीं, तुम्हीं खाओ, हमने तो सालों हुए छोड़ दी।"

"खाय लो पंडित जी मैनपुरी की कपूरी है, अच्छे-अच्छे तरसते हैं इसके लिए।"

"अच्छा लाओ, चुटकी-भर खिला दो फिर।"

"एक बात बताओ पंडित जी?"

"क्या?"

"ये शुगर कौन पंडित होते हैं? पहली बार सुन रहे हैं।"

"नईं भई वो तो हमाए बाप शुगर मिल में मुलाजिम थे तो गाँव-खेड़ा में शुगर के नाम से बुलाए जाने लगे।"

"अच्छा, राजेश पायलट की तरह....हीहीही।"

"सुनो क्या हम सो लें इस बेंच पर?"

"सोओ-सोओ पंडित जी, हम तो वैसे भी राउंड लगाने जा रहे हैं।"

अगली सुबह का सूरज बड़ी देर से निकला या पंडित नानकमल शुगर देर तक सोते रहे। देर गए जब उठे तो पूरा हॉस्टल लड़कियों के रंग-रूप से गुलज़ार था, पर एक वो ही नदारद थी जिसे ढूँढ़ने वो बड़ी दूर से इस देहरी पर आ खड़े थे। दिन से दोपहर हुई, और अब तो दोपहर भी साँझ में ढलने को तत्पर दीख रही थी। बैठे-बैठे पंडित जी अब ऊबने लगे थे, और यूँ भी सुबह से लेकर अब तक उनकी कई बार पड़ताल की जा चुकी थी।

वो अनमने से बैठे थे कि एक लड़की उनके सामने आ खड़ी हुई।

दोनों ने एक-दूसरे को देखा और बीच में आए समय के लम्बे आठ सालों के अंतराल को पार कर के लड़की ही पहले बोली।

"बड़े पंडित जी आप?"

"पहचान लिया बिटिया, हम तो सोचे थे कि इतने सालों बाद पहचानोगी भी या नहीं।"

"कहिए, कैसे आना हुआ?"

"तुम्हारी मदद चाहिए।"

"कैसी?"

"तुम चलो हमारे साथ वापस और चलकर पुराना काम सँभाल लो।"

"तो मेरे पास क्यों आए हैं? चक्कूमल से कहिए, वो तो पहले ही सँभाल रहे थे काम को, या साध्वी के आने से ग्लैमर आ जाएगा प्रवचनों में।"

"वो कहाँ रहा अब।"

"मतलब?"

"तीन साल हुए पीलिया बिगड़ गया था। बचा नहीं पाए।"

"ओह!"

दुख की एक छाया चेहरे पर ज़रा देर रुककर वापस लौट गई। पल-भर में ही वो अपने रंग में लौट आई।

"ये तो आज पहली बार देख रही हूँ बड़े पंडित जी, कि बछड़ा मर जाए तो गैया ख़ुद मेमने को दूध पिलाने चली आए।"

वो सकपका गए।

"चल के गद्दी सँभाल लो तुम।"

"मैं ऐसे नहीं जा सकती पंडित जी।" कुछ देर चुप रहकर वो बोली।

"क्यों?"

"यहाँ मुझ पर एक केस चल रहा है। पुलिस को सत्तर हज़ार चाहिए उसे रफ़ा-दफ़ा करने को। आप इंतज़ाम कर दो तो मैं इससे फ़ारिग होकर साथ चल लूँगी, और

हाँ आगे इसके बाद जो मुनाफ़ा वो फ़िफ्टी-फ़िफ्टी। ये सत्तर हज़ार अलग है पंडित जी, ये वापस नहीं होगा।''

4

समय की चकफेरियों में जो सामान्य हो गए उन्होंने अपने लिए गंगा के तट तलाश लिए, जो विलक्षण बचे रह गए उन्होंने अपने लिए आकाशगंगाएँ चुनीं उनके उद्गम-समागम के छोर ढूँढ़ने को। फिर वो चाहे शेक्सपियर की कोई नायिका हो, कामू का कालिगुला या दिनकर का कर्ण...ये बचे रहे अपने सामान्यीकरण के होने से। ये विवश रहे जीवन के बजाय समय की प्रतिच्छायाएँ जीने को। ये समय के आगे थे इसलिए इतिहास में बदल दिए गए। इन्होंने प्रेम माँगा था सो पीड़ा के भागी बने। पर हमारा क्या? जो इस सामान्य और विलक्षणता के बीच के खाने में आ पड़े। जिन्हें न ही कभी गंगा का तट ही मिला और ना ही कोई आकाशगंगा। हम शिव की तरह गरलपान को बाध्य रहे। हम साधनहीन लक्ष्य रहे, ऐसे पड़ाव रहे जिन्होंने बीच रेगिस्तान में लोगों को सुस्ताने के लिए छाँव तो दी पर कभी नखलिस्तान बनने की हिम्मत नहीं जुटा पाए।

डायरी लिखते-लिखते जाने कब उसकी आँख लग गई। आजकल उस पर ऐसी थकान बड़ी तारी रहती थी। उठते-बैठते, चलते-फिरते उसे ऐसा लगता था मानो शरीर की सारी ताक़त किसी अनजाने-अदृश्य रास्ते से बाहर जा रही हो। देर गए जब वो जागी तो देखा सामने एक नौजवान बैठा हुआ है।

''आ गए तुम, समय के बड़े पाबन्द हो।''

''जी शुक्रिया। बुख़ार कैसा है अब आपका?''

''अब तो ठीक है काफ़ी। बुख़ार की वजह से तुम्हारा काम काफ़ी डिले हो गया न। वैसे क्या करोगे मेरा इंटरव्यू छाप कर? एक सलाह मानो, छोड़ दो ये आइडिया, नहीं तो पचड़े में फँस जाओगे।''

''क्या नहीं पता लगना चाहिए लोगों को आपके बारे में? कब तक गुमनाम रहेंगी?''

''किसी झंझट में मत फँसा देना मुझे ये सब छाप के।''

''निश्चिन्त रहिए।''

''फिर क्या हुआ?''

''किसमें?''

''आपकी जीवन-यात्रा में।''

''बस यात्रा थी, अब समाप्ति की ओर पहुँच रही है। अगले अक्टूबर में बासठ की हो जाऊँगी। समय है बीत ही जाता है।''

''फिर भी बताइए तो।''

"क्या?"

"पंडित जी आए वापस?"

"हाँ पन्द्रह दिन बाद नानकमल वापस आए सत्तर हज़ार देकर मुझे साथ ले गए। आश्रम भी अब पहले जैसा नहीं रह गया था। हालाँकि पुराना पक्का हिस्सा अब तक काफी कुछ वैसा ही था, जिसमें कहीं-कहीं खुली जगहों को बाँस और कनातों से ढककर छोटे पंडाल जैसे रूप में बदल दिया गया था।"

"फिर?"

"आश्रम वापस जाकर कई महीनों तक गीता के पाठ सुनाया करती थी मैं। भीड़ तो जुट रही थी पर उतनी नहीं जो नानकमल को संतुष्टि दे सके। फिर एक दिन वो एक नए आइडिया के साथ आ गए।"

"क्या?"

"यही कि मुझे गीता पाठ की आवृत्तियाँ छोड़कर आने वाली औरतों को होमसांइस टाइप के लेक्चर देने चाहिए मसलन शादी सम्बन्धी, पति को खुश रखने सम्बन्धी, सेक्स सम्बन्धी। कई बार मुझे यूँ भी लगता था कि चक्कूमल के इलाज में जान-बूझकर ढिलाई बरती गई होगी, पर मैंने कभी जाँच-पड़ताल करने की कोशिश नहीं की।

"क्यों?"

"पैसा! यूँ भी उसके होने न होने से मुझे कोई फ़र्क़ नहीं पड़ता था, और फिर आश्रम में कोई तक़लीफ़ भी नहीं थी। मज़े से गुज़र रही थी ज़िन्दगी। और वो कोई ट्रैप नहीं था जहाँ मुझे छटपटाहट होती। मैंने ख़ुद चुना था वहाँ रहना। पहले भी जब छुटमलपुर से आई थी तब भी रही थी उसी आश्रम में चक्कूमल के साथ।"

"छुटमलपुर?"

"हाँ सहारनपुर के पास एक छोटा-सा गाँव था तब तो। चक्कूमल की ननिहाल थी वहाँ।"

"और आप?"

"मैंने शादी की थी वहाँ। पर जाने कैसे पता लग गया उन्हें कि ये धोखाधड़ी की शादी है। वहीं पहली बार चक्कूमल से मिलना हुआ। तब तक तो उसे भी नहीं मालूम था कि सब माजरा क्या है। फिर एक दिन मैं उसके संग चली आई।"

"कुल कितने समय आप आश्रम में रहीं?"

"सत्रह साल। पहले तीन साल और दूसरी बार लगभग चौदह साल।"

"तो आप लौट क्यों आईं वापस?"

"पहले जब आई थी तो बंधन से आज़ादी चाहिए थी और दूसरी बार घृणा, ग्लानि। ये ग्लानि, जुगुप्सा, घृणा कभी भी घेर सकते हैं आपको। जब नानकमल आश्रम के महंत बने तो थोड़ी निराशा हुई थी मुझे, काश मैं बन पाती। पावर का बड़ा चार्म लग रहा था। पर बाद में जब सोचा तो लगा अच्छा ही हुआ जो नहीं बनी। आश्रम के महंत

को बाद में समाधि लेनी पड़ती है। जब वो भी नहीं रहे तो इस पूरे खेल, पूरी प्रक्रिया की प्रति जाने क्यों मन में एक जुगुप्सा का भाव पैदा हो गया। और यूँ भी ये गॉडमैन से गॉड बनने का खेल बड़ा यंत्रणापूर्ण होता है। वो हिम्मत नहीं बची थी।''

''और यहाँ?''

''यहाँ तो अभी तीन साल की नौकरी और बची है, फिर ये हॉस्टल भी है। आड़े वक़्त बड़ा काम आता रहा है ये हॉस्टल मेरे लिए।''

''जी।''

''अच्छा चलूँ मैं अब।''

''हाँ, भई जाओ। अच्छा-अच्छा लिखना, छापना सब। जब छप जाए तो पढ़वाना भी मुझे, वर्ना इतनी बार यहाँ आने का क्या फ़ायदा।''

''जी ज़रूर।''

''अच्छा सुनो जाते हुए पर्दा गिरा जाना, और हाँ ज़रा वहाँ टेबल से चारमिस भी पकड़ा देना।''

दिल मछली कांसे की

I

वो नवम्बर का आख़िरी इतवार था, ठंड में लिपटा दिसम्बर की ओर बढ़ता हुआ। ईवनिंग मास को ख़त्म हुए अभी पाँच मिनट से कम ही वक़्त हुआ था पर भीड़ मानो एकदम ही कहीं ग़ायब हो गई थी। रूथ ने कंधे पे पड़ा शॉल खोल के ओढ़ा और रोज़री पर्स के अन्दर रख दी। वो चर्च का लॉन पार कर के बाहर निकल ही रही थी कि किसी ने कंधे पर हाथ रख दिया। उसने पलटकर देखा, उसी की उम्र की एक औरत सामने खड़ी थी, पर वो पहचान नहीं पाई।

"सोफ़ी गोम्ज़? मिसेज़ गोम्ज़ की बेटी?"

"यस, आई एम डॉटर ऑफ़ मिसेज़ गोम्ज़ बट नॉट सोफ़ी। आई एम रूथ। सॉरी, पर मैंने पहचाना नहीं आपको।

"मैं एलीना, डफ़र कहीं की।"

"ओह माय गॉश!" कह के रूथ उसके गले से झूल गई।

"सॉरी मैं सोफ़ी समझी थी। स्टिल यू बोथ लुक सेम।"

रूथ ने कुछ नहीं कहा वो चुप रही।

"तुम आगरा कब आईं?"

"वीक हुआ, मॉम का घर सेल करने के लिए आई हूँ।"

"चलो बढ़िया है, कॉफ़ी पीने चलें?"

"इस टाइम एलीना? फिर किसी दिन चल लें, अभी तो हूँ दस-बारह दिन और मैं।"

"पर मैं कल गोवा वापस जा रही हूँ।"

"ठीक है, पर कहाँ चलें?"

"वहीं राजामंडी, अपना पुराना अड्डा, विली कॉफ़ी हाउस।"

"वो है अब तक??"

"हाँ भई।"

"चल फिर," वो मानो एक बार फिर वही पुरानी रूथ बन गई थी।

बाज़ार के एक कोने में विली कॉफ़ी हाउस अब भी वैसे ही खड़ा हुआ था जैसे चौबीस साल पहले, बस ज़रा-सा छोटा हो गया था! वो दोनों अन्दर घुस के दाएँ कोने में लगी कुर्सियों पर जाकर बैठ गईं।

"देखा रूथ, आज, भी हमें हमारा फेवरेट कॉर्नर मिल गया।"

"हाँ, लकी हैं हम, इंटीरियर बदल गया है न यहाँ का?" रूथ ने पर्स टाँगते हुए कहा।

"काफी कुछ, मैं जब पिछली बार आई थी तो यहाँ काम चल रहा था।"

"मैं पूरे चौबीस साल बाद आई हूँ आज यहाँ।"

"स्ट्रेंज।"

अचानक रूथ उठी और पास से गुज़रते एक आदमी की बाँह पकड़ ली।

"अंकल विली पहचाना मुझे?"

"ओह माय चाइल्ड सोफ़ी, इतना साल बाद।"

एलीना ने देखा रूथ का गोरा चेहरा एक सेकेंड को काला पड़ गया।

"अंकल विली मैं रूथ हूँ, सोफ़ी की बहन।"

"ओह! सॉरी माय चाइल्ड, बूढा हो गया है तुम्हारा अंकल, पहचान ही नहीं पाया। रुको, तुमको कॉफ़ी हाउस की लेटेस्ट कॉफ़ी पिलाता हूँ, मोका कॉफ़ी।"

विली के जाने के बाद एलीना ने उससे कहा।

"पिछले तीन साल से सबको यही पिला रहे हैं और अब तक लेटेस्ट-लेटेस्ट कहते रहते हैं।"

"मेरे लिए तो सब नया ही है अब यहाँ। कितना डेवलपमेंट मिस किया मैंने इस शहर का। कितना फैल गया है अब ये शहर।"

"सच! याद है रूथ कैसे हम, मैं, तुम, एला, सोफ़ी और डियाज़ कैंट में हर शाम साइकिल लेकर निकला करते थे। तब सब कितना ख़ाली-ख़ाली लगता था और अब देखो।"

"अब शहर भर जाते हैं और लाइफ़ ख़ाली हो जाती है।" रूथ ने कॉफ़ी पीते हुए कहा।

हमारे पूरे ग्रुप में डियाज़ ही एक लड़का था। अच्छा याद है, कैसे उसकी मॉम बात-बात पर खुडाया-खुडाया कहती रहती थीं। कोई न्यूज़ उनकी?"

इतनी देर में जाकर अब रूथ के चेहरे पर मुस्कान आई।

"हाँ! ही इज़ माय ब्रदर इन लॉ नाउ।"

"सच! सोफ़ी गॉट मैरिड टू डियाज़।"

''हूँ!''

''रूथ क्या बात है? सोफ़ी के नाम से तुम बड़ा आक्वर्ड हो जा रही हो?''

''नहीं, ऐसा तो कुछ नहीं है।''

''कुछ हुआ है क्या तुम्हारे बीच?''

''मैं तो कई सालों से मिली ही नहीं उससे। ऑलमोस्ट ट्वेंटी टू इयर्स।''

''व्हाट? यू आर ट्विन्स एंड आइडेंटिकल ट्विन्स। यू वर सो क्लोज़्ड रूथ, फिर क्या हुआ? आई स्टिल रिमेम्बर जब एग्जाम्स होते थे तो आधा सिलेबस तुम याद करती थीं आधा सोफ़ी। लोग तुम को सोफ़ी और सोफ़ी को तुम समझ कन्फ्यूज़ रहते थे, मैं ख़ुद आज तुम्हें सोफ़ी नहीं समझ बैठी थी?''

''तुम क्या, सभी यही समझते हैं। मेरी पूरी आइडेंटिटी ही ख़त्म कर दी इस चीज़ ने एलीना।''

''अब चलें एलीना दस बजने को आया,'' उसने कुर्सी से उठते हुए कहा।

''अच्छा अंकल विली बाय, नेक्स्ट वीक आऊँगी।''

''तुम कब जा रही हो?''

''दिसम्बर सेवेन्टीन।''

''क्या क्रिसमस से पहले ही चली जाओगी?''

''यस अंकल।''

''मिसेज़ गोम्ज़ को मेरा हेलो और सोफ़ी को मेरा लव बोलना।''

''श्योर।''

वो एलीना को कैफ़े में ही छोड़ बाहर आ गई।

''ऑटो, कैंट चलोगे?'' उसने बाहर खड़े ऑटो से पूछा।

2

घर के पिछली तरफ़ जहाँ रूथ और सोफ़ी का कमरा हुआ करता था उसकी खिड़की से स्कूल का मेन गेट दिखा करता था। उसने खिड़की खोली तो सामने ही स्कूल का बड़ा-सा बोर्ड चमक रहा था। कितनी-कितनी बातें रूथ के मन में हलचल-सी मचाने लगीं।

''मॉम देखो, सोफ़ी आज फिर मेरी स्कर्ट पहन के भाग गई। अब मैं स्कूल कैसे जाऊँगी?''

''तुम उसका स्कर्ट पहनकर चली जाओ रूथ, एक ही साइज़ है हनी।''

''मॉम उसका नहीं उसकी। वो अपनी गंदी स्कर्ट बेड पर फेंककर गई है।''

''ओह गॉड! ये लड़की भी न टेंथ तक आकर भी बच्ची बनी हुई है।''

''आप ही ने बनाया हुआ है ऐसा।''

"वो तुम से छोटी है रूथ।"

"व्हाट! कितनी छोटी, सिर्फ़ सात मिनट सत्रह सेकंड। हम ट्विन्स हैं, ये क्यों भूल जाती हो।"

"अच्छा-अच्छा! देर मत करो, मुझे हॉस्पिटल जाने दो और तुम स्कूल जा रही हो या नहीं?"

"जाऊँगी, उसकी वही गन्दी स्कर्ट पहनकर।"

रूथ को अब तक याद है कितनी डाँट पड़ी थी उसे स्कूल में स्कर्ट के लिए। कौन नहीं जानता था शहर, भर में कि फ्रंसिस्कन नन्स का स्कूल कितना स्ट्रिक्ट है। उसने कॉफ़ी मग उठाया और बाहर लॉन में आ गई। यही लॉन जो अब मिट्टी के मैदान-सा हो गया है कभी सच में लॉन हुआ करता था, जिसमें लिली, बोगनवेलिया और भी जाने कितने फूल हुआ करते थे और पैर के नीचे घास। इसी लॉन में टिन शेड के नीचे कोने में उनकी साइकिल खड़ी रहती थी। एक जैसी, ठीक उन्हीं की तरह जुड़वाँ। डैडी उन्हें नए खुले शो रूम से पहले ही दिन लाए थे। उन दिनों वो आठवीं में थीं। उसी साल डैडी की डेथ हुई थी। उसके बाद मॉम को उनकी जगह हॉस्पिटल में नौकरी मिली। धीरे-धीरे मॉम हॉस्पिटल की शिफ़्ट्स पर ज़्यादा और घर में कम रहने लगीं। ये वही दिन थे जब दोनों बहनें दोस्ती के गहरे बंधन में बँध रही थीं। इस घर से कितनी यादें जुड़ी थीं उसकी। यही घर जो कभी शीशे-सा चमकता था, आज कैसा खंडहर-सा हो गया है। रूथ ने आँख से बहता आँसू पोंछा। आज उसे डैडी की बहुत याद आ रही थी। आज होते तो सेवेंटी फोर के होते। मॉम-डैड में डैडी उसके ज़्यादा क़रीब थे और मॉम सोफ़ी के। उसने उठकर लॉन की लाइट बुझा दी और ड्राइंगरूम का दरवाज़ा खोल दिया। उसे ऐसा लगा जैसे पीछे से सोफ़ी ने आकर उसे जकड़ लिया हो, वो अक्सर ऐसा ही किया करती थी।

"ओके बाबा आई एम सॉरी, मेरी वजह से तुमको सिस्टर की डाँट पड़ी। प्रॉमिस, आगे से तुम्हारी यूनिफ़ार्म पहन के नहीं जाऊँगी।" सोफ़ी ने उसके गले में झूलते हुए कहा।

"सोफ़ी छोड़ो, मेरा दम घुट रहा है।"

"अच्छा चल डियाज़ के घर चलते हैं। उसकी मदर हर फ्राइडे प्रॉन नूडल्स बनाती हैं। आज भी बनाए होंगे। चल खाकर आते हैं।"

"अच्छा! और डियाज़ की मॉम से क्या कहेंगे?"

"तुम कुछ मत कहना, तुम बस साथ चलो। मैं कह दूँगी कि डियाज़ से ट्रम्पेट का कुछ सीखना है।"

"मैं फिर भी नहीं जाऊँगी।"

"व्हाई?"

"मुझे उसकी मॉम को देखकर हँसी आती है।"

''हैं?''

''याद नहीं एनुअल फंक्शन पर क्या पहनकर आई थीं गाना गाने।''

''बी डिसेंट रूथ, वो हमारी टीचर हैं।'' कहकर सोफ़ी खिलखिलाकर हँस पड़ी।

''वैसे मुझे लगता है डियाज़ लाइक्स यू।''

''यक...आई डोंट लाइक हिम।''

''हाँ वैसे भी मुझे उसकी मॉम हुडुकचुल्लू सी लगती हैं, अगर तेरी मदर इन लॉ बन गईं तो...।'' रूथ ने कहा।

''हाँ मदर इन लॉ ऐसी और हसबैंड बैंड के संग होटल, चर्च में ट्रम्पेट बजाता हो। छी-छी! एंड बाय द वे, व्हाट डिड यू से? कहाँ सीखा ये वर्ड?''

''लीला मिस से।''

''पूअर लेडी, बड़ी डीमोटीवेटेड लगती हैं मुझे वो।'' सोफ़ी ने कहा।

''मे बी...वरना कन्वर्ट होकर क्रिश्चियन क्यों बनती।''

कभी-कभी मजाक में कही बात सच हो जाती है। सोफ़ी और डियाज़...! कल स्कूल जाऊँगी, क्या पता कोई पुराना स्टाफ़ ही मिल जाए। हाउ टाइम फ़्लाइज़। उसने सोचा।

3

कोहरे में डूबी सुबह का सूरज अभी निकला भी नहीं था कि फ़ोन की घंटी बज पड़ी। उसने करवट ले घड़ी देखी, सुबह के छः बज रहे थे। इतनी सुबह किसका फ़ोन होगा? उसने अलसाई आवाज़ में कहा।

''हेलो।''

''हेलो हनी।''

''कैसी हो मॉम? बहुत लो साउंड कर रही हो।''

''हाँ, हॉस्पिटल से फ़ोन कर रही हूँ। बंगलुरु से।''

''बंगलुरु से, हॉस्पिटल से??''

''हाँ डियाज़ एडमिट है। साल-भर से किडनी प्रॉब्लम देने लगी थी उसकी। अब तक तो मेरे ही हॉस्पिटल में था पर अब यहाँ रेफ़र कर दिया है। इतना अल्कोहल शुरू कर दिया था कि क्या बताऊँ रूथ। सोफ़ी का टेंशन से बहुत बुरा हाल है। उस पर मॉल्विन भी अभी तक नहीं आया हॉस्टल से। तुम सुन रही हो?''

''हाँ, बोलती रहो, सुन रही हूँ।''

''तुम आओगी डियाज़ को देखने?''

''मुश्किल है, शायद आना नहीं हो पाए।''

''रूथ हम तुम्हारे शहर में हैं।''

''ठीक है मॉम लीव इट।''

''विक्रम कब आ रहा है?''

''क्रिसमस से पहले आने को कह रहा था।''

''और बच्चे?''

''वो भी तभी तक आएँगे।''

''घर का कुछ फाइनल हुआ?''

''जल्दी हो जाएगा, ब्रोकर आया था देखने।''

''चलो बाय।'' कहकर उसने फ़ोन काट दिया।

तो मॉम ये घर डियाज़ के इलाज के लिए बेच रही हैं। क्या सोफ़ी के पास उसके इलाज लायक पैसा भी नहीं है। गॉड ओनली नोज़। उसने सोचा और रजाई दुबारा सर तक खींच ली। सोने की नाकाम कोशिश में वापस पुराने दिनों की तरफ़ लौट गई।

''सोफ़ी-रूथ आज घर को साफ़ रखना। चर्च चली जाना और लौटकर डिनर तैयार रखना। शाम को मैंने गेस्ट इन्वाइट किए हैं।'' मिसेज़ गोम्ज़ ने घर से बाहर निकलते हुए कहा।

''मॉम रुको-रुको-रुको।'' सोफ़ी ने दौड़ते हुए जाकर उन्हें पकड़ लिया।

''डिनर वी कांट कुक, हमें कुछ बनाना ही नहीं आता।''

''शटअप सोफ़ी, तुम लोग कॉलेज में हो और तुम्हें अंडा तक बनाना मुश्किल लगता है। ओह गॉड! अब मैं ड्यूटी पर जाऊँ या खाना देखूँ। रूथ से कहना केक तैयार रखे और तुम स्ट्यू एंड सूप तैयार रखना। और कहीं घूमने मत निकल जाना। रूथ से कहना वाइट फ्रॉक पहने।''

सोफ़ी जब वापस लौटी तो रूथ सोफे पे लेटे-लेटे संतरा छील रही थी।

''व्हाट हैपन?''

''नथिंग, तुम को केक तैयार रखना है, मुझे स्ट्यू और सूप।''

''कौन आ रहा है?''

''डोंट नो। रूथ, चल डियाज़ के घर चलते हैं। उसने नया स्कूटर लिया है। चला के आएँगे!''

''छोड़ न, सोते हैं, बहुत दिन बाद तो मॉम की आफ़्टरनून शिफ़्ट लगी है।''

उस शाम गार्डन में लगी लिली कुछ ज़्यादा ही खिली थी। सफ़ेद क्रोशिया की फ्रॉक में रूथ कुछ ज़्यादा ही सुन्दर लग रही थी।

''रूथ मेरा ब्लू फ्रॉक क्लीन नहीं है। मैं भी वाइट वाला ही पहन लूँ?''

''पहन लो, वैसे अलग-अलग पहनने को क्यों बोल के गई हैं?''

''हमें पहचानने में आसानी होगी उन्हें।'' कहकर सोफ़ी हँस पड़ी।

''मॉम कौन आ रहा है डिनर पर?'' रूथ ने पूछा।

''मेरी फ्रेंड मिसेज़ सेठी और उनका बेटा।''

''ओह, क्यों?''

''उनके बेटे का एयर फ़ोर्स में सिलेक्शन हुआ है। दैट्स व्हाई।''

''डैडी की डेथ के बाद ये पहला गेस्ट है जो इस घर में आया है। सोफ़ी ने फुसफुसा के रूथ के कान में कहा। रूथ ने जाने सोफ़ी की बात सुनी भी या नहीं। सोफ़ी ने देखा रूथ कनखियों से विक्रम को देख रही थी। सोफ़ी ने पहले मेहमान को देखा और फिर पलट कर रूथ के चेहरे की तरफ़ देखा, रूथ की आँखें सामने बैठे विक्रम से हट ही नहीं रही थीं।

''डोंट स्टेयर हिम, बेचारा डर जाएगा। चल किचन में चल।'' सोफ़ी ने उसे कोहनी मारते हुए कहा।

4

दरवाज़े के ठीक सामने वर्जिन मेरी की एक बहुत बड़ी तसवीर टँगी थी, जिसका ऑइल पेंट अब इतना धुँधला, इतना हलका पड़ गया था कि अब उसपे बने चेहरे के भाव देख पाना, पढ़ पाना बहुत ही मुश्किल था। ये आगरा में रूथ का आख़िरी संडे था। इसके बाद कौन जाने दुबारा इस चर्च को अब देखना भी हो या नहीं। समय कितना बदल गया है उसने सोचा। इन्हीं वर्जिन मेरी की तसवीर के साथ सेंट अंथोनी की एक छोटी तसवीर हुआ करती थी, जो रूथ को आज नहीं दिखी। सेंट अंथोनी, पैट्रन ऑफ़ मिरेकिल्स, चमत्कारों के संत, खोयी हुई चीज़ों को वापस करने वाले संत, ख़ुशी के देवता। रूथ की भी तो खोई हुई चीज़ लौटाई थी इनने। उसने दुकान से सेंट अंथोनी की एक तसवीर ख़रीदी और रिक्शे में बैठ गई। किले की लम्बी दीवार के साये तले चलता रिक्शा जब बिजलीघर के लिए मुड़ा तो मानो जैसे उसके पुराने दिन लौट आए।

''सुनो, बिजलीघर पे अभी भी रामबाबू की दुकान है??'' उसने रिक्शे वाले से पूछा।

''है, बहुत भीड़ रहती है पर।''

''दो मिनट रोक लोगे वहाँ? एक प्लेट पूड़ी ले आना मेरे लिए।'' उसने सोच में डूबे-डूबे ही कहा।

रिक्शेवाले ने उसे ऐसे देखा जैसे किसी आसमान से उतरी हो वो।

''हाऊ फ़ास्ट यू ईट विक्रम?'' सोफ़ी ने विक्रम से पूछा।

''हम एयरफ़ोर्स वाले हैं एयरोप्लेन सी स्पीड है हमारी।'' वो बोला।

ये उन दिनों की बात है जब वे दोनों दोस्ती में विक्रम के नज़दीक और डियाज़ से दूर जा रही थीं। ऐसे ही किसी एक दिन रूथ ने सोफ़ी से पूछा।

''क्लार्क्स चलोगी सोफ़ी, डियाज़ का परफॉरमेंस है ट्रम्पेट का।''

"नो, वो बोर करता है मुझे।"

"हाँ, ये तो है। विक्रम के साथ मज़ा आता है पर।" रूथ के मुँह से अचानक जैसे दिल की बात निकल गई।

उस रात रूथ ने सेंट अंथोनी से जाने किस चमत्कार की प्रार्थना की। बचपन से उसका मन सेंट अन्थोनी के अनगिनत चमत्कारों की कहानियों से भरा पड़ा था। पर उसका सबसे पसंदीदा वो क़िस्सा था जिसमें एक अकेली लड़की को कैसे उसका केम्पेनियन मिला देते हैं सेंट अंथोनी। फिर एक दिन उसकी बात भी सुन ही ली उनने।

कैंट की ख़ाली सुनसान सड़कों पे स्कूटर सीखते हुए एक दिन उसने विक्रम से अपने मन की बात कह दी।

"तुम आउट ऑफ़ कास्ट मैरिज करोगी?" सोफ़ी ने उससे पूछा।

"क्यों? क्या प्रॉब्लम है? आई लाइक हिम, ही लाइक्स मी।"

"रियली।"

रिक्शे के रुकने से उसका ध्यान टूटा तो उसने देखा कि सर्दी की शाम का सूरज बुझते-बुझते एक ज़रा से गोले में बदल गया था। कितनी जल्दी दिन डूब जाते हैं। जाने से पहले उसे अंकल विली से मिलना है। घर का एंटीक फ़र्नीचर बेचना है। विक्रम के कुछ पुराने दोस्तों के घर जाकर मिलना है। ऑल्विन के लिए क्रिसमस गिफ़्ट्स लेने हैं। ऑल्विन और मॉल्विन उसके और सोफ़ी दोनों के बच्चों के नाम मॉम ने ही रखे थे। कितनी मुश्किल से मॉम सोफ़ी को शादी के लिए तैयार कर पाई थीं। डियाज़ के चर्च और होटल में ट्रम्पेट बजाने के जॉब से, उसकी सैलरी से सोफ़ी बिलकुल खुश नहीं थी। ये मॉम ने ही उसे बताया था।

"शी इस नॉट वैरी हैपी।"

"व्हाई?"

"हिज जॉब, हिज स्टेटस एंड हिज मनी इज़ नॉट अपीलिंग तो हर। शी वांटेड अ बॉय लाइक विक्रम।"

"चाहने से कुछ नहीं होता मॉम। अब उसे हाँ बोलना चाहिए मैरिज के लिए।"

"यू डोंट नो रूथ, शी लाइक्स विक्रम।"

रूथ का चेहरा एक सेकंड को बिलकुल कोरा हो गया और फिर उदास। ये पहली बार था जब धागे में बल पड़ा था। इतने दिन से जिस चीज़ को वो समझना चाह रही थी वो आज सामने थी। सोफ़ी का विक्रम के आस-पास रहना और विक्रम का उस पर अटेंशन।

"मुझे लगता है विक्रम के मन में सोफ़ी के लिए सॉफ़्ट कार्नर बन रहा है। कैन दे चीट मी ऑन?" उसने मिसेज़ गोम्ज़ से पूछा।

"डोंट बी सिली हनी, वो तुम्हारा हस्बेंड है, और सोफ़ी सिस्टर।"

पर रूथ जानती थी कि ये बादल ख़ाली नहीं लौटेंगे। वो अक्टूबर की सुहानी

शाम थी। उसे याद है उस दिन एयरफ़ोर्स डे था। उसने घर पर विक्रम और दोस्तों के लिए शाम को छोटी-सी पार्टी रखी थी। मेहमानों से भरे घर में बस सोफ़ी और विक्रम ही ग़ायब थे।

"इसे पकड़ो थोड़ी देर, मैं ज़रा विक्रम को देखूँ, सब गेस्ट पूछ रहे हैं उसे।" रूथ ने ऑल्विन को गोद से उतारकर मिसेज़ गोम्ज़ को पकड़ाते हुए कहा।

वो गई और कुछ ही सेकंड्स में वापस लौट आई। पूरी पार्टी में मिसेज़ गोम्ज़ ने उसे ख़ामोश और परेशान देखा। अगली सुबह उसने उनसे कहा।

"मॉम आप सोफ़ी को वापस ले जाओ।"

न मिसेज़ गोम्ज़ ने उससे पूछा न ही उसने बताया कि क्या हुआ। कैसे बताती कि जब उसने दरवाज़ा खोला तो सोफ़ी के हाथ विक्रम के हाथ में और विक्रम के होंठ उसके माथे पर थे। पर मिसेज़ गोम्ज़ बिना कुछ कहे ही सब समझ गईं। उसके बाद ये बाईस साल रूथ ने सोफ़ी से बिना मिले काटे और विक्रम ने गिल्ट और शर्म में। वो प्रेयर ख़त्म कर के सोने जा ही रही थी कि उसका फ़ोन बज गया।

"हेलो।"

"हेलो हनी।"

"हाउ आर यू मॉम?"

"ओके, बट लिटिल हेक्टिक हियर।"

"डियाज़ की तबीयत कैसी है अब?"

"पहले से बेटर है। तुम अपना बताओ? वापस आने का दिन आ रहा है तुम्हारा।"

"हाँ परसो।"

"आओगी इधर?"

"मालूम नहीं।"

"रूथ एक बात कहूँ?"

"हम्म।"

"इतना ज़िद्दी होने से काम नहीं चलता। तुमने इतने साल यूँ भी चीज़ों के एक्ज़ेज़रेट कर के देखा है। कम बैक टू अस, कम बैक टू फैमिली हनी। एक बात पूछूँ?"

"क्या?"

"व्हाई डिड यू फॉलो डबल स्टैंड्र्स ऑल लाइफ?"

"व्हाट स्टैंडर्ड्स मॉम?"

"जिस बात के लिए तुमने लाइफ़ लॉन्ग सोफ़ी को पनिश किया उस बात का आधा रेस्पोंसिबल तो विक्रम भी है। वो तुम्हारा हस्बैंड है, तुम्हारे बेटे का फ़ादर है इसलिए उसे बेनिफ़िट ऑफ़ डाउट है रूथ। ये फ्लेक्सिबल एप्रोच सोफ़ी के वास्ते

क्यूँ नहीं? तुमने कभी नकारा विक्रम को? समझो हनी, इतने साल तो लाइफ़ नहीं चलती जितने साल तुमने साइलेंस चलाई अपनी। ट्राय टू कलेक्ट फैमिली?"

"गुड नाइट मॉम।" वो कुछ देर चुप रहकर बोली।

अगली सुबह रूथ ने घर में बिखरा हुआ सामान समेटना शुरू कर दिया था। वापसी के दिन पास आ रहे थे। डैडी का ये घर अब बिक गया है, अब इस शहर में लौटकर आना शायद ही कभी होगा, उसने सोचा और उसकी आँखें भर आईं। उसने कॉफ़ी बनाने रखी और मिसेज़ गोम्ज़ को फ़ोन मिला दिया।

"मॉम सुनो, मैंने चेक जमा कर दिया है कुछ दिन में मिल जाएगी मनी आपको।"

"तुमने अपने लिए कुछ नहीं रखा रूथ?"

"नहीं मुझे कोई नीड नहीं है। आपको अभी ज़रूरत पड़ेगी डियाज़ के लिए। पता नहीं सोफ़ी के पास इतनी सेविंग हो भी या नहीं। मैंने बस ब्रोंज़ का एक एंटीक वाज़ रख लिया है अपने लिए।"

"कौन-सा?"

"एक फिश शेप का है, डैडी त्रिची से लाए थे एक बार, याद है?"

"डोंट कीप दैट।"

"क्यों?"

"ब्रोंज़ इज़ नॉट अ गुड मेटल फॉर अवर फ़ैमिली। उसी साल तुम्हारे डैडी की डेथ हुई थी रूथ। ब्रोंज़ की फिश पर सबसे पहले बिजली गिरती है स्काई से।"

"मेरे दिल की मछली पे तो कब की बिजली गिर पड़ी मॉम।"

"डोंट से लाइक दिस।"

"अच्छा छोड़ो ये सब। अब ये बताओ मॉल्विन की शर्ट का साइज़ क्या होगा? बस उसी का गिफ़्ट समझ नहीं आ रहा मुझे। डियाज़ और सोफ़ी के लिए तो वॉच ले लूँगी।"

"आर यू कमिंग हनी?"

"यस, आई एम कमिंग। अच्छा अब मैं फ़ोन रख रही हूँ, मेरी कॉफ़ी भी बन गई है। और पैसा मिल जाए तो बता देना मुझे।" कहकर उसने फ़ोन काट दिया।

"ओह गॉड, हार्ट इज़ अ ब्रोंज़ फिश।"

वो उठी, कमरे में एक कोने में खड़ी अटैची के पास ले जाकर उस काँसे की मछली को रख दिया, और अब कमरा कॉफ़ी की तेज़ ख़ुशबू से महक रहा था।

नक़्श फ़रियादी है

इस यथार्थ से अतीत के शिलालेखों तक...

अतीत के शिलालेखों से बादलों की तरतीब तक...

बादलों की तरतीब से आगामी भविष्य तक...

उसे सिर्फ़ अँधेरा ही नज़र आता था। हर दिशा में व्याप्त अन्धकार। अँधेरे के इस दिग्दर्शन से ये उसका पहला साक्षात्कार था। उसने करवट लेकर पाँव सिकोड़ लिए, टाट के बोरे पर उसका पूरा शरीर पैर मोड़े बिना एक सीध में नहीं आ सकता था। बबूल के छितराए हुए पत्तों के बीच में से चाँदनी की एक धुँधली रेखा मवाना शुगर मिल के टाट के बोरे से सरककर उसके मुँह पर आ गई तो उसने मुँह फेर लिया।

थोड़ी देर में उसे झींगुरों के शोर ने सुला दिया। मीठी नींद के पुल को पार करता हुआ वो घर के दरवाज़े पर पहुँच गया। दरवाज़े पर दो कनेर के पेड़ एक-दूजे को गलबहियाँ डाले खड़े थे। गर्मियों में इसी के नीचे पापा की खटिया बिछती थी। अन्दर की गैलरी के पार उसकी बुलेट खड़ी है। धूल की एक पतली पर्त उसके ऊपर चढ़ी हुई है। गैलरी के पार के बरामदे में सुलगते चूल्हे पर दूध की हँडिया चढ़ी हुई थी। धुएँ और उबलते दूध की महक उसके नथुनों को महका गई। बरामदे के पार उसका कमरा था जिस पर माधवी की पुरानी साड़ी का पर्दा टँगा था। पर्दा हटाकर उसने अन्दर झाँका, सामने उसका पलंग पड़ा था। वो जाकर पलंग पर लेट गया। कितना पास था माधवी का चेहरा। ज़रा ज़ोर से साँस ले तो चेहरे से चेहरा टकरा जाए। दूध की धुएँ घुली महक में जलने की बदबू कैसे आ गई ? क्या जल रहा है ? ये माधवी रोज़ चूल्हे में लकड़ियाँ ठूँस आती है। ये लकड़ियों की बदबू नहीं है। क्या है ये ? ये तो घर में रखा सामान जल रहा है। वो उठकर बैठ गया। ये तो घर नहीं है। एक नज़र घुमाकर उसने चारों तरफ़ देखा। पत्तों से छनती हुई ओस बूँद-बूँद कर के उसके ऊपर गिर रही थी। उसने

थूक निगलकर सूखे गले को गीला किया और फिर लेट गया।

नींद के दूसरे किनारे पर सुगबुगाहटें थीं।

''आज से तू हमारा नेता सुख्खी। हाँ सुखबीर तू ही हमारा नेता है। तू पढ़ा-लिखा है, समझदार है, होशियार है। हम क्या जानें कुछ? ज़मीन को सरकारी खाते में जाने से कैसे रोकें?''

''रोकेंगे ताऊ, अपनी ज़मीन है। किसी के बाप का माल थोड़े है जो चार टुकड़े फेंककर हथिया लेगा, उसने थूकते हुए कहा, ''पूरा पैसा देगी सरकार, जितना हम माँगे हैं। तभी अपने खेत जाएँगे।''

चिलचिलाती धूप में वो सब सड़क के किनारे बैठे हुए थे। सुखबीर, बृजवीर, मदनपाल, भूपेंद्र, और भी अनगिनत। थोड़ी देर पहले सेक्शन इंजीनियर की पिटाई की थी सुखबीर ने। गुस्से के मारे भीड़ ने जे.सी.बी. में आग लगा दी थी। उसका धुआँ अभी थमा ही था कि एक के बाद एक करके पुलिस की चार जीपें दनदनाती हुई गाँव में घुसीं तो भगदड़ मच गई। आमने-सामने की लड़ाई थी अब ये। पुलिस बनाम गुंडागर्दी, हक़ बनाम हुकूमत, सरकार बनाम जनता, और सब में सरकार का पलड़ा ही भारी था। पुलिस ने उतरते ही हवाई फायर दागने शुरू कर दिए, लाठी चार्ज हो गया। हवाओं की तरह काफ़ूर हो गया उनका हौसला। हवा में लहराती एक लाठी मदनपाल के सर पर लगी, और ख़ून की धार पगड़ी से रिसती हुई सफ़ेद बुर्राक कुरते पर फैली, तो उनका हौसला वापस आ गया। सारा गाँव इकट्ठा हो गया। पुलिस की एक जीप भी आग के हवाले हो गई। उसके बाद घंटे-भर में ही सब मैदान ख़ाली। पुलिस के सामने कोई भी नहीं टिक पाया। रह गए सिर्फ़ बच्चे और औरतें। ख़ाली मैदान में रह गई सिर्फ़ उड़ती हुई हवा और ख़ून मिली धूल। भागते में सिर्फ़ उसने इतना ही देखा कि भूपेंद्र ट्यूबवेल की हौज में कूद रहा था।

किसी ने उसका कन्धा झकझोर कर हिला दिया। ''बेवकूफ़ ऐसे ही सोता रहेगा तो कभी भी पुलिस की पकड़ में आ जाएगा। तेरी तलाशी में पुलिस जगह-जगह दबिश दे रही है। ले ये अख़बार पढ़,'' भूपेंद्र ने उसे अख़बार पकड़ाते हुए कहा। पहले ही पन्ने पर लिखा था।

''किसान नेता सुखबीर पर सरकार ने पच्चीस हज़ार का इनाम रखा।''

वो रातोंरात मशहूर हो गया है। अख़बारों में उसका नाम छपता है। लोग उसकी खबर दिलचस्पी से पढ़ते हैं। पर वो तो बिरादरी से अलग हो गया। और आदमी तो चोरी-छुपे रातों को गाँव चले जाते हैं, घर वालों से मिल लेते हैं, एक वो ही नहीं जा सकता।

''नया सी.ओ. आ गया है।'' भूपेंद्र ने उसकी सोच तोड़ते हुए कहा।

''कौन?''

''जे.एस. सिंघल। औरतों को बुलाता है थाने बयान के बहाने। सुना है कल

भाभी को बुलाया है उसने। बयान दर्ज कराने के लिए।''

''तो तू चले जइयो साथ भैया।''

''मैं कैसे जा सकता हूँ? दरोगा ने मुझे जेनरेटर फूँकते हुए देख लिया था। वहीं धर लेगा।''

सुखबीर ने डबडबाई आँखों से उसे देखा तो भूपेंद्र ने चेहरा फेर लिया। ये वही सुख्खी है जो बाप के साथ रातों में कभी खेतों में पानी देने इसलिए नहीं गया कि साँप-बिच्छू निकल आते हैं। ये वही सुख्खी है जो बल्ला लेकर निकल जाए तो गाँव की टोलियों की टोलियाँ अकेले उसके दम पर जीत जाएँ। इसी को देखकर गाँव के लड़कों ने अपने-अपने बापों से बुलेट के लिए ज़िद की थी। और आज ये ही टाट के बोरों पर सोता है। बीहड़ों-बीहड़ों मारा-मारा फिर रहा है। भूपेंद्र ने धीमी साँस छोड़ते हुए सोचा। वो उठ खड़ा हुआ तो चन्द्रगुप्त से अशोक तक और बिन्दुसार से आज तक के राजाओं की कुलीनता और अकुलीनता के सारे परिदृश्य का बिम्ब सुखबीर की आँखों से धूमकेतु की तरह गुज़र गया।

कहाँ होगी माधवी? उसने सोचा।

सुबह की चढ़ती हुई धूप के साथ-साथ पारा भी चढ़ता जा रहा था। बूढ़े ससुर की बाँह थामे हुए माधवी ने रिक्शे से उतरते हुए सरसरी निगाह से थाने को देखा। भय और आतंक ने दोनों तरफ़ से आकर उसकी एक-एक बाँह थाम ली। चारदीवारी के भीतर एक अधजली जीप खड़ी थी जो उसके पति की शौर्य-गाथा का एक नमूना बनी हर आते-जाते से जैसे अपनी कहानी कह रही थी।

दूर से ही एक सिपाही ने उन्हें आते देख लिया। ''आओ नेताइन सी.ओ. साब तुम्हारा ही इन्तज़ार कर रहे हैं।''

अपने आस-पास इतनी पुलिस देखकर माधवी के हाथ-पाँव सुन्न पड़ गए। साड़ी के पल्ले से चेहरे पर आया पसीना पोंछ माधवी ने बूढ़े ससुर की ओर देखा और आँखों ही आँखों में सांत्वना दे डाली कि तुम घबराना मत पापा, मैं हूँ ना सब ठीक हो जाएगा। वो कभी बैठ जाती तो कभी उठकर दीवार के सहारे खड़ी हो जाती। क़रीब तीन घंटे के इन्तज़ार के बाद सी.ओ. ने उसे अन्दर बुलाया।

''देखे हम ये बहुत देर से खड़ी थी, पूछ लो इससे बैठेगी?'' उसने दरोगा से कहा।

बैठेगी शब्द की छुपी हुई व्याख्या उसे अन्दर तक कँपकपा गई। उसकी पिंडलियों में एक झनझनाहट-सी दौड़ गई।

''कहाँ है तेरा आदमी?'' उसने सिगरेट सुलगाते हुए पूछा।

''पता नहीं साब, मैं क्या जानूँ? उस दिन से वो आए ही नहीं।''

''साली झूठ बोलती है पुलिसवालों से। हमें सब पता है। वो साले रातोरात आते हैं, रोटी खाते हैं, और तुम्हारी देह टटोलकर सुबह कहाँ निकल जाते हैं? सरकार का हुक्म है नरमी बरतनी है वर्ना सब मादर...की ख़ाल में भुस भरवा देता। हरामजादों

के हलक में ही उतार देता सब खेत। बिठाए रखो साली को जब तक सच ना बताए।'' रात के आठ बजे तक बिठाए रखने के बाद उसे छोड़ दिया गया।''जा अब कल आना साब ने कहा है,' सिपाही ने उससे कहा।''क्यों जी अब नेताजी को कुछ बनाकर नहीं खिला रही तू आजकल? सुना है उस दिन तो भाग-भागकर रोटी खिला रही थी,'' किसी दूसरे ने कहा। माधवी ने सर उठाकर देखा। आँखों के पानी में हज़ार प्रश्न तैर रहे थे। क्या होगा भगवान, जब रक्षकों की भाषा-शैली ऐसी हो?

दूसरे, तीसरे, चौथे दिन दरोगा ने उसे दुबारा सी.ओ. से मिलवाया। अबकी आवाज़ में तल्ख़ी कम थी।''बैठ जा आराम से,'' उसने एक सरसरी नज़र डालते हुए कहा तो उसने साड़ी के पल्ले को दोहराकर बदन से लपेट लिया।

''आया तेरा आदमी?''

''नहीं साब।''

''क्यों झूठ बोलती है हमसे? हमें सब पता है किस घर में क्या चल रहा है। क्यों चाहती है सख़्ती करें हम? बता कहाँ है सुखबीर?'' अबके आवाज़ में सख़्ती थी।

''कसम से साब मुझे नहीं पता वो कहाँ है?''

''अच्छा-अच्छा। चाहती है वो वापस आ जाए?''

''हाँ साब। आपका एहसान होगा।''

''उसके लिए तुझे हमारा एक काम करना होगा।''

''क्या साब?''

''पच्चीस हज़ार का इनाम है तेरे आदमी पर। तू और तेरा ससुर किसी की शिनाख़्त कर दे सुखबीर बता के। पाँच हज़ार तुम्हारे। तू सोच ले आराम से, दो-तीन दिन में बता जइयो, ऐसी भी कोई जल्दी नहीं है। जैपाल पानी पिला इसे।'' उसने घंटी बजाकर सिपाही को बुलाया और बात ख़त्म कर दी।

सारी रात खाट पर पड़े-पड़े माधवी ने गुज़ार दी। सुबह से कुछ पहले उसने बगल में सो रही सास को जगाया और सारी बात बता दी।''मम्मी पापा नहीं माने तो?'' उसकी आवाज़ में भय का अंकुर था।

''मानेंगे क्यों न, जवान बेटा है। आज इतने दिन हो गए घर में पैर नहीं रखा उसने। तू सो जा मैं बात करूँगी उनसे, उसने माधवी के माथे पर हाथ रखा तो वो चौंक पड़ी। उसने पलटकर हाथ लगाया तो देखा कि भूदेई का सारा पिंडा बुखार से जल रहा था।

''ऐं मम्मी तुमने दवा नहीं ली?''

''हाँ, खा तो ली हरी पन्नी वाली, थोड़ी देर में उतर जाएगा।''

''भूपेन्दर भैया से बात करूँ मम्मी?''

''तू मती करियो, तेरे पापा से करवाऊँगी।''

डर की धड़कन अगले पूरे दिन रह-रहकर माधवी के कानों में गूँजती रही।

सुखबीर का चेहरा बार-बार उसकी आँखों के सामने फिर जाता था। कभी दूल्हे के सेहरे में, कभी बुलेट चलाता हुआ, कभी गली के बच्चों के साथ गेंद-बल्ला खेलता हुआ...और कभी पुलिस की लाठियों से ख़ुद को बचाता हुआ, भागता हुआ। आखिरी बार उसने सुखबीर की पीठ देखी थी, और कान के पीछे से बहती ख़ून की धार। उसने घबराकर अपनी आँखें खोल दीं।

पोस्टमार्टम रूम से बूचड़खाने-सी उठती गंध ने माधवी का सर चकरा दिया। उसने पलटकर दरवाज़े पर खड़े ससुर को देखा और फैली हुई पुतलियों का खालीपन उसे अवसाद से भर गया। उसने आँखें बन्द कर के कफ़न ढके एक शरीर पर अपना हाथ रख दिया तो अचानक दोनों पैरों की जान-सी निकल गई। पसीने की कुछ बूँदें माधवी के माथे से टपककर उसके हाथों पर गिर पड़ीं। जब वो कमरे से बाहर आई तो चौतरफ़ा फैले अँधेरे ने उसे आकर लपेट लिया। बड़ी भयावय रात गुज़ारी माधवी ने वो। कभी सुलगते बिटोरों का धुआँ दम घोंट देता था। कभी ख़ाली पड़े खेतों में सुलगती आँच बदन जलाने लगती। कभी सफ़ेद कपड़ों में लिपटी लाश दोनों हाथ बढ़ाए उसकी तरफ़ आती दीखती।

मुँहअँधेरे मोटरसाइकिल पर बैठा एक सिपाही आया और कारेलाल को हज़ार-हज़ार के तीन नोट पकड़ा दिए।

"साब बात तो पाँच हज़ार की हुई थी।" कारेलाल ने पूछा।

"और जो तेरे बेटे ने सरकारी जीप फूँक दी उसकी मरम्मत का हर्जा क्या दरोगा जी की लुगाई भरेगी? और हाँ, कल सुखबीर की औरत को थाने भेज दियो, लखनऊ से कुछ लोग आए हैं इसका बयान दर्ज़ होगा।"

दरवाज़े की आड़ से उसने देखा वो रुपए ससुर की धोती की अंटी में जा बँधे। एक साँस छोड़कर उसने सोचा पति भी गया और रुपए भी।

पीपल के पत्ते आवारा लड़कों की तरह गाँव की गलियों में यहाँ-वहाँ उड़ते फिर रहे थे। जलते सूरज के माथे पर बादल का एक भी टुकड़ा न था। शाम के चीत्कार करते सन्नाटों के मुँह में कोई रोटी का टुकड़ा भी नहीं ठूँसता था कि घड़ी-भर को ही सही उसका मुँह तो बन्द हो। हर तरफ़ मुँह उठाए चीखता-फिरता अँधेरा था और ऐसे अँधेरे में सिर्फ़ दो लोगों को नींद नहीं आती थी।

'आज से तू हमारा नेता सुख्खी,' ये आवाज़ें अब उसका गला दबाती हैं। धूप, लू, गर्मी सब शरीर के रोम से अन्दर का ख़ून धीरे-धीरे चूस रही हैं। न खाने को भरपेट खाना, न कपड़े, न बिस्तर। वो जिस शौक और मशहूरियत के लिए बैठा था उसने तो इन तीन महीनों में दम तोड़ दिया।

रात के अँधेरे में एक सिपाही उसे गाँव के मुहाने पर छोड़ गया। वहाँ से चुपचाप भूदेई उसे घर तक ले आई। चूँकि सास-बहू दोनों साथ थीं इसलिए किसी ने कुछ न पूछा। गए अँधेरे भूदेई ने उसकी साड़ी उठाकर सरसों के तेल का फाहा लगा दिया। उसने नींद

में डूबे माधवी के उतरे चेहरे और सूजी हुई आँखों को देखा और सोचा, सत्ता ने ज़मीन का एक और टुकड़ा निगल लिया। भूदेई ने अपनी आँखों पर हाथ रख लिए।

सत्ता और उसके साईस उन समानांतर रेखाओं की तरह हैं जो कभी कहीं टकराती नहीं हैं पर अपनी राह में आने वाली हर चीज़ निगल लेती हैं।

सुरसा-सा मुँह फाड़े रात कहीं ख़त्म ही नहीं होती। उसके बदन पर सुबह-शाम रेंगती यादें चींटियों की तरह उसे काटती फिरती हैं। ज़ख्म-दर-ज़ख्म देती रहती हैं। उसने अपने हाथ दाढ़ी पर फेरे। हफ़्तों से उसने शीशा नहीं देखा था। बाल बढ़कर कानों के नीचे तक आ गए थे।

सफ़ेद हाथी पर बैठकर इन्द्र देवता उसकी पूँछ में बादलों को बाँधकर दिन में तीन-तीन बार गुज़रते थे पर फिर भी सूखे का सूखा। पोखर में फैली सिंघाड़े की बेल सूख चली थी साथ में माधवी भी। सारी पत्तियाँ पीली पड़ने लगी थीं तब जाकर कहीं आकाश से पहली बूँद गिरी। टप-टप, टप-टप, सब सूखे खेत पानी में डूब गए।

ये जाने कहाँ होंगे? माधवी ने चूल्हा ढँकते हुए सोचा। आकाश बादलों से ढँका हुआ था। आज फिर पानी पड़ेगा, उसने कहा। पानी के बोझ से पीले अमलतास, लाल गुलमोहर टूट-टूटकर ज़मीन पर गिर रहे थे। मिट्टी में सने हुए एक-दूसरे में गड्ड-मड्ड। बीहड़ों में फैले गुड़हल, कनेर, और शहतूत नाक में पानी भरने की वजह से दम तोड़ रहे थे। शहतूत की डाल पर एक चौख़ाने की काली-सफ़ेद टँगी क़मीज़ से पानी टपक रहा था। वो नंगे बदन बैठा दूर तक फैली पगडंडी को देख रहा था। बादलों से दो घड़ी के लिए चाँद सरक के उसके पास आ पहुँचा। अब ये भी पहले जैसा चाँद नहीं है, उसने सोचा, जो शाम ढले निकल आया करता था। अब तो ये भी आने से डरता है। क्या पता इससे भी सड़क बनाने के लिए ज़मीन माँग ली जाए।

देखते-देखते दो महीने और बीत गए। बादलों से घिरा अगस्त भी गया पर वो नहीं लौटा। महीनों इधर-उधर चक्कर लगाकर अब माधवी लखनऊ जा रही है। सरकार के दरवाज़े पर ही दुहाई दी जाएगी अब। ले लो ज़मीन पर वापसी के दरवाज़े खोल दो माई-बाप। जिस रात वो लखनऊ की गाड़ी में बैठी, उसी सुबह वो लौट आया। धुआँ छोड़ती ढिमरी उठाए मुँह-अँधेरे भूदेई ने किवाड़ खोले तो वो सामने खड़ा था। सुबह तक सारा गाँव उसके कमरे में चला आया था। मदनपाल, भूपेंद्र, ओमपाल, और भी न जाने कौन-कौन, बस एक वही नहीं थी।

हफ़्ते बीत गए पर वो लखनऊ नहीं पहुँची। कोई कुछ कहता कोई कुछ। जितने मुँह उतनी बातें।

चौथे–पाँचवें या शायद किसी अख़बार के छठे पन्ने पर लिखा था—'सियालदाह एक्सप्रेस से कटकर तेईस–चौबीस साल की युवती की मृत्यु, शिनाख्त का अनुरोध।' अख़बार में छपी ख़बर को पढ़ने वालों ने पढ़ा भी, पर कौन जाने जिला आगरा के शम्साबाद की माधवी कौन है?

कम्पाउण्डर अभी–अभी सुखबीर को बोतल लगा के गया था। बाहर सानी लगाती भूदेई ने कारेलाल से कहा, "छोड़ दो यह ज़मीन, जो जितना मिल रहा है उसी पर राज़ी हो जाओ। बहू गई, बेटे की हालत ऐसी है। मुझ से अब और नहीं झेला जाता।"

अन्दर लेटे सुखबीर की पलकें झपकी ही थीं कि माधवी का चेहरा सामने आ गया। उसने उसके रूखे चेहरे पर हाथ फेरा और बोली, "मेरे लिए दुखी मत होना। वहाँ बहुत सुख है। मुझे चाँद पर एक सौ दस गज का प्लॉट मिला है। पीछे के हिस्से में अमीर देशों की तरफ़। वहाँ सूरज भी सीधी धूप नहीं फेंकता। नीम का पेड़, गुलमोहर, शहतूत, हरी घास सब है वहाँ।"

सुखबीर ने कुछ कहना चाहा पर बात आह में डूब गई। और उस आह में बस यही था—'ये रास्ता, ये गाँव, ये खेत, ये ज़मीन हमारी है। किसी और की नहीं। कोई हमें यहाँ से अलग नहीं कर सकता। हममें से कोई भी अब जिलावतनी नहीं जिएगा।'

नींद ने फिर आकर उसकी पलकों को झुका दिया।

बेगम एक हुकुम की उर्फ़ ब्लैक क्वीन

I

ताश के पत्ते की गड्डी की तरह ज़िन्दगी ने उसे फेंट कर जोकर-सा बाहर फेंक दिया था।

ये लड़का जो किसी भी खेल में किंगमेकर की भूमिका निभा सकता था, ज़िन्दगी के इस अजब खेल में जोकर बना मैदान के बाहर पड़ा था।

इस खेल का नाम प्यार था, और वो इस खेल में बुरी तरह हार चुका था।

उसने तो अब तक यही सुना था कि प्रेम में प्रतिद्वन्द्विता नहीं होती, पर सामने वाला पक्ष उसे प्रतिद्वन्द्वी मान सबक सिखाने को उतारू था। यानी कब मौक़ा लगे और उसे पटकनी दी जा सके।

कैक्टस को झुर्रियाँ नहीं पड़तीं कभी, किसी भी प्रजाति को नहीं। बस उम्र के निशान छोटी-छोटी कीलों की शक्ल में निकल आते हैं कैक्टस के चेहरे पर, और ग्वारपाठे की चिकनाई सारा खुरदरापन सोख लेती है। काश कोई ऐसा इलाज होता जो समाज में उपजे खुरदरेपन को मिटा पता। कभी पेड़ों को तो देखा नहीं यूँ लड़ते कि तू फलां पेड़ है कि तू फलां...ये बुरी लत इनसानों में ही क्यों पाई जाती है? गोल सड़क से उतरते हुए अजीत ने सोचा। पुरानी क़मीज़ से जितना पानी टपक चुका था, उससे कहीं ज़्यादा पानी उसकी आँख में था। तेज़ बारिश के बाद ज़मीन और भी भभक रही थी, जैसे सूखे पत्तों को अभी और पतझड़ झेलना हो। उसे लगा, अगर वो वहाँ और रुका तो पागल हो जाएगा। 'भाड़ में गई उर्मिला,' उसने बुदबुदाते हुए कहा। वो पलटा और सड़क पर बेतहाशा भागने लगा।

उर्मिला दूसरी जात की थी और यही चीज़ अब उन दोनों के भविष्य में फाँस-सी थी।

वो जब घर में धुसा तो पेट्रोमेक्स के हलके पीले उजाले में घर की बारिश में भीगी दीवारें अजीब-सा भय पैदा कर रहीं थीं। ये उसके शहर की ख़ासियत थी कि ज़रा बूँदाबाँदी हुई नहीं कि बत्ती गुल। उसने टिमटिमाते हुए उजाले में ग़ौर से देखा, बरामदे के एक कोने में खटोले पर पड़ी अम्मा सो रही थीं। अपनी दादी उसे हमेशा डाकख़ाने की इमारत-सी लगती थीं। दोनों ही अपनी जर्जर अवस्था में कभी भी भरभराकर गिरने के अंदेशे से ग्रसित थीं।

लम्बे बरामदे को पार कर जब वो अपने कमरे में पहुँचा तो माँ पहले से ही वहाँ उसका इन्तज़ार कर रही थी।

''चल खाना खा ले, बत्ती का तो कोई भरोसा नहीं।''

''पापा कहाँ हैं?''

''कारख़ाने, अभी कहाँ से आ जाएँगे।''

''तो छोटे वाले कमरे में कौन है?''

''मैनपुरी वाली जीजी, कल चले जाना उन्हें छोड़ने और कुछ दिन वहीं रुक जाना।'' माँ ने थाली पकड़ाते हुए कहा।

''क्यों?''

''यहाँ माहौल ठीक नहीं है तुम्हारे लिए। कुछ दिन रह आओ, मामला ठंडा पड़े तो लौट आना। और फिर जीजी अकेली हैं। तुम रहोगे तो कुछ दिन घर में जवान आदमी का सहारा रहेगा उन्हें। घर-बाहर के काम तो निबटा सकते हो उनके कम से कम, हमारे तो किसी काम आए नहीं तुम।''

बिजली चमकी, आँगन में खड़ा हरसिंगार घड़ी-भर को दीखा और फिर अँधेरे में गुम हो गया।

माँ जूठे बर्तन समेटकर चली गई थी, और अब वो अकेला था अपने कमरे में। इन दिनों ये अकेलापन उसे बहुत भाता था। उसने अँधेरे में टटोलकर अपना रेडियो उठाया। विविध भारती के स्टेशन पर लता की मीठी आवाज़ में गाया गाना आ रहा था।

'मिले तो फिर झुके नहीं नज़र वही प्यार की'

पर इसी प्यार की नज़र के चक्कर में उर्मिला के घरवालों ने उसे पिछले हफ़्ते कितना पीटा था। सेंट्रल टॉकीज़ के चौराहे पर लोग मजमा सा लगाए उसकी पिटाई देख रहे थे। कितनी शर्म आ रही थी उसे। अपने पिटने पर नहीं, पिटना तो प्यार में लाजिमी है। बल्कि अपनी छोटी जात का दुख था उसे। वो जात ही क्या जो प्यार में बाधा बने, उसने सोचा। उसने करवट ली तो मुँह से एक टीस निकल गई।

यदि मैं भारत का प्रधानमंत्री होता तो...

आजकल ऐसे दार्शनिक ख़याल बहुत आने लगे थे उसे, जो उसे ख़ुद में एक हीरो पैदा करने के लिए झँझोड़ते थे।

वो पहले ऐसा नहीं था, आम लड़कों की तरह मस्तमौला था, पर पिछले दो

सालों से जब से उर्मिला से मिला था तब से ऐसा दार्शनिक-सा हो गया था। यूँ भी प्रेम में पड़ा हर लड़का दार्शनिक ही होता है, अपना ख़ुद का एक दर्शनशास्त्र लिये, एक अनोखी आइडियोलॉजी लिए।

उर्मिला शहर के उस स्कूल में पढ़ती थी जिसके विद्यार्थी पीले-नीले रंग की यूनिफ़ार्म पहनकर जाया करते थे। जो शहर की धारणा में सबसे महँगा था, और इंग्लिश मीडियम स्कूल या कॉन्वेंट कहलाता था। जो सिर्फ़ अमीर बच्चों के पढ़ने के लिए बना था। और वो छोटे लाल इंटर कॉलेज में पढ़ता था।

साथ वाले कमरे में किराएदार का कोई बच्चा कुनमुनाया तो उसकी माँ ने थपकियाँ देकर उसे फिर से सुला दिया। माँओं की आधी ज़िन्दगी अपने बच्चों को थपकाने में ही गुज़र जाती है, उसने सोचा।

रात की चुप्पी को तोड़ती बूँदाबाँदी फिर शुरू हो गई थी। जब आधी रात गए बत्ती आई तो अम्मा ने अपने काँपते स्वर में आवाज़ लगाई—'मेरा पंखा चला जा रामसरन की बहू।' माँ नहीं आई तो उसने बाहर आकर पंखा चलाया। पूरा घर उसने देखा, गहरी नींद में डूबा पड़ा था। वो अपने कमरे में लौटा और दिन-भर की थकान से चूर तख़्त पर लेटते ही सो गया।

2

जुगनू या पटबीजने बरसात के गहरे अँधेरों में बहुत चमकते हैं। बीजना (हाथपंखा) हिलाती हवा इन्हें चौख़ाने या चारख़ाने में बँटी रात में इधर-उधर फेंक देती है। ये गिरते हैं, भीगते हैं, फिर उठकर जगमगाने लगते हैं। तांबे के रंग-सा दिल जब उदासी के गहरे ख़ून में डूबता है तो फिर न सँभल पाता है, न धड़क पाता है, न जगमगाता है। दिल की नसें हमेशा की तरह ख़ून की आवाजाही बनाए रखती हैं। कोई एक बड़ी नस चोरी से एक जुगनू छुपाकर रख लेता है, मौक़ा-बेमौक़ा जब कभी ये जगमगा जाता है तो लोगों को लगता है कि दिल के मरीज़ की धड़कनें लौट आई हैं। जुगनुओं को बारहों महीने जगमगाना चाहिए, उसने ढलते हुए सूरज को देखते हुए सोचा।

उसे मैनपुरी आए तीन महीने हो गए थे, और वो बुरी तरह ऊब गया था। अब यहाँ उसका मन नहीं लगता था ,घर की याद आती थी। घर जो उसके लिए जवानी के मँडलाते ख़तरे लिए बैठा था। उर्मिला की याद आ रही थी उसे और बड़ी ज़ोरों की आ रही थी। उसने सोच लिया था कि अब वो वापस चला जाएगा चाहे जो हो। अब यहाँ और रुकना पागलपन होगा।

"मैं कल वापस चला जाऊँ बुआ?"

"क्यों?"

"बस मन नहीं लग रहा, बहुत दिन हो गए हैं।"

"उस लौंडिया की याद आ रही होगी तुम्हें। भैया जी ने भेजा है तुम्हें हमारे साथ। वो वापस बुलाएँगे तो हम भेज देंगे। यादवों की लौंडिया है वो और हम कुम्हार, मार-मूर के कहीं फेंक देंगे तो माँ-बाप का बुढ़ापा मिट्टी में मिल जाएगा। पढ़ो-लिखो कुछ बनो तो माँ-बाप को आस बँधे। दो साल से इंटर में फेल हो रहे हो। महतारी ने मोटर साइकिल और दिला दी, ऊपर से ये चक्कर। कोई और कसर रह गई हो तो वो भी कर लो। सब महतारी की शह है तुम्हें। सही कहती हैं अम्मा कि रामसरन की बहू के ऐसे लच्छन हैं कि "की तन पै नहीं लत्ते, बीबी खाएँ पान के पत्ते।"

वो कुछ नहीं बोला, चुपचाप उठा और कमरे में चला गया। अकेले कमरे में एक बार उसकी रुलाई छूट गई, फिर अगले ही पल उसने ख़ुद को सँभाल लिया। उर्मिला को भूलने की एक झूठी कसम खाई और जाकर सो गया। रात के अँधेरे और सन्नाटे को सिर्फ़ सड़कों पर दौड़ने वाले ट्रकों की हेडलाइट्स की रोशनी और हॉर्न्स की आवाज़ें चीर रही थीं। कभी-कभी रात की चुप्पी में कोई नागिन धुन लहराती और फिर खो जाती थी।

सुबह जब वो तैयार हो सामान लेकर बुआ के सामने खड़ा हुआ तो उन्होंने कुछ न कहा। मन ही मन सोचा, इतना समझाने पर भी नहीं समझा तो अच्छा है चला ही जाए। वैसे भी सास-ससुर वाला भरा-पूरा परिवार था। पति कई बार नाराज़गी दबे लहजे में जता भी चुके थे। जब वो पैर छूकर उठा तो बुआ ने उसे सौ-सौ के दो नोट पकड़ा दिए।

☙

"पता है, वडेजा मिस कहती हैं कि मेरी आँखों का रंग उन्हें हजेल नट जैसा लगता है। कितना फैसिनेटिंग है ना हजेल कलर की आँखें होना," उर्मिला ने कहा। उसने ऐसे सर हिलाया जैसे सब समझ गया हो। घर आकर सबसे पहले उसने शब्दकोश में हजेल का मतलब ढूँढ़ा। उसका मानना था कि अपने से ऊँचे स्तर की लड़की से प्यार कर रहे हो तो उसकी हर छोटी-बड़ी बात का विशेष ध्यान रखना चाहिए। भले ही सरकारी आँकड़ों में यादव ओ.बी.सी. की श्रेणी में आते हों पर उसके इलाक़े में ये क़ौम दबंग मानी जाती है, और वो नए ज़माने के चलन में दबंगों की लड़की से प्यार कर बड़ी हिम्मत का काम कर रहा था।

☙

जिस वक़्त दीवार के रोशनदान से धूप अन्दर आने की कोशिश में थी, किवाड़ के सूराख में छुपी हवा हाँफ रही थी, चुंगी के नल पर बूँद-बूँद टपकते पानी के लिए

औरतें लड़ रही थीं, जिस वक़्त रामसरन की बहू धीमी आवाज़ में 'रानी तुमसी तो बेहा हमने देखी नहीं, ओ राजा जो मैं होती ना बेहा तो तुमसे मेरी निभती नहीं' गा रही थी, और जिस वक़्त चोरी-छुपे उर्मिला और अजीत नई उम्र के सपनों में तार पिरो रहे थे, ठीक उसी वक़्त कुछ लोगों ने कारख़ाने से रामसरन को खींचकर एक पुरानी मारुती वैन में डाल दिया था।

शाम को जब अजीत धूल उड़ाता घर में घुसा तो रामसरन सामने बरामदे में लेटा हुआ था, शरीर पर जगह-जगह पट्टियाँ और पुल्टिस बँधी थीं। अजीत ने देखा, आस-पड़ोस की औरतें छोटे-छोटे घूँघट निकाले माँ को घेरे बैठीं थीं। वो अपने कमरे में जा रहा था कि पीछे से अम्मा की आवाज़ कानों में पड़ी।

"इन अहीरों ने तो उत्पात मचा रखा है, आए दिन जान पर सवार रहते हैं, और ये अजीत किसी की सुनता नहीं।"

"ठीक कह रही हैं आप ताई जी,' कोई भीड़ में से बोला, "वैसे भी जवान बेटा और बिन-नकेल का बैल पीठ पर हाथ रखते ही सींग मारने को दौड़ता है।"

बंद कमरे में अजीत ने सोचा अब पानी उतरने तक उसे कदम फूँक-फूँककर रखने होंगे। पिता के कन्धों का भार अब उसके ऊपर ही था। माँ की गृहस्थी चलाने के लिए अब उसे ही काम से लगना पड़ेगा।

उसकी ज़रा-सी भूल का ये नतीजा था कि पिता के दोनों पाँव जाते रहे, उसकी पढ़ाई छूटी और चूड़ी के एक कारख़ाने में नौकरी का आसरा रहा। एक-एक कर के छः महीने निकल गए। जब वो सुबह कारख़ाने जाता और शाम ढले धूल में लिपटा मोटरसाइकिल से उतरता तो माँ का दिल भर आता था। चूड़ियों पर चढ़ने वाली हिल्ल की हलकी परत चेहरे-हाथों पर चढ़ी रहती थी। बल्ब की हलकी रोशनी में उसका चेहरा ऐसे जगमगाता था जैसे किसी दुल्हन का सुनहरा आँचल हो। उस पर जब वो हर महीने अपनी तनख़्वाह देता तो रामसरन की बहू की गर्दन तन जाती थी, कि बेटा हो तो ऐसा। पर वो ये भूल जाती थी कि इसी बेटे के कारण उसका घर परेशानियों की शरणस्थली बना। वो ये भी भूल जाती थी कि शान्त समन्दर में अनाड़ी मल्लाह की नाव हवा के एक हलके झोंके से पलट सकती है। और वो यह भी न भाँप सकी कि ये चुप्पी तूफ़ानों से पहले की है।

"आज खाना मत रखना मम्मी," अजीत ने बाथरूम से निकलते हुए आवाज़ लगाई।

"क्यों?"

"मैं आज आगरा जा रहा हूँ मैच खेलने, कल शाम तक लौटूँगा।"

"और कारख़ाने?"

"दो दिन की छुट्टी पर हूँ।"

वो चुप रही, सोचा, लड़का पिछले सात-आठ महीने से ख़ून जला रहा है अपना। अभी कोई उम्र है इसकी फैक्ट्री-कारख़ाने जाने की।

वो जब बन-सँवर के घर से निकला तो रामसरन की बहू ने पीछे से चुपचाप उसकी बलैयाँ ले लीं।

ꙮ

अगले दिन तड़के ही पुलिस रामसरन के घर जा पहुँची।

"लौंडा कहाँ है तेरा?"

"साब वो तो आगरे गया है मैच खेलने, शाम तक लौटने की बोल कर गया है।"

"कुछ हुआ क्या साब?" रामसरन की बहू ने ओट से पूछा।

"लड़की भगा ले गया तेरा लौंडा। सोलह साल की है। नाबालिग है। तगड़ा केस बने ही बने, समझीं।"

रामसरन की बहू को ऐसा लगा जैसे पैरों की जान निकल जाएगी। गिरने से बचने के लिए उसने किवाड़ का पल्ला थाम लिया।

रोज़ मिलता था लड़की से, मौक़ा लगते ही ले उड़ा।

"वो तो रोज़ कारख़ाने जाता था साब," रामसरन ने गिड़गिड़ाते हुए कहा।

"साला सब झूठ, एक दिन भी नहीं गया फैक्ट्री। कितने ही यार-दोस्तों से पैसा उधार ले रखा है उसने, पता है?"

"आजकल सरकार तुम्हारी है तो सालों के पर ही निकल आएँगे क्या?" एक पुलिसवाला बोला, "जल्दी बता कहाँ है लौंडा?"

"साब हम से तो आगरे की बोल के गया था।"

जवाब पर किसी ने रामसरन का गिरेबान पकड़कर तीन-चार थप्पड़ लगा दिए। उसके गले से एक घुटी-सी चीख निकलकर रह गई। उधर दरवाज़े की आड़ में खड़ी रामसरन की बहू कब की बेहोश होकर गिर पड़ी थी।

अगले तीन महीने तक पुलिस हर दूसरे दिन रामसरन के घर दबिश देती रही, फिर एकाएक आना बन्द कर दिया। पता चला कि लड़की वापस लौट आई है तीन महीने बाद। कहाँ थी? किस के पास थी? कौन लौटा के लाया? या अपने आप आई? इन सवालों के जवाब किसी के पास नहीं थे। सब अपने-अपने हिसाब से अन्दाज़ा लगा रहे थे।

उर्मिला तो लौट आई पर अजीत नहीं लौटा। माँ-बाप की आस टूटने लगी। महीनों दौड़ते-फिरते रहे पर नतीजा सिफ़र। फिर जब सरकार बदली तो रही-सही उम्मीद भी चुक गई।

सूरज उगा और डूबा, फिर उगा और फिर डूबा, और यूँ ही चार साल का वक़्त बीत गया।

रामसरन और उसकी बहू अब इस अंदेशे को सच मान चुके थे कि उनका लड़का जान से जाता रहा।

3

झालरों की जगमगाहट दूर ही से बता देती थी कि ये शादी के उत्सव की चकाचौंध है। पूरी गली के सर पर पंडाल तना था। अप्रैल की चढ़ती गर्मी में शादी थी। उदास सी शाम हलके-हलके हाँफ रही थी और ऐसा लगता था जैसे आँधी आने के आसार हों।

किसी ने आवाज़ लगाई, ''अरे भई राजू जल्दी जाओ, कल के लिए जनवासे का इन्तज़ाम देखो। भई, जितेन्दर कहाँ है अब? पता है किसी को?''

''अरे गोल कमरे में पत्ते खेल रहे हैं, सब वहीं है।''

''अच्छा।''

एक लड़की ने दरवाज़ा धकेला और कमरे में घुस गई। उर्मिला सामने पलंग पर बैठी थी।

''अरे सुधा! व्हाट ए सरप्राइज़,'' उर्मिला ने पलंग से कूदते हुए कहा। ''शादी कल है और तू आज आ रही है।''

''रिज़र्वेशन ही बड़ी मुश्किल से मिला, वो भी अकेली का।'' सुधा ने कहा।

''और जीजाजी?''

''कैसे आते, एक ही टिकट मिला कन्फ़र्म।''

''हाय!''

जब तक उसने हाथ-मुँह धोये, तब तक उर्मिला चाय ले आई।

''तुझे आज पूरे चार साल बाद देख रही हूँ।'' सुधा ने कहा।

''हाँ, उन दिनों बड़े रेस्ट्रिक्शन हो गए थे मुझ पर।''

दोनों सहेलियाँ बहुत देर तक बातें करती रहीं। नीचे से तैरती हुई आवाज़ें ऊपर चली आ रही थीं।

''वो मारा, ये लो बेटा अब तो गई हुकुम की बेगम तुम पर, 12 पॉइंट्स का दंड लगेगा, फ़ाइन लगेगा तुम पर।''

''क्या खेला जा रहा है भई?''

''ब्लैक क्वीन, इसमें हुकुम की बेगम जिस पर जाती है उसकी हार हो जाती है।''

चाय का प्याला ट्रे में रखते हुए सुधा ने पूछा, ''और वो लड़का?''

''उसका तो कांड जितेन्दर भाई ने वहीं कर दिया था बंगलुरु में।'' उर्मिला ने बड़ी सहजता से उत्तर दिया जैसे कुछ हुआ ही ना हो।

''और पुलिस को क्या कहा तूने?''

''मैं मुकर गई, कह दिया मौसी के घर थी। मामला बिगड़ गया था बड़ा।''

''तू मुकर कैसे गई उर्मिला?''

''जान से मार देते मुझे भी। देख आज भी शरीर पर निशान हैं मेरे,'' उर्मिला ने कोहनी की तरफ़ इशारा कर के कहा।

''पर वो बेचारा तो जान से गया।''

''अब गया सो गया। अरे मुझे अपनी जान प्यारी थी। तू जानती नहीं क्या जितेन्दर भाई को। आँधी का-सा मौसम हो रहा है, मैं एक-एक कप चाय और लाती हूँ तू ज़रा खिड़की बन्द कर ले।'' इतना कहकर उर्मिला कमरे के बाहर चली गई।

सुधा उठी और खिड़की पर जा खड़ी हुई। हवा में तेज़ी आ गई थी। अगले तीन-चार मिनट में आँधी का आना निश्चित था। वो जब तक खिड़की बन्द करती तब तक हवा का एक तेज़ झोंका कमरे में घुस आया। उसने धूल-मिट्टी से बचने के लिए अपना मुँह फेर लिया। हवा के साथ कूड़ा-कर्कट भी फड़फड़ाता हुआ कमरे के अन्दर चला आया था। सुधा ने खिड़की बन्द की तो देखा कि ताश का एक फटा पत्ता उड़कर ड्रेसिंग टेबल के आईने से चिपक गया है। उसने जाकर पत्ता उठाया तो देखा कि ये एक हुकुम की बेग़म थी।

हठात उसके दिल से निकला तुम जिसके भी पास रहीं उर्मिला उस पर दंड लगाती रहीं, फ़ाइन लगाती रहीं। ''उर्मिला तुम भी एक हुकुम की बेगम हो उर्फ़ ब्लैक क्वीन,'' उसने कहा।

''क्या?'' पीछे खड़ी उर्मिला ने पूछा।

कुछ नहीं, बस यूँ ही...!

लिखते हुए कुछ ख़्वाब से

I

जब मोरे राजा पिया गए हैं बगीचा
भौंरा भनर-भनर होए मेरी गुइंयाँ

लक-दक करके दामन से झाड़ो तो अनगिनत यादें झड़ जाती हैं। पर ये भी तो सच ही है कि इतनी आसानी से कभी कोई याद भी नहीं आता। दिली तौर पर याद करना और ज़ेहनी तौर पर याद करना दोनों अलग-अलग हैं, फिर भी कुछ यादें ज़ेहन और दिल के बीच कहीं अटकी रहती हैं। उसकी याद भी कुछ ऐसी ही थी, कहीं ज़ेहन और दिल के बीच सुस्त पड़ी। पर एक कोशिश तो करनी ही थी इसे निकालने की। सो ये तय हुआ कि यादों के तोशकख़ाने में से एक रजाई निकाली जाए। फिर रात भर कोई याद ओढ़ो। पुरानी याद की धुँधली गंध रिसते-रिसते दिल के तहख़ाने में बैठ जाएगी। यूँ एक कहानी के जन्म की बात होगी...शर्त ये कि पैदाइश तक रजाई तोशकख़ाने में वापस न रखी जाए।

उसकी तो पूरी कहानी ही शर्तों पे टिकी हुई थी।

पहली शर्त ये कि—

उसे उसके असली नाम से बुलाया जाए न कि लोक-प्रचलित धीमरी नाम से।

दूसरी ये कि—

वो कहाँ से है ये कोई न जान पाए।

दूसरी शर्त तो जायज़ है। पर पहली, भला ये भी कोई बात हुई कि असली नाम से पुकारें? उसके माँ-बाप या हमारी माँ को छोड़ इक्का-दुक्का ही कोई होगा जो उसका असली नाम जानता होगा। सभी तो उसे धीमरी कहकर बुलाते थे। अब इस नाम में क्या बुराई है भला?

बुराई है, यह बड़ा व्यक्ति-वाचक है। एक बार लो तो तमाम दुनिया जान जाए। सो असली नाम छद्म पहचान का काम करेगा। न लिखने वाले के मन पे ही कोई बोझ और न उसके ही मन पर।

कई बार बड़ी बहन से कहा, "तुम ही लिख मारो उसकी कहानी। क़िस्से-कहानियों में तुम्हारा हाथ सधा हुआ है। पूरा न्याय कर पाओगी उस के साथ, जैसे अनुभवी शल्य चिकित्सक के हाथों त्वचा को सिलने में टाँका इंच भर भी इधर-उधर नहीं होता, ठीक वैसे ही।"

सो हर बार की तरह वही एक जवाब, "अरे! उस पर कहानी लिखना कोई डबल रोटी का टुकड़ा खाने जैसा है क्या? कि जैम नहीं तो न सही, मार्मलेड लगाकर खा लेंगे। ये तो याद है, ठीक नमक की तरह, अगर स्वाद लेना हो तो ख़ुद ही चखना पड़ता है। बाक़ी मौक़ा-बेमौक़ा, वक़्त-बेवक़्त तुम्हें ठोंक-पीटकर दुरुस्त करते रहेंगे। फिर तुम्हारी यारी-दोस्ती भी थी उसके साथ, सो तुम्हीं लिखो।"

"अजी क्या ख़ाक दोस्ती थी? असल नाम तक तो याद नहीं हमें उसका। करो, अब करो दुरुस्त।"

"अच्छा याद कर जब वो कोई काम बिगाड़ देती थी तो क्या कहती थीं अम्मा?"

"एक काम भी ठीक से नहीं होता तुझसे, वही हाल है तेरा। आँख के अन्धे नाम नयनसुख। आँखें हैं या बुझते दिये, देख के भी नहीं चलती।"

"ये अलग बात है कि नज़र उसकी पाक-साफ़ 6/6 थी।"

"तो पहली शर्त के लिहाज़ से उसका नाम नैनतारा था।"

उसकी जो सबसे स्पष्ट याद है, वही बड़ी धुँधली है। चेहरा-मोहरा, कद-काठी तो अब याद नहीं ढंग से, मगर कुछ याद है तो उसके कॉलर-बोन के गड्ढे। वो इतने बड़े और इतने गहरे थे कि मुझे हमेशा लगता था जैसे दो सूखे हुए तालाब हों, और कभी इनमें बेतवा का साफ़-ठंडा पानी भरा रहता होगा। बेतवा इसलिए कि दूसरी शर्त के लिहाज़ से वो ऐसे इलाके से भागकर आई थी, जो कहीं बेतवा किनारे था।

2

मुझे हमेशा यूँ ही लगता था कि उसका मन बेतवा के ढाल-सा होगा। हमेशा साफ़, भरा और छलछलाता हुआ। चाहे कितना ही सूखा क्यों न आ जाए, पर मन के स्नेह का स्रोत हमेशा लबालब भरा हुआ रहेगा। पर लबालब-भरे स्रोत से भी कई बार प्यासा ही लौटना पड़ता है।

उन दिनों दो बड़े बदलाव हो रहे थे मुझमें। पहला तो होंठों के ऊपर मूँछों की लकीर उभर रही थी, और दूसरा मन भीतर एक कहानीकार बेचैन-सा करवटें ले

रहा था। सो एक दिन उसी धुन में मैं उससे कह बैठा, ''मैं एक दिन तुम्हारी भी कहानी लिखूँगा धीमरी।''

''क्या तय हुआ था? पूरा नाम, असली नाम छोटे लल्ला?''

''अच्छा ठीक है, नैनतारा। अब खुश?''

''कहानी लिखना क्या इतना आसान होता है छोटे लल्ला? बीस-पचीस बरस इन्तज़ार करो, जब हमें भूल जाओ, हमारे कने दिमाग पे ज़ोर डालना पड़े तब लिखना।''

चलो ये भी तय रहा, सो अब न शक्ल याद न आवाज़।

जाने-अनजाने ज़िन्दगी की तरफ़ कभी कोई शर्त उछालो तो वो उसे एक ही बार में कैच कर लेती है, लपक लेती है, और फिर हर बीतते समय के साथ उसकी आवाज़ मंद पड़ जाती है पर एक आवाज़ कभी मंद नहीं पड़ी।

यूँ भी ज़िन्दगी जो मसौदे तैयार करती है, ख़ाका खींचती है, आदमी की आरज़ू उसे दो कौड़ी का मान सिरे से नकार देती है, धड़े से ख़ारिज कर देती है। और जो चार सतरें चोरी-छुपे आरज़ू किसी लिफ़ाफ़े में भेजती है, उसे ज़िन्दगी बड़ी होशियारी से ग़ायब कर देती है, या पूरा मौजूं ही बदल देती है। आख़िर में जीत ज़िन्दगी की ही होती है।

उसकी ज़िन्दगी के मसौदे उसकी आरज़ू से जीत गए।

ल्ड

''ऐ धीमरी हमारे लड़के का कान बह रहा है कई दिन से?''

''जीजी बबूल के फूल सरसों के तेल में पकाकर ठंडा तेल दिन में तीन बार डालो, एक दिन में कान बहना बन्द।''

''अच्छा धीमरी, और मेरे लड़के का कान दुख रहा है रात से।''

''लो बहन, किसी जच्चा का दूध डाल दो थोड़ा-सा, दर्द ये गया वो गया।''

''धत्! पगली।''

ऐसे तमाम नुस्खे उसकी अंटी में बँधे रहते थे। वह बड़ी धीमी-धीमी आवाज़ में एक गीत गाया करती थी—

भौंरा भनर-भनर होय मेरी गुइंयाँ / गजरा लहर-लहर होय मेरी गुइंयाँ
जब मोरे राजा पिया आएँ अटरिया / जियरा धुकुर-पुकुर होय मेरी गुइंयाँ

''ऐ छोटे लल्ला, क्या सारी कहानी हम पर ही लिखोगे? अपनी भी कुछ कहो।''

''अपनी क्या कहें कुल जमा आठ सतरें लिखें तो हो गई पूरी कहानी।''

''ऐसे न बनेगी बात।''

''अच्छा सुनो। भरा-पूरा परिवार था, बाद में बाप जाते रहे। दिन बदले, थोड़े बिगड़े-थोड़े बने और रफ़्ता-रफ़्ता ज़िन्दगी चल निकली।''

"ये तो कोई बात न हुई। कहानी में ख़ास बातें होती हैं। कुछ ख़ास हो तो बोलो छोटे लल्ला।"

"ख़ास क्या? हाँ बहुत जब्र था हम पर। होता भी क्यों न? माँ-बाप पर भी ख़ासा जब्र हुआ था। ख़ूब गालियाँ सुनीं दोनों ने घरवालों की। पिता ने तो मरने के बाद भी ख़ूब सुनीं। पैसे से कमज़ोर आदमी को सबसे ज़्यादा मार अपने घर के अन्दर ही सहनी पड़ती है। ये न समझना कि हमें प्यार न मिला। बहुत मिला, टूट-टूट मिला पर कम लोगों से। बाक़ी लोगों से दिली नहीं कामचलाऊ-सा मिला। सो यूँ कुछ वाक़यों से कुछ लोग दिल से उतर गए। उतरे तो फिर कभी न चढ़े।"

"अच्छा छोड़ो हमारी। अपनी पर आओ, ये कहानी तुम्हारी है? बातें मत उलझाओ।"

"अच्छा ये बताओ तुम वहाँ से भाग क्यों आईं?"

"बताते हैं सबर रखो। पहले वादा करो हमारी कहानी में एक क़िस्सा है, उसका ज़िक्र न करोगे।"

"पागल हो क्या? उसका ज़िक्र कैसे न होगा? सब उसी पर तो टिका है इस कहानी का। वैसे भी आदमी की फ़ितरत होती है, इधर-उधर से जोड़-जाड़ अपनी समझ लायक कुछ ठीक-ठाक सा क़िस्सा बना ही लेता है।"

"तुम्हें मालूम ही नहीं, छोटी जीजी जानती हैं सब।"

"मैं पूछ लूँगा उनसे। समझीं।"

वो चुप बैठी मेरा चेहरा ताकती रही।

खट से मेरी नींद खुल गई। सपना ही तो था ये, आँख खुली और हवा हो गया।

❧

वो वहाँ से क्यों भाग आई थी, ये हममें से कोई नहीं जानता था। पर उसे माँ से कई बार ये कहते सुना था।

"जानती हो जीजी, कोई औरत दो बातों बिना अपने ठिये से नहीं भागती। अपने पेट और पीठ। या तो पेट की औलाद पर आँच होगी या अपनी पीठ भारी होगी।"

अब सोचता हूँ पीठ तो कभी भारी रही नहीं होगी उसकी। उसके भागने में ज़रूर पहले वाली बात ही होगी।

माँ से उसकी दोस्ती का किस्सा भी अजीब था। सालों पहले एक दो-तीन बरस की बच्ची के साथ वो हमारी मौसी को आगरा बस-अड्डे पर मिली थी। वो वहाँ से पहले उनके घर और बाद में हमारे घर आ गई सदा के लिए, और हमारे जीवन में ऐसे रच-बस गई जैसे गर्मियों की धूप और सर्दियों का कोहरा।

बाद में समय की दौड़ से क़दम मिलाने के लिए हम बाहर चले गए। महीनों घर नहीं आते थे, और कभी आते भी तो अपने-अपने में मशगूल रहते थे।

एक बार कॉलेज की छुट्टियों में जब घर गया तो उसकी बेटी को न पाकर बड़ा

आश्चर्य हुआ मुझे।

"मीना कहाँ है?" मैंने पूछा।

"चली गई।"

"कहाँ?"

"अपने सासरे और कहाँ?"

"ऐं! पागल है क्या? ब्याह होता तो हमें पता न चलता क्या?"

"हमारे सासरे गई थी, वहीं हो गया।"

"कुल तेरह-चौदह की तो थी। इतनी छोटी का?"

"हमारे यहाँ इतने का ही होता है।"

"और हाँ! तेरा ही कौन सासरा बचा है दुनिया में?"

उसने एक कातर दृष्टि से माँ को देखा और अन्दर चली गई।

"क्या हुआ इसे?"

"कुछ नहीं, बीमार थी कई दिनों से।"

"क्या बीमारी थी?"

"औरतों की बात है, तुम्हें क्या बताएँ, माँ ने कहा तो मैं चुप हो गया। यह भी भली बात थी कि औरतों की बात में मेरा क्या काम? फिर यूँ भी एक छोटे से वाक्य में निहितार्थ क्या ढूँढ़ना?

पर सालों बाद वो ख़ुद ही अधूरी बात का सूत्र थमा गई।

ꟹ

"ऐं, छोटे लल्ला रंगीन अख़बार है?"

"अख़बार क्या करेगी?"

"कुछ रखना है।"

"क्या?"

"पेटीकोट।"

"नहीं है," मैं झूठ बोल गया। हालाँकि मेरे पलंग के गद्दे के नीचे ख़ूब रंगीन अख़बार रखे रहते थे। फ़िल्मों का बहुत शौक़ था मुझे, और अख़बार में इतवार के इतवार एक रंगीन फ़िल्मी पन्ना आता था।

"झूठ क्यों बोलते हो? गद्दे के नीचे रखे तो रहते हो। एक-दो दे दो।"

"ले मर, मैंने झटके से हाथ पटका। आह! हाथ झनझनाता हुआ पलंग के पाए से जा टकराया। ये भी सपना था, टूट गया। सपने बहुत आते थे मुझे कहानियों में या सपनों में कहानियाँ। सपने और कहानियाँ मुझे आते थे और उन्हें लिखने का शऊर था बड़ी बहन को।

बड़ी दी उन दिनों मानवीय रिश्तों के तमाम आकलन करती कहानियाँ लिख रही थीं। पर उनका आकलन करना बड़ा मुश्किल और पेचीदा काम था, ठीक वैसे ही जैसे बकरियों की सवारी पर कोई रेगिस्तान पार करना।

कोटेड और अनकोटेड बातों के बीच की लकीर, सड़क के तारकोल में फँसे छोटे-छोटे पत्थरों की लिपि और किनारे तक जाकर डूबने वाले आसमान को पढ़ने वाले एक रोज़ बड़े अकेले रह जाते हैं।

या फिर ये—

पीछे उतर के देखो, तारीख़ में गहरे बहुत गहरे जाकर देखो, दस, बीस, सौ, दो सौ, चार सौ बरस पीछे जाकर देखो कि एक शाहकार के पैदा होने के लिए और कितनों को पैदा होना पड़ता है। यकीं न आए तो पूछो मुमताज से एक ताजमहल के पैदा होने के लिए किस-किस को पैदा होना पड़ा था? एक शाहजहाँ को, एक दारा को, एक औरंगज़ेब को, एक शुजा को और भी न जाने कौन-कौन?

पर उसमें ऐसी कोई ख़ूबी नहीं थी। न वो मुमताज थी न किसी शाहकार को पैदा कर सकती थी। न वो कथ्य-अकथ्य के बीच की पंक्ति ही पढ़ पाई थी। न जीवन-भर चलनेवाली सड़कों में फँसे पत्थरों की लिपि। न ही डूबते आसमानों के किनारे। फिर भी अंततः बहुत अकेली रह गई थी वो। बहुत पहले ये भी मुझे बहन ने ही बताया था कि वो धीरे-धीरे अपना मानसिक सन्तुलन खोती जा रही है।

3

अपने बचपन में किसी भूगोल की किताब में पढ़ा था कि दुनिया का सबसे बड़ा ज्वालामुखी विस्फोट इंडोनेशिया में हुआ था। इतना बड़ा कि उसमें से निकले धुएँ के कारण अगले पूरे वर्ष धरती के एक बहुत बड़े हिस्से का तापमान सामान्य से कई गुना नीचे दर्ज़ किया गया था। मैं जब तक उसके पास रहा, ये जान ही नहीं पाया कि कितना कुछ धधकता है उसके भीतर। अब सोचता हूँ कि अगर उसके भीतर का ज्वालामुखी फट गया होता तो कितने वर्षों के लिए हिम-युग आता। पर न ज्वालामुखी फटा, न ऐसा कुछ हुआ। आख़िरी बार भी बहन ही ने ख़बर दी थी उसके बारे में।

"बड़ी बदल गई है वो, अजब बुढ़ापा झाँकता है उसके चेहरे से अब।"

"बूढ़ी तो अपनी माँ भी लगने लगी हैं, याद है कितनी ख़ूबसूरत थीं हमारे बचपन में," मैंने कहा।

"ब्यूटी इज़ द कर्स।" वो बोलीं।

फ़ोन रखने के बाद मैं देर तक उसी की याद में डूबा रहा, पर सिवाय एक धुँधले

के कुछ नहीं दीखा। वैसे भी जब से बंगलुरु शिफ़्ट हुआ हूँ, घर जाना ही नहीं हो पाया। पिछले दस सालों में तो एक बार भी नहीं जा पाया हूँ। रात की शान्त फ़िज़ा बार-बार ख़ुद में यही दोहरा रही थी कि हर इमारत को एक रोज़ खंडहर में बदलना ही होता है।

"जानते नहीं ख़ूबसूरती की ज़िल्द पर सबसे पहले जंग लगती है। फिर टुकड़ा-टुकड़ा, पर्त-पर्त ये ज़िल्द ख़ुद ही गल जाती है...वर्तमान की जो भी इमारत अपने अतीत में जितनी ज़्यादा ख़ूबसूरत रही होगी, भविष्य में उसके खंडहर बनने की आशंका उतनी ही प्रबल होगी। वैसे भी ख़ूबसूरत चेहरों को बदलने में वक़्त ही कहाँ लगता है? बस एक वक्फ़ा...।"

"कहाँ तक पहुँचे छोटे लल्ला?"

"अजब है तू भी, चित्त-पट्ट का मामला थोड़े है। सिक्का उछालूँ, थामूँ, देखूँ और फ़ैसला हो गया।"

"तुम तो बहुत बखत बरत रहे हो।"

"तो क्या किस्सा-कोताही कर दूँ?"

"तुम से अच्छा तो छोटी जीजी कह-लिख देतीं।"

"तो फिर उसी के पास जा। हट परे।"

वो उदासी में डूबा हँसता चेहरा लेकर चली गई। पर जाते-जाते एक भेद पकड़ा गई कि सबसे पहले हँसते चेहरों की हँसी उतारकर देखनी चाहिए। आजकल उदासी बड़ी चालाक हो गई है। अगर ख़ुश रहना है तो छुपी उदासी को निकाल फेंकना होगा। हाँ पता है, उदासी और डर बड़े पक्के होते हैं, एक बार पकड़ लें तो फिर छोड़ते नहीं। शान्त बहते पानी में ज्यों अचानक पहाड़ियाँ निकल आएँ, ऐसे मन पर क़ब्ज़ा कर लेते हैं ये। कई बार तो ये भय जीवन की जिजीविषा से भी बड़े हो जाते हैं। फिर भी जीवन जीना ही है आख़िर तक। जीवन की चाह को लगातार ईंधन देना पड़ता है, हर हाल में। जीवन की राहें आसान नहीं होतीं, किसी के लिए भी नहीं।

उसके जीवन की राह भी बड़ी कठिन थी, उसके नियंत्रण से परे। वो अगढ़-अनपढ़ भले ही थी पर बड़ी समझदार थी। वो जानती थी कि राह अगर टेढ़ी-मेढ़ी, पथरीली हो तो भी एक बार तो कट ही जाएगी। पर वह सपाट राह जो काई से चिकनी हुई, शैवालों से पटी पड़ी हो, उसका क्या? और अगर ऐसी फिसलन-भरी डगर पर मुँह के बल गिरना निश्चित हो तो क्या नंगे पाँव खड़े हो सन्तुलन बनाए रखने की चेष्टा करना या चप्पल पहन तुरन्त ही गिर पड़ना।

थोड़ी देर यूँ ही बेतरतीब ख़यालों में उलझे रहने के बाद मैंने बहुत दिन घर से बाहर रहने के कारण फ़ोन में जमा हुए वॉइस-मैसेज सुनना शुरू कर दिए। उनमें से एक बड़ी बहन का भी था तो कुछ वक़्त बाद उन्हें ही फ़ोन मिला दिया।

"कैसी हो?"

"ठीक हूँ। तू कैसा है?"

"मैं भी ठीक हूँ।"

"तेरी आवाज़ थकी हुई-सी क्यों लग रही है?"

"बस ज़रा-बहुत थकावट है।"

"बड़ी रात गए फ़ोन किया तूने, सब ख़ैरियत?"

"हाँ, आज ही लौटा हूँ हैदराबाद से, तुम्हारा वॉइस-मैसेज था फ़ोन में तो सोचा तुम से ही बात कर लूँ।"

"और क्या चल रहा है?"

"कुछ नहीं, अच्छा तुमसे एक बात पूछनी थी।"

"क्या?"

"मुझे आजकल धीमरी बहुत दीखती है सपनों में। तुम जानती हो उसके नीम-पागल होने की क्या वजह थी?"

"सोशल-इंजस्टिस, यानी सामाजिक अन्याय और हम सब में छुपा हुआ सबसे बड़ा भय। तब ज़माना आज के जैसा नहीं था कि एक कैंडल-मार्च निकालो, लोग साथ जुड़ जाएँगे, भले ही धीरे-धीरे ही सही। दबंगों की दबंगई से तो आज भी मिडिल-क्लास और छोटा तबका डरता है, तब की तो बात ही छोड़ो। छोटे शहरों में तथाकथित बदलाव की गुंजाइश ही कहाँ होती थी तब?

"छोटे शहर चुस्त ट्राउज़र्स की तरह होते हैं। धड़ से नीचे घुटनों तक इतने चुस्त कि हवा भी इकहल्लर नहीं निकल सकती। घुटनों से नीचे जिस हिस्से को थोड़ी आज़ादी होती है वो हिस्सा मध्य-वर्ग का है, जो चार पैसे जोड़ मौक़ा लगते ही अपने बच्चों को बड़े शहरों की तरफ़ निकाल देता है ताकि उनका भविष्य सुरक्षित रह पाए। पर सबसे ज़्यादा मार खाता है हमारे यहाँ का निचला तबका। ढँकने को उसके पास कुछ होता नहीं, नंगा वो चाह कर भी नहीं हो सकता। बन्द पड़े-पड़े ख़यालों में बेड-सोर पैदा हो जाते हैं, कुंठाएँ पनप जाती हैं, ज़ेहन कुन्द पड़ जाते हैं।

"लूट-डकैती दबंग करते हैं और पुलिस पकड़ के ले जाती है ग़रीब घरों के बच्चों को। जिन्हें ये सिस्टम धीरे-धीरे पेशेवर मुजरिम में ढाल देता है। कुछ सालों में ये बच्चे हाव-भाव, चाल-ढाल, शक्ल-सूरत, रंग-रूप में एक जैसे हो जाते हैं। हाँ ये सच है कि अब समय बदला है और समाज के बड़े प्रोटेगोनिस्ट इन्हीं तबकों से निकलते हैं।

"अरे! छोड़ो ये बातें, उसकी बताओ।"

"ऐन होली से एक रात पहले दबंगों के लड़के खींचकर ले गए थे इसको। रात-भर बिना कपड़ों के नचाया इसे। कपड़ों के बदले सौदा तय हुआ मीना का। बाद में ख़ाली पेटीकोट थमा के भेज दिया इसे।"

"और कोई बोला नहीं मुहल्ले-भर से?"

"सब सोते रहते हैं ऐसे मौक़ों पर।"

"और मीना?"

"मीना कब लौटी, किस हाल में लौटी, किसी ने नहीं देखा। जब अम्मा ही महीनों बाद जान पाईं तो कोई और क्या जानता?"

"मुझे क्यों नहीं बताया?" मैं लगभग रुआँसा सा बोल।

"तुम बंगलुरु थे उस वक़्त कॉलेज में। हमें ख़ुद ही बहुत देर से पता चला तो तुम्हें क्या बताते? बाद में सालों बीतने पर लगा कि अब बताने का क्या औचित्य? बाद में अम्मा ही राजघाट जाकर उसका सब सामान बहा आई थीं। पर कुछ और भेद भी छुपा था उनके मन में जिसे कोई और नहीं जान पाया कभी भी, लोग अक्सर सच छुपा ही जाते हैं। एक बात पता है तुझे, लाल, नीली, पीली, चमकीली, काली, दुनिया में मौजूद और भी जितनी स्याहियाँ हैं उन सब का इस्तेमाल करके क़िस्से-कहानियाँ लिखने वाले जानते हैं कि वो पूरा सच नहीं लिख रहे हैं। चाहे कल्पना का ही नाम क्यों न दें उसे पर अधूरी ही है हर बात। भले ही काग़ज़ पर लिखी जाए, या रेशम पर, या फिर पत्थर पर ही उकेरी जाए, हर कहानी सच पर एक कलई चढ़ाए रखती है। चाहे मैं लिखूँ या कोई और पर पूरा या पूरे जैसा कोई कभी कुछ लिख ही नहीं पाता। सच हमेशा कहानियों में नए-नए कपड़े पहने टुकड़े-टुकड़े में ही आ पाता है। पूरा सच तो अनगढ़, उलझा, लस्तम-पस्तम ताले लगे मन में कहीं पड़ा हुआ साँस लेता रहता है। मज़ाल है किसी की जो अपने ही मन का ताला खोल सच टटोल सके।"

फ़ोन काटने के बाद मैं सन्न, अवाक बैठा रह गया। क्या था ये जो मुझे अभी पता चला? कोई डरावना सच, या किसी फ़िक्शन का हिस्सा जो पढ़ा नहीं बस सुना-भर हो। किस दर्ज़ा ट्रॉमा होगा। कैसी भयानक सौदेबाज़ी होगी वो? जिस्म के बदले जिस्म उफ़! मैं पक्षाघात के मरीज-सा थम के रह गया। कोई चिकोटी काटे तो भी महसूस न हो।

'देखा छोटे लल्ला, मैं कहती थी, न छोटी जीजी तुम से अच्छा लिख लेती हैं। कैसी सुघड़ाई से सब बता गईं तुम्हें।' घबरा के इधर-उधर देखा मैंने, कमरे में कोई नहीं था। डर के मारे कहानी के अधलिखे पन्ने फाड़कर फ्लश-आउट कर दिए मैंने। शान्त रात में सिर्फ़ हवाएँ बह रहीं थीं, मैंने ग़ौर से कान लगाकर सुना। वो हवाएँ एक दर्द-भरा गीत गा रही थीं।

मोरी पतुरिया माई गंगे बहा देव।
मैं तो चली परदेस मोरे लाल।

वो उससे मिला था

"वो उससे मिला था।" लड़कियों के झुंड में से एक आवाज़ गूँजी।

"कब, कहाँ? तूने कहाँ देखा?" किसी ने पूछा।

"कल वहीं बस अड्डे पे देखा था दोनों को, वह आठ चालीस की बस से चली गई और वो...।"

"और वो क्या?"

"और वो साढ़े नौ की बस से चला गया।"

"और तुम क्या करती रहीं वहाँ साढ़े नौ तक?"

"मैं तो कल कॉलेज आई ही नहीं थी, मैं तो कल बाज़ार गई थी।"

"बाज़ार गई थीं या नम्रता का पीछा कर रही थीं?"

"धत!" उसने कहा।

और फिर हँसते-हँसते सब चले गए।

ca

सब चले गए। वो सब चले गए। एक-एक करके सब चले गए। ताहिरा चली गई, निम्मी चली गई, वसंतसेना भी चली गई। तीन पन्नों में सिमटी वसंतसेना भी चली गई, वो तो गणिका थी उसे तो जाना ही था।

"पर मैं, मैं कौन हूँ?"

ये मैं, मैं, मैं की उत्सुकता, उत्कंठा का कहीं पार नहीं। कैसा समन्दर है जहाँ से कोई निकास नहीं, कोई पुल नहीं पार करके जाने को। पुल तो था पर टूट गया। पानी के एक ही थक्के से पुल टूट गया और बहा ले गया अपने साथ तीन साल। जो कहीं और होते तो पता नहीं कैसे गुज़रते?

पर जैसे गुज़रे वो भी तो बुरे नहीं गए। साफ़, मीठे से किसी फल की तरह।

अपने मरा के साथ कैसा वक़्त गुज़ारा मैंने कितना अच्छा, सुखद पर अब?

मरा, मरा, कैसा मीठा नाम है। पर नाम तो कुछ और ही था। क्या था? याद नहीं अब। कभी कॉलेज के किसी ड्रामे में उसने मंगत राम नाम का पार्ट प्ले किया था, धीरे-धीरे वो पूरे कॉलेज में पहले मंगत राम और बाद में मरा के नाम से मशहूर हो गया। उसको मरा सब कहा करते थे।

मेरा था, वो मेरा था, सबको यही लगता था। पर वो मेरा हो न सका।

सब बदल गया। वो बदल गया जिसे वक़्त कहा जाता है। मैं, वो, जहान सब बदल गया।

ଓ

''नम्रता नीचे आ जल्दी,'' निम्मी ने आवाज़ लगाई, ''देख, ताहिरा आई है, तेरे लिए मेहंदी लाई है। जल्दी आकर लगवा ले, गर्मी में रंग अच्छा चढ़ेगा।''

''पता नहीं ताहिरा ये आजकल क्यों मुरझाई रहती है। पता है तुझे ताहिरा पापा जी ने पूरे चालीस हज़ार रुपए खर्च कर ये बिजलियाँ लगवाईं हैं। मेरी शादी में तो कुल दस हज़ार की ही थीं, अभी कुल दो ही साल हुए हैं मेरी शादी को बताओ,'' निम्मी ने एक ठंडी साँस छोड़ते हुए कहा, ''उस पर भी इनके नखरे, राम ही निभाए इनसे तो।''

चालीस हज़ार, हाय अल्लाह! ऐसा क्या है इन बत्ती की लड़ियों में, बल्ब ही हैं कहीं सितारे थोड़े ही टाँक रखे हैं। ठग लिया तुम्हारे पापा जी को लाइट वाले ने।'' कहते-कहते ताहिरा की आँखें फैल गईं।

चालीस हज़ार-चालीस... हज़ार उड़ते-उड़ते ये शब्द छत पर खड़ी नम्रता के कानों से कई बार टकरा-टकरा के निढाल होकर गिर पड़े। बहुत देर बाद जब वो नीचे आई तो ताहिरा मेहंदी तैयार कर के खड़ी थी। ''आजा मेरी बन्नो मेहंदी लगवा ले,'' ताहिरा ने कहा, ''सुन ये ले, बड़ी मुश्किल से बिब्बन के मृच्छकटिकम् में से तीन पन्ने फाड़कर लाई हूँ। चोरी से लाई हूँ अब शाबाशी दे चोर को बेगम। बड़ी पैनी नज़र रखती है बिब्बन अपनी किताबों पे।''

''सुन, एक बात बोलूँ?'' ताहिरा ने कहा।

''हाँ।''

''जो गुज़र गई उसे भूल जा। दुनिया की तमाम लड़कियों की शादी होती है बी.ए. के बाद। अब उस मंगतराम के चक्कर में भी मत फँसना। बड़ी मुश्किल में हैं तेरे पापा जी, आगे तो तू समझदार ख़ुद ही है।''

ଓ

धूल, गुबार, तूफ़ान, बारिश ही बारिश। चारों ओर पानी ही पानी, रेला ही रेला। सिर्फ़

सैलाब ही सैलाब।

कहाँ जाऊँ मैं? कहाँ जाऊँ? हर एक मिनट ये ही बात उसके कानों में गूँजती रही। बीमार पति और तीन महीने की बच्ची, न दवा न दारू, न कोई आसरा। पर जाना तो होगा, ऐसे तूफ़ान में ही जाना होगा। बूँदों के नश्तर लपक-लपककर उसके चेहरे को छीलते रहे पर वो रुकी नहीं। एक क़दम और। बस पुल पार करते ही तो है दवाख़ाना। बस थोड़ी दूरी में ही पुल पार। बीच पुल में एक हवा का झोंका और एक ही झटके में पुल ज़मीन से अलग। पानी में उसके डूबते ही कोई और भी कूद पड़ा। दरिया के सैलाब में उसके डूबते हाथ को किसी ने थाम लिया। उसने चेहरा उठा के अपने रहनुमा को देखा। माज़ी का किसी मोड़ पर यूँ मिलना इतना सैलाब लाएगा किसी को क्या पता। ''मंगतराम...'' बस इतना ही उसके मुँह से निकला और होश ग़ायब।

जब उसे होश आया तो दोनों दूसरे किनारे पर थे। भँवर ही भँवर था चारों तरफ। इस भँवर में सब डूब गया—दीन, ईमान, ख़ुदा, बच्ची, पति सब डूब गया।

सब गुज़र गया लेकिन एक बार यूँ ही सोया ईमान जाग गया उसका। कौन जाने वो बीमार अब अच्छा होगा भी या नहीं? कैसे काटे होंगे उस बच्ची ने ये पहाड़ से तीन साल? भाग जा नम्रता, भाग जा। कौन जानता है तुझे यहाँ?

और वो भाग गई, उसके बटुए में से पैसे निकाल कर भाग गई। वो सब झूठ जिन्होंने ज़ेवर सरीखे उसे बाँध रखा था, सब छोड़कर भाग गई।

छूटे देश में सब बदल गया। रातें बदल गईं, दिन बदल गए। दरिया के बहते किनारे बदल गए। जिस पति के लिए तीन साल की ख़ुमारी के बाद वो प्रेमी को छोड़ आई थी, उसे ही वो सैलाब ले बहा।

''मेरी बच्ची?''

''वो तो अपनी ननिहाल में है। बड़ी मुश्किल से जीती रही तीन महीने की बच्ची। दो दिन बेहोश रही।''

''तुम कहाँ रहीं बेटी?'' किसी ने पूछा।

सौ झूठ, सौ पर्देदारी, एक सच पर उसने इतने कफ़न लपेटे कि ख़ुद ख़ुदा भी आ जाए तो सच ढूँढ़ न पाए।

ꙮ

वक़्त के चनाब में दिन-रात तैरते रहे, दिन सालों में एहतियातन बदलते रहे। छूटी बेटी को जब से उसने दुबारा गले लगाया तब से एक पल छोड़ा ही नहीं। और उसका अब था भी कौन उसके सिवाय।

''कल तो हमारी बेटी का जन्मदिन है। उसे नाना के घर घुमाने ले जाएँगे। सुबह बस में बिठाकर ले जाएँगे।''

खिड़की के सहारे से बैठी नम्रता के गले लग-लग कर हवा बस में गई।

"जाओ बेटा कंडक्टर अंकल से डेढ़ टिकट ले लो, अपनी उम्र पाँच साल ही बताना।" उसने बच्ची से कहा।

माँ से पैसे लेकर बच्ची टिकट लेने चली गई।

"अंकल डेढ़ टिकट दे दो लालपुर के।"

"कितने लोग हैं?" कंडक्टर ने पूछा।

"मैं और मेरी मम्मी।"

"आप तो काफ़ी बड़े हैं। आपका तो पूरा टिकट लगेगा।" कंडक्टर ने कहा।

"पूरा कैसे लगेगा? अभी तो ये पाँच साल की ही है।" पीछे से माँ ने कहा।

कंडक्टर ने पलटकर माँ को देखा।

सब ठहर गया। अतीत जब पलटकर आता है तो सब ठहर ही जाता है।

चलती बस में भी उन दोनों के लिए सब ठहर गया। हवा, शोर, गति सब रुक गए। "मरा..." उसकी बुदबुदाहट से बस इतना ही निकला।

अतीत से निकल एक बार फिर वो उससे मिला था।

शाहबलूत का पत्ता

I

प्रेम युद्ध से पलायित देवताओं का स्वांग भर है

चौमासों की रात, रात की उमस और आकाश में बादल। आकाश का हर हिस्सा आज बादलों से पटा पड़ा था। बूँदें लबालब भरी हुई थीं, इतनी कि कोई एक बूँद भी हिले तो बीच का तारतम्य ही टूट जाए। 'आज पानी न पड़े,' उसने सोचा।

उधर छत पर कोई किसी को कहानी सुना रहा था जिसके टूटे-टूटे शब्द उसके कानों में पड़ रहे थे।

"आला खोल टटिया, बाला खोल टटिया, में खोल टटिया, चें खोल टटिया।"

उसे यूँ लगा जैसे कोई मन के भीतर के किवाड़ खटखटा रहा हो। बार-बार कह रहा हो खोलो, खोल दो ये दरवाज़े जिनके पीछे जाने क्या-क्या बन्द कर रखा है तुमने।

सरसराती बूँद जैसे ही उसके माथे पे पड़ी, किसी ने भड़भड़ा के मन के किवाड़ खोल डाले। उदास रातों की उदासी अब उसकी आँखों से झर रही थी। उधर चें अपनी माँ को बता रहा था कि कैसे धोखे से भेड़िये ने आला, बाला, में को खा डाला और कैसे उसने छुप के अपनी जान बचाई। दिल के प्यारे यूँ भी कब किसी के साथ लम्बे समय तक रहते हैं, उसने सोचा और आँगन से खींच के खाट बरामदे में डाल दी और बड़बड़ाना शुरू कर दिया।

'मन में तो चौमासा नहीं है, यहाँ तो अगहन उतर पूस लगा है और ऐसी ठण्ड में कोई मन उघाड़ता है कहीं अपना। मन यूँ भी मन है, कोई मिट्टी का ढेला तो नहीं कि ओस झरे और बिरवा-पात फूट पड़े। मन सूखने के बाद कभी हरा हुआ है भला? मन का सूखना ज़मीन के सूखने से भी ज़्यादा ख़तरनाक है। मन के सूखने

से आस भी सूख जाती है।' रेवा के तो मन और आस कब के ही सूख चुके थे।

रेवा ने टिमटिमाते बल्ब की रोशनी में गर्दन घुमा के देखा। लम्बे बरामदे को अँधेरे, सीलन, नमी ने एक साथ घुल-मिल के डरावना-सा बना दिया था। गर्दन घुमा के देखने पर अँधेरा ही दीखता है उसे। उसके आगे कुछ नहीं, और अब दूर तक देखने के लिए बचा ही क्या है उसके पास?

अम्मा न जाने कब से आकर उसके पीछे खड़ी थीं।

"ऐसे चौरे में क्यों सुला रखा है इसे? अन्दर ले जाओ, बरसाती हवा है छाती में बैठ जाएगी।"

"अन्दर बहुत उमस है। तुम क्यों सोते से उठ के आ गईं?"

"हम तो इसकी गद्दी देने आए थे, दिन में ही बना ली थी। और सोचा तुम से चाय की पूछ लें, अपने लिए जा रहे थे बनाने।"

"नहीं, रहने दो मन नहीं है।"

"तुम वापस क्यों नहीं चली जातीं रेवा, कब तक भाइयों के ऊपर रहोगी? जाने किस जात-कुजात की लड़की को बेटी बना के उठा लाई हो।"

"इस आठ महीने की बच्ची में जात-कुजात दीख रहा है तुम्हें?"

"क्या करोगी यहाँ रहकर? कल को तुम्हारे भाइयों के अपने घर होंगे तब कौन पूछेगा तुमको? जिनगी कोई ऐसी चीज़ तो नहीं जिसे जैसे चाहो वैसे चला लो। ऐसी ज़िदों से कहीं गिरस्थी चली है भला?"

"इसका कोई जवाब नहीं है अभी मेरे पास अम्मा। और क्या मालूम भाई निभा ही लें?"

"निभा भी लें तो भी तो तुम अपने लिए कुछ नहीं करोगी क्या?"

"क्या करूँ?"

"कुछ काम ही कर लो। कोई नौकरी। इस लड़की के लिए ही सही थोड़ा-सा चेत जाओ। बी.ए. तो हो ही तुम।"

"बी.ए करने ही कहाँ दिया तुमने अम्मा, पहले साल के बाद ही तुमने शादी कर दी, अब इतने साल बाद आधी-अधूरी पढ़ाई की क्या बिसात?"

"अरे इन्टर तो हो ही।"

"ख़ाली इन्टर से क्या होगा?"

"अरे! आँगनबाड़ी में ही भर्ती हो लो, पौने दो सौ मिल रहे हैं।"

"ठीक है, भर देंगे फ़ार्म।"

"दरोगा की तीन चिट्ठियाँ आ चुकी हैं अब तक। कहो तो भैया से ख़बर भिजवा दें कि आके ले जाए तुम्हें। चली ही जाओ तो ऐसी कोई नौबत ही नहीं आए।"

"नहीं, कोई ज़रूरत नहीं है। तुम जाओ सो जाओ अम्मा, बाद में बात करेंगे कभी।"

दरोगा बस नाम ही के दरोगा थे। उनके पिता पुलिस में थे तो उन्हीं ने ठेलठाल के इन्हें हबीबगंज की किसी चौकी में लगवा दिया था। दरोगा सुबह मुँह अँधेरे साइकिल से शहर भोपाल के इस कोने से उस कोने जाते और साँझ डूबे लौटते। रेवा की ज़िन्दगी यूँ ही चल रही थी। साइकिल की आवाज़ से दिन उगता और साइकिल की आवाज़ से ही साँझ ढल जाती। रेवा के चौदह साल यूँ ही साँझ-सवेरे में कट गए। कट तो और भी जाते अगर बाऊ उसे धक्के मार के बाहर न निकाल देते। माती ने चौदह साल टकटकी लगा इस उम्मीद से काट दिए कि उनके बेटे दरोगा के घर कोई आस उम्मीद खिल-बढ़ जाए और जब कुछ नहीं हुआ तो आख़िर में घर भर से बैर मोल लेकर उनने रेवा की गोद में जाने कहाँ से लाकर एक बच्ची डाल दी। बाऊ शुरू से ही इस गोद ली हुई बच्ची के ख़िलाफ़ थे पर माती के दबंग व्यक्तित्व के सामने उनकी एक न चली। माती ही रेवा का कितना साथ दे पाई, तीन महीना बस। माती के जाते ही बाऊ ने रंग दिखाने शुरू कर दिए।

"सुन, कहीं मेढकी के टर्राने से आसमान गिरे है?" देर तक उसका रोना सुन बाऊ बोले।

"मेढकी अगर न टर्राए बाऊ तो आसमान में सूखा पड़े है, और सूखी चीज़ तो कभी भी भरभरा के ढह सकती है, गिर सकती है। जिन इमारतों की नींव में बादल नहीं, झील नहीं, नमी नहीं उनकी छतें एक दिन सूख जानी हैं। रेशा-रेशा पलस्तर गिरे है ज़िन्दगी का फिर, इसीलिए थोड़ी नमी और काने-कुब्जे की टर्राहट का होना बहुत ज़रूरी है।"

उसका जवाब सुन बाऊ जैसे आपा खो बैठे। एक ही धक्के की चोट से रेवा बच्ची समेत घर के बाहर आ गिरी। दरोगा दूर खड़े चुपचाप सारा तमाशा देखते रहे। रेवा ने दरोगा को देखा, वो चौखट से लगा खड़ा था और उसे ऐसे देख रहा था जैसे वो कोई लकड़ी की मूरत हो जिसके आँसू और आवाज़ उसकी आँख और कानों की पहुँच से दूर हों। कपूर की तरह धुआँ-धुआँ हो गया सब रेवा के लिए।

आज उसे वापस आए पाँच महीने हो गए, इस बीच दरोगा की तीन-तीन चिट्ठियाँ आ चुकी हैं पर रेवा ने न ही उन्हें खोला और न ही औरों को खोलने दिया। अम्मा उसे जितनी ही बार जाने को कहती वो उतनी ही बार मन में दरोगा की एक तसवीर बनाती और अम्मा से मना कर देती।

अम्मा की आँखों की नमी रेवा के मन में उतर आती, और अब उसका सारा दारोमदार अपने भीतर की इसी नमी को बचाए रखना था। बरामदे की जिस तरफ़ खाट थी उससे लगकर ही खुली मोरी थी। बरसात का पानी उसमें बने सब अवरोधों को पछाड़ता हुआ बहा जा रहा था। रेवा ने बच्ची की करवट बदली, नीचे नई गद्दी लगाई और चादर ऊपर तक सरका दी। छत पर अब कोई नहीं था। न कहानी सुनने वाला और न ही कहानी सुनाने वाला, सिवाय बरसते पानी के। कौन जाने ऐसी बारिश भोपाल में भी हो रही हो, उसने सोचा। दरोगा का सारा जीवन खोखले प्रेम

पर था, और उसका जिजीविषा का युद्ध। जो प्रेम का स्वांग भरते हैं वो वास्तविकता में जीवन के युद्ध से पलायन कर रहे होते हैं। प्रेम इसीलिए युद्ध से भागे देवताओं का स्वांग-भर है और कुछ नहीं।

2
चिट्ठियाँ जिन्दा लाश होती हैं

धूप का तीखापन, दोपहर की निसंगता और उजाड़-सा अपना अस्तित्व खोता ये छोटा स्टेशन। उसने दाएँ-बाएँ सर घुमा के देखा, एक चमकदार चौंध हर ओर पसरी पड़ी थी। दूर-दूर तक सिवाय चिमनियों के कुछ और नज़र नहीं आता था। या तो उस चौहद्दी के बाहर हर चीज़ बहुत छोटी है या अब ये चिमनियाँ बहुत ऊँची उठ गई हैं। पिछली बार जब आई थी यहाँ तो सात साल पहले आई थी। उस समय ये नया पुल नहीं था। इसकी जगह जर्जर, हिलता-काँपता बिलकुल इसका जुड़वाँ पुल था या ये उसका जुड़वाँ है। जीजी की चिट्ठी न आई होती तो वो अबकी भी नहीं आती। हर साल आना यूँ ही टाल देती है वो। अब ये शहर सिकुड़ते-सिकुड़ते इतना छोटा हो गया है कि उसके स्मृति-पटल और मन से कब का गुम हो चुका है, मिट चुका है। मिटना बनने से भी जटिल प्रक्रिया है, ठीक वैसे ही जैसे धूसर होना चमकीले से भी ज़्यादा कठिन। मिटने-बनने के बीच एक पड़ाव वो भी होता है जिसे उजाड़ कहा जाता है। जैसे पहले शहर उजाड़ हो जाते हैं और फिर डूब जाते हैं, ठीक वैसे ही आदमी पहले उजाड़ होता है फिर मिट जाता है। फ़र्क़ बस इतना होता है कि शहर मिटते हैं तो कुछ सदियों का इतिहास ग़र्क़ होता है और आदमी मिटता है तो सदियों के इतिहास के साथ भविष्य भी ग़र्क़ हो जाता है। फिर भी मिटने में एक चमकीला सितारा छुपा होता है, जिसे देखने के लिए धैर्य चाहिए। पर धीर धरने वाले बहुत होते ही कहाँ हैं?

जीजी ने एक बार उसे चिट्ठी लिखी थी, जाने कितने साल पहले। अब तो कुछ याद ही नहीं रहा क्या लिखा था और क्या नहीं? उसका जो सार याद रह गया है तो बस इतना ही कि...

"धैर्य अजन्मे की तरह होता है जो समय से पहले हो जाए तो कमज़ोर और समय बीतने पर तो उसके गले पे नाल लिपटी होती है। उसे मरना तो दोनों ही हाल है। कोई बिरला ही इस अजन्मे को समय पर ला पाता है।"

जाने कब रिक्शा रुका और जुगनू की तन्द्रा टूटी। गली बस इतनी बदली थी कि ईंट का खड़ंजा हटाकर सीमेंट की सड़क बना दी गई थी उसकी जगह। बाहर का बरामदा धूल की पतली परत से ठीक वैसे ही ढँका था, जैसे बरसों पहले गर्मियों में रहता था। कुछ भी तो नहीं बदला था, वही मई की झोंके खाती दोपहर थी, वही पाठक जी का लहक-लहक बिखरता गुलमोहर। वो बहुत देर दरवाज़े पे खड़ी रही,

यह सोचते हुए कि इसे खटखटाए या नहीं? क्यों होता है ऐसा कि आप अपने ही दरवाज़े पर दस्तक देने से घबराएँ? घर-बाहर और घर-भीतर के माहौल में क्यों ज़मीन-आसमान का अन्तर आ जाता है, कि आप चाहकर भी मन पर चढ़ी साँकल खोल ही न पाओ? उसने सोचा।

कौन थी वो इस घर की? कोई भी तो नहीं। जाने किस सनक में, माती कहाँ से उठा लाई थीं उसे और जीजी को पालने का ज़िम्मा दे डाला उन्होंने। कोई नहीं जानता, जीजी ख़ुद ही नहीं जान पाईं आज तक तो वो कैसे जान पाती। कहने को तो वो उसकी ही माँ थीं पर बाक़ी लोगों की देखा-देखी वो भी उन्हें जीजी कहती थी। उसके लिए जीजी सब छोड़-छाड़ यहाँ मायके आ गईं और फिर लौटकर कभी वापस नहीं गईं भोपाल। उन्हीं के लिए उसका मन बार-बार रूखा हो जाता है। रेशम से नेह में वो क्यूँ जान के बार-बार सूत का धागा पिरो रही है?

ഢ

जीजी का चेहरा बदलकर बिलकुल नानी जैसा लगने लगा था। वैसा ही माथा, लम्बी ठोड़ी और ढलती हिम्मत। इसी हिम्मत के सहारे उन्होंने जुगनू के लिए तैंतीस साल काट लिये थे। न वापस ही गईं और न ही कभी दरोगा को फटकने दिया।

"तुम्हें इतनी चिट्ठियाँ लिखीं, तुमने एक का भी जवाब नहीं दिया जुगनू।"

"क्या करूँ जीजी, मन ही नहीं होता। चिट्ठी लिखने के मामले में बहुत काहिल हूँ तुम जानती तो हो।"

"अरे! चिट्ठी है कोई तेरह का पहाड़ा तो नहीं कि याद ही न हो। या ये भी भूल गईं कि माँ ने कितने दुख पी-पीकर पाला है तुम्हें।"

"दुख सबसे साफ़ पानी है जीजी।" उसने हँसकर कहा।

"इतना साफ़ कि पी-पीकर तुम्हारी माँ का कलेजा ही छिल गया। और तुम सात साल में अब झाँकने आई हो।"

"क्या करूँ, मेरे आस-पास इतने घनेरे जंगल, अरण्य हैं जीजी कि मौक़ा ही नहीं मिलता कुछ लिखने-करने का!"

रेवा ने उसका हाथ थाम लिया। उसका हाथ ही ठंडा था या ये रात की नमी थी ये वो समझ ही नहीं पाई।

"है कैसा अरण्य?"

"जीजी अरण्य वही होता है, जो जी के भीतर होता है। जहाँ से आप सदा जीवन के आख़िरी पत्थर के पलटने तक बाहर निकलने के लिए भागते रहते हैं। बाक़ी सब ओस से उगने वाली घास के तिनके हैं।"

"तुम शादी को हाँ कहो तो इस घर में भी बन्ना-बन्नी गाए जाएँ।" रेवा के स्वर में अब रिरियाहट थी।

"जीजी मुझे भोपाल में एक अच्छी जॉब मिल रही है। सोच रही हूँ चली जाऊँ।"

रेवा ने उसे देखा और फिर करवट फेर कर सो गई। उसने भी तकिए पर सर टिकाया और आँखें बन्द कर लीं। पर वो जानती थीं इस करवट का साफ़-साफ़ मतलब 'न' है। इतनी कड़ी बात जो मुँह से कही भी न जाए।

☙

पटरियों के बीच कभी-कभी कोई सब्ज़ा, कोई फूल दिख जाता तो जुगनू का मन हरा हो जाता था और फिर वही सूनेपन की लय।

"शादी नहीं करेगी तो क्या करेगी जुगनू? उमर यूँ ही झर जाएगी।" ये नानी के आख़िरी बोल थे उससे, उसके बाद उन्हें देख ही कहाँ पाई वो।

वो चुप रही, एक शब्द भी नहीं कहा नानी से पर वो जानती थी कि...

झड़ना बसंत की चिर नियति है, उसे कोई रोक नहीं सकता। लोग अंजुरी-भर फूल तोड़ते हैं और किसी भी प्रतिमा के पैरों में चढ़ा देते हैं। जूड़े में फूल लगाते हैं और सूखने पे फेंक देते हैं। बहुत हुआ तो सिंगारदानी पे रख छोड़ते हैं। जीवन-भर शादी-शादी की रट लगाते हैं और गले में पहने हार दूसरे ही दिन खूँटियों पे सूखने के लिए टाँग छोड़ते हैं या किसी नदी के बहते किनारे पे खड़े हो लहरों के साथ बहा देते हैं। उसपे तुर्रा ये कि बौराहट में बसंत को पतझड़ से ऊँचा मान लिया है। जबकि पतझड़ तो देह झटकता है, पुराने पात उतार नए पहन लेता है। ये ठीक वैसे ही है जैसे कोई नहाते हुए पत्थर से घिस-घिस के डेड स्किन उतारता हो। तो बसंत-बसंत चिल्लाने की बजाय पतझड़ की तरह बनिए। उठिए, देह झटकिए, पुराना सारा दुख-अवसाद उतार फेंकिए और नई चमक, जीवन के हरे रंग को पहन लीजिए।

जुगनू ने अपने पर्स में से चिट्ठियों का एक पुलिन्दा निकाला और चिन्दी-चिन्दी कर रेंगती हुई ट्रेन से फेंक दिया। अब ये उसका प्रिय शगल था कि दफ़्तर से छुट्टी लो और भटकने निकल जाओ। वो देख रही थी पुर्ज़ा-पुर्ज़ा चिट्ठी ऊपर उड़ती और धम्म से नीचे गिर जाती।

चिट्ठियाँ जिन्दा लाश होती हैं। ये जब तक आपके पास रहती हैं, आपको परेशान करती हैं, इसीलिए इन्हें पढ़ते ही फाड़ देना चाहिए और इनसे निजात पा लेनी चाहिए। उसने सोचा।

3

उदासियों के चेहरे कभी बूढ़े नहीं होते

'लश्कर-बॉम्बे,' यादों में झिलमिलाता ये नाम उसे अब भी रातों में जगा जाता था। वही उम्र थी उसकी सत्रह-अठारह साल, इंटर के इम्तहान दिए थे उसने। कैसी गरम

आँधी भरी शाम थी वो, उसे आज तक याद है। उसके एक हाथ में सुनार का बटुआ था जिसमें सत्रह सौ रुपए, जीजी की एक चूड़ी और छोटी मामी की दो अँगूठियाँ थीं, और दूसरे हाथ में रतीश का हाथ था। कैसा रूमान था जो उसकी देह में घर कर गया था? उसका एक पाँव गाड़ी के पायदान पर था दूसरा हवा में, कि जीजी की चौड़ी कलाई ने लपक के उसकी बाँह पकड़ ली। एक ही झटके में कितने ही रुपहले, चमकदार, चिकने सपने चकनाचूर हो गए। मन की फसल को पाला मार गया। सत्रह-अठारह के सपने कहीं तोड़ने के लिए होते हैं? वो पहली और आख़िरी बार था जब जीजी ने उसे मारा था।

वो आज जब ये याद करती है तो हँस-हँस पड़ती है कि कैसे घर से भाग जाना उस समय उसके लिए प्रेम का सबसे बड़ा रोमांच था। हाँ, पर ये ही पहली बार था जब उसके मन में जीजी के लिए बैर पड़ा था। समय के साथ उसने मन की गाँठ तो खोल दी पर आज भी कभी-कभी वो उसे छूने भर से महसूस कर लेती है। उसने घड़ी देखी, साढ़े चार बज गए थे। सामने के पहाड़ धूप में तप-तपकर भूरे-सलेटी, लाल-कत्थई से हो गए थे। उन तक जाने वाली सड़क ऐसी लग रही थी जैसे उस पे लपलपाते शोले बिछे हों। वो देर तक सामने के तपते हुए पहाड़ देखती रही। मध्य-पूर्व के इस छोटे से देस के ये पहाड़ क्या बरसात की कामना करते होंगे? क्या सोचते होंगे ये, जो इनकी देह की दरारों में से न आह, न धुआँ कुछ भी तो नहीं निकलता? ये आकाश को देखकर क्या बोलते होंगे? वो जब से यहाँ आई है उसने पानी की एक छींट भी बरसती नहीं देखी। इस तपते-जलते मरुस्थल-सा ही मन है उसका, भभका-सा उठता है और ख़ुद ही बैठ जाता है। जाने कौन समय है और कैसा पानी जो इन पहाड़ों के भीतर तो है पर छलकता नहीं। जबकि पानी के व्याकरण में ही मुड़ना लिखा है। इसकी धातु इतनी तरल, इतनी सहज है कि आँख से लेकर कुएँ, और कुएँ से लेकर गले तक भरी रहती है। पर सहज होना इतना आसान भी नहीं। सब से सहज सब से दुर्लभ है आज का समय। आप पानी को ही देखिए, मार ज़माने भर की हाय-तौबा मची है इसके लिए। पर पानी क्या ऐसा ही है जैसा मुझ को दिखाई देता है? कौन जाने आपका पानी मेरे वाले से कम गीला, कुछ ज़्यादा गाढ़ा या कुछ ज़्यादा सीला हो। समय ही अपनी धारणा, अवचेतन में इतना टूटा-टूटा है कि उसका एक टुकड़ा मुझे चमकीला लग सकता है, ठीक वही आपको काँच। समय एक ही समय दो स्तर पर यात्रा कर रहा होता है। ठीक एक पल मेरे दिल में डूब के उसी पल किसी और के दिल में उभर सकता है। इसीलिए समय की दीर्घा से सबसे पहले हाथ पकड़कर समय को ही बाहर खींचा जाता है, उसके बाद उसकी बनी परछाइयाँ बाहर फेंकी जाती हैं। ये चेतना का कौन-सा आयाम होता है अभी इसका पता नहीं। यूँ भी चेतना इतनी ही चेष्टा करती है कि किसी को गर्भजल में सुप्त नहीं होने देती। जल के बाहर तो मात्र अचेतन ही बिखरा हुआ है। इस माने

चेतना का जीवन बहुत ही छोटा होता है, जैसे कोई बूँद-भर। पर जब बैठे-बैठे जी भर आए और गला ख़ुश्क हो जाए, ऐन उस वक़्त जिस पानी की तलाश में आप भागते हैं ये वही गले में अटका पानी है या कोई दूसरा या वही नन्ही बूँद? एक-सी दीखने वाली चीज़ या एक ही चीज़ सबको समान लगे, ये अभी तक रहस्य ही है। मेरे सब रंग कौन जाने आप के लिए भी उतने ही चटकीले हैं भी या नहीं? मेरे लिए जो नीला-बैंगनी है वो आपकी जानिब धूसर या भूरा तो नहीं? ये पहाड़ आकाश को देखकर कोई कामना कर पाते होंगे? 'जैसे धान बोया जाता है बरसातों में, ठीक वैसे ही तुम बरसातों में मेरी पीठ पे समय बोना' क्या कुछ ऐसा कह पाते होंगे, या कभी कोई भटकता बादल झुक-झुककर इनके कानों में ऐसा कहता होगा, 'हर अतल के गहरे में एक तल छुपा होता है, ज़रा ऐड़ी पर उठकर तो देखो।' ये सब दिमाग़ की कोई मनगढ़न्त बात है या सच ही? उसने सोचा।

ठहरे हुए मन की तह पाना यूँ भी कहाँ आसान है? जुगनू के मन में भी समय की एक कील धँस गई हो मानो। भीतर जो भी पूरा है, सम्पूर्ण है, ये कील उसे ही टुकड़ों-टुकड़ों में बाँटे दे रही है। इसके एक किनारे वो है और दूसरे पर जीजी। सब अधूरा है उसके लिए, कुछ भी पूरा नहीं। पूरा तो कोई जी ही नहीं पाता। सौ टका कुछ भी नहीं होता। निन्यानवे में भी एक मिला के सौ बनता है। बिना मिलावटों के ज़िन्दगी है ही नहीं। हर खरी चीज़ की नींव में कोई और भी मिला होता है, जैसे उसकी नींव में जीजी का कितना ही श्रम, दुख, और प्यार मिला हुआ है जिसे उसने बार-बार जाने-अनजाने रौंदा ही है। जीजी का चेहरा बार-बार उसे याद आता और ओझल हो जाता। ये चेहरा वही है जब उनकी उम्र के पत्ते कुछ हरे थे। लाख चाह के भी जुगनू की आँखें जीजी के आज के चेहरे को ढूँढ़ ही नहीं पा रही थीं। सालों से उन्हें देखा ही नहीं, उसके अकेले रहने की चाह ने उसे कितने ही तरह के यातना गृहों में धकेल दिया है।

उसने देखा, घड़ी साढ़े चार पे कब से रुकी पड़ी थी। समय अपने चक्के पर आधा रुका हुआ था ठीक उस की तरह। उसने सामने रखा मोबाइल उठाया और जीजी का नम्बर मिला दिया।

"तुम उदास हो क्या?" जीजी ने उसकी आवाज़ सुनते ही पूछा।

"नहीं तो।"

"कब आ रही हो तुम जुगनू?"

"देखो जल्दी ही।"

"तुम्हारा जल्दी तो पिछले तीन साल से सुन रहे हैं, अबकी आओ तो कुछ बात हो।"

"क्या?"

"जुगनू, तिरेसठ हो गई उमर मेरी, तुम ख़ुद ही तैंतीस की हो। तुम्हारे हाथ पीले करूँ

तो फ़ारिग होऊँ। कब तक माँ को दुनिया की बातें सुनने को छोड़ ख़ुद में मगन रहोगी?''

''मुझे शादी ही नहीं करनी जीजी।''

''तो क्या जीवन अँधेरों में काट दोगी?''

''जीजी...मैंने सोचा है बहुत पर हिम्मत नहीं होती। मुझे लगता नहीं कि मैं इतने बड़े बन्धन में बँध पाने को तैयार हूँ।''

''मन तो हर काम से डरता है शुरू में, बाद में फिर ख़ुद ही रम जाता है। आँख उठा के देखो, हर घर में कुछ न कुछ...फिर भी घर चल ही रहे हैं।''

''आँख उठा के तो सबसे पहले तुमको ही देखा था। तुम्हारा अपना घर ही कहाँ चला? तुम्हें जीवन-भर खटते देखा, अकेले देखा, और शायद ऐसा ही डर तुमसे उतर मेरे भीतर आ गया है।''

''लाली, जरूरी तो नहीं कि तुम भी माँ की लीक पकड़ चल निकलो।''

''जीजी, ज़रूरी तो जीवन में कुछ भी नहीं।''

''ठीक है, फिर आगे तुम्हारी इच्छा।'' कहकर उन्होंने फ़ोन रख दिया।

इस एक पल के बाद रेवा के लिए सब रुका हुआ है, ठहरा हुआ है। हाथ-पैर चलते हैं पर मन थम गया है। दुनिया को दीखता है, मानो सब सुचारु है पर उन्होंने भीतर सीलन का एक धब्बा पकड़ लिया है, जो दिनों-दिन बढ़कर फैलता जा रहा है। ऐसी कोई शाख़ ही नहीं जो बारिश के बाद काँपे न और एक बूँद भी न झटके। पर उनके आस-पास तो सब सूखा है, फिर ये बारिश-सीलन कैसे पनप रही है? बहुत ग़ौर करने पर उनने जाना कि ये उदासी है जो उनके भीतर बैठ गई है और अब फैलती जा रही है।

क्या फ़र्क़ है ख़ुशी और उदासी में उनने ख़ुद से पूछा और फिर ख़ुद को कोई उत्तर नहीं दे पाई।

''उदासियाँ ख़ुशी के बरअक्स ज़्यादा बोलती हैं। यूँ भी देखो न, हँसी सिर्फ़ उतनी ही फैलती है जितना कि होंठ खिंच पाते हैं और आँखें छलछला जाती हैं, जबकि उदासी में आँसू भी ज़्यादा निकलते हैं और आँख भी देर तक गीली रहती है।''

जुगनू उनके जीवन की ख़ुशी थी और उसका अकेलापन उनकी उदासी का स्थायी साथी।

4

शाहबलूत का पत्ता

मीलों-मील सूखी घास सड़क के दोनों तरफ़ बड़ी मुस्तैदी से फैली हुई है। इसी के बीच वो दौड़ी चली जा रही है। मृगतृष्णा-सी ये घास एक ही बूँद के पड़ने से हरिया जाएगी। मन के विस्तृत बीहड़ में और है ही क्या सिवाय इस जली-सूखी

घास और इस सड़क के। ये सड़क इन्तहाई तौर पे सीधी है लेकिन इसकी बुनियाद इतनी टेढ़ी है, कि ज़रा दूर ही से गोल, सर्पीली, टेढ़ी-मेढ़ी लगती है। इसको बनाने वाले वास्तुकार के हाथों में इतनी ऐंठन है कि ज़रा दूर की सीधी-सपाट राह को हथेलियों से रगड़-रगड़ टेढ़ा-मेढ़ा कर देता है, क्योंकि लाखों-लाख आँखें तो ख़राब नहीं हो सकतीं कि जिन्हें सीधी-सपाट सड़क भी छल्लेदार लगे, गोल-मोल लगे...जानते हो इस सड़क का नाम ज़िन्दगी है।

जाने कब से रेवा की आँखें छलछला रही थीं। अम्मा चली गईं पर जुगनू उन्हें आख़िर तक मिलने नहीं आई।

"कोई होता है जो अपने ही ठौर से ऊब जाए? जिसने तुम्हें पाला, तुम्हारे लाने ख़ून-पसीना एक किया अब तुम उसी माँ को भूल जाओ। तुमने उसे बिगाड़ दिया रेवा, इतना लाड़ किस काम का कि औलाद हाथ से निकल जाए। बिन नाल लगी आज़ादी घोड़े और उसके मालिक दोनों को चोट पहुँचती है। ये लड़की तुझे कुढ़ा-कुढ़ा के मार देगी और तुम हाथ पे हाथ रखे रहना।" वो कहती रहतीं रेवा सुनती रहती। बात तो सच ही थी अम्मा की, पहले भी वो ऐसी ही थी, आज भी ऐसी ही है। पहले वो महीनों-महीनों ख़बर नहीं लेती थी और अब सालों-साल।

जाने कैसा तिल है उसके पैरों में जो आज तक उसकी यात्रा रुकी ही नहीं, थमी ही नहीं। गाड़ी सरपट दौड़ी जा रही है पर वो जाने कहाँ है? उसे होश ही नहीं कब कौन-सा पत्थर पलटा, कौन-सा दिन बदला, कौन-सा महीना लगा? जाना भी एक अनवरत क्रिया है। सूर्य एक जगह से जाता है तभी कहीं पहुँच पाता है। चन्द्रमा जाता है तभी काले रेशम का थान खुल के बिखर पाता है। पर हर किसी को जाना भी नहीं चाहिए। जाने के लिए विशेष सर्ग जन्म लेते हैं। जैसे, जाने के लिए महेंद्र ने जन्म लिया था, संघमित्रा ने लिया था और उसने लिया है, उसने सोचा।

जुगनू,

पिछले महीने तुम्हें बार-बार फ़ोन करवाया पर तुमसे बात नहीं हो पाई। तुम जाने कहाँ थीं सो अब हारकर ये चिट्ठी भेज रहे हैं कि शायद मिल ही जाए तुम्हें। अम्मा ख़त्म हो गईं पिछले महीने। जाने से पहले तुम्हें देखने की चाह लिए हुए ही चली गईं। मुझे ही तुमको देखे तीसरा साल चल रहा है। कोशिश करना जल्दी आ सको मिलने, वैसे तो उम्मीद कम है हमें इसकी।

तुम्हारी जीजी

उसके हाथ में जीजी की चिट्ठी थी। इसी से उसे नानी के जाने की ख़बर भी मिली। उदासी देर तक उसकी उँगली थामे बैठी रही। वो जाने कौन-सी बार चिट्ठी

पढ़ रही थी। कितनी तल्ख़ी थी इस चिट्ठी में। भरभरा के जैसे कोई पुल टूट गया हो और इसे जोड़ने की सारी ज़िम्मेदारी अब उसकी थी, सिर्फ़ उसकी।

मौसम की नमी इस बार इतनी फैल गई थी कि फैलते-फैलते उसने खिड़की-दरवाज़ों को अपना स्थायी घर बना लिया था और जिसके चलते घर के सभी खिड़की-दरवाज़े अकड़े पड़े हैं और बन्द ही नहीं होते। ऐसी ही एक नहाई हुई सीली-गीली रात में जब छोटे मामा दरवाज़े की साँकल चढ़ाने जा रहे थे ठीक तभी जुगनू का रिक्शा आकर रुका। उसने एक मिनट उन्हें देखा, वह जैसे भूल ही गई थी कि उसके और भी रिश्तेदार हैं। उन्होंने उसे देखकर दरवाज़ा खोल दिया।

''जीजी कहाँ हैं?''

''ऊपर हैं।''

''ऐसी बरसात में ऊपर?''

''ऊपर एक कमरा बनवा दिया है हमने।''

कमरा क्या था वो, कभी एक छोटा-सा गुसलख़ाना हुआ करता था जिसमें नया फ़र्श बनवा के और कलई करवा के जीजी के रहने के लिए बनवा दिया गया था। जीजी को देख उसका मन भर आया। पूरे तीन साल बाद देख रही है वो उन्हें। सेहत तो जैसे रही ही नहीं। ऐसा पैसा किस काम का जो अपनों के काम न आ सके?

''अब के तुम मेरे साथ चलो जीजी।'' उसने कहा।

''कहाँ?''

''मेरे घर।''

''तुम्हारे घर, कल को तुम्हारी शादी होगी तो इस बुढ़ापे में गत बिगाड़ोगी मेरी।''

''अरे! अब इस उमर में शादी होगी मेरी, आधी तो बीत गई जीजी।''

''हमारी तो चाह रह ही गई।''

''चाह का रंग झील की तरह होता है, इसमें सब सतरंग शाम को ही दीखते हैं। हर चाह आपके लिए मन में छुपे प्रिज़्म का काम करती है और आपके सुकून को कई-कई रंगों में चटका देती है, बिखेर देती है। इसीलिए जीजी चाह से बचना चाहिए, यातना से बचना चाहिए।''

बरसात कब की रुक चुकी थी पर आकाश में बादल अभी भी चन्द्रमा के साथ लुका-छुपी खेल रहे थे। कभी उसे ढँक देते तो कभी उघाड़ देते।

''मैंने काग़ज़ बनवा लिये हैं जीजी।''

''कैसे काग़ज़?''

''तुम्हारे साथ चलनेवाले, अबकी साथ लेकर जाऊँगी तुम्हें।''

''क्या सोचा तुमने?''

''किस बारे में?''

''शादी के?''

"अब उस विषय में बात न किया करो जीजी। ये टॉपिक ही ख़त्म है मेरी तरफ़ से।"

देर तक मौसम में चुप्पी की तरल हवा बहती रही। उनींदी-सी आवाज़ में रेवा ने उससे पूछा, "तुम अब भी उन गोलियों को खा रही हो?"

"कौन-सी?"

"वही, जो पिछली बार आई थीं तब खा रही थीं, याद आया?"

"नहीं, अब नहीं खा रही उन्हें, वो तो डिप्रेशन की थीं। कोई साल-भर हुआ बन्द किए, अब तो मन बहुत बेहतर है मेरा, पर कभी-कभी के लिए है अब वो दवा।"

"अब भी सँभल जाओ, क्यों जीवन-भर का अकेलापन मोल लेने का शौक़ पाल रही हो? छत्तीस-छत्तीस में भी लड़कियाँ ब्याह करती हैं, माँ बनती हैं। कौन उम्र निकल गई तुम्हारी शादी की? कैसी अजब ज़िदें पाल रखी हैं तुमने जुगनू।"

"अच्छा! क्या अजब ज़िदें हैं मेरी?"

"शादी नहीं करने की, अकेले रहने की, लोग तुम्हीं को न बोलेंगे क्या-क्या?"

"सब बेटियाँ अपनी माँ से ही सीखती हैं चीज़ें।"

"हमने क्या ग़लत सिखाया तुम्हें?"

"क्यों, तुम भी न जाने किसका बच्चा उठा लाईं और फिर जीवन-भर पाला। तुम्हारा तो बसा-बसाया घर था जीजी। माँ होने की ललक ने जीवन-भर को अकेला कर दिया तुम्हें, दो-दो सौ रुपए की नौकरी की तुमने। वो मामा अच्छे थे हमारे, निभा ले गए सब। क्यों छोड़ नहीं दिया मुझे? क्यों नहीं लौट गईं तुम वापस?"

"वो स्वाभिमान था मेरा जुगनू, और अपनी संतान कहीं छोड़ी जाती है।"

"स्वाभिमान, गुरूर कोई ऐसी चीज़ है जिसे हथेली पे पाला जाए। इसे तो मन की खोह में छुपा कर रखना चाहिए। हथेली पर तो नेह, प्रेम पालना चाहिए।"

"प्यार ही तो था तुम्हारे लिए जिसके कारण सब छोड़ा मैंने। बस तुम्हें पाला जुगनू।"

रेवा के हाथ धीरे-धीरे उसका माथा दबा रहे थे।

"तू एक काम कर जुगनू?"

"क्या?"

"तू एक बच्चा गोद ले ले। आस-औलाद रहेगी तो अकेलापन इतना नहीं काटेगा।"

वो बिलकुल भी नहीं चौंकी, जैसे जानती हो आज नहीं तो कल यही प्रस्ताव उसकी राह पे आना था। क्या जीजी उसे अपना-सा बनाना चाहती हैं? नहीं उनका ये सुझाव तो बार-बार उसका बन्द दरवाज़ा खटखटाने के बाद आख़िरी दस्तक-सा आया है। अब इस दस्तक को समझ उसे दरवाज़ा खोलना है या नहीं, ये उसका अपना निर्णय।

उसको चुप देख रेवा ने बात आगे बढ़ाई।

"ईसाइयों से ले ले, मैंने सुना है वो लोग गोद देने का काम करते हैं।"

"नहीं, मिशनरियों पर अब शायद सरकार ने गोद देने पर रोक लगा रखी है।"

"तो फिर संतोष की बहू से पूछ। वो डॉक्टर है, उसके यहाँ से लिया जा सकता है।"

"अच्छा देखेंगे।" उसने कहा।

बादल छँट गए थे। चारों तरफ़ चन्द्रमा की हलकी नीली रोशनी फैली हुई थी। हवा में बरसात की नमी बरकरार थी। जुगनू ने पलट के देखा, जीजी कब की बात करते-करते सो गई थीं। पर नींद की पगडंडी जुगनू की राह से बहुत दूर थी। आकाश पे उजाला था, पर उसके भीतर अँधेरे की एक पूरी रस्सी लिपटी हुई थी। सबसे सीधा और सपाट अँधेरा सबसे ज़्यादा डरावना, ख़तरनाक होता है, आड़े-टेढ़े, कुंडली मारे अँधेरे में कम से कम सोया तो जा सकता है, उसने सोचा और पलकें झपका लीं।

०३

मेरे भीतर एक अहाता है जिसके अन्दर परकोटे ही परकोटे हैं, सर्पीले वृत्त हैं जिनमें फँसकर न ही मुझे अब तक इसका पहला और न ही आख़िरी सिरा मिला है। मैंने उम्र के कितने ही साल इसके सिरे को ढूँढ़ने में गुज़ार दिए, पर पाँव आज भी एक ही जगह जमे हुए हैं। दिल तक कभी कुछ पहुँच ही नहीं पाया। शहर से छोटी, ज़रा-सी छोटी जो रग है न हको-हुकूक के लिहाज से उसे ही दिल तक जाना था। पर देखिए पहुँचता कोई और ही है। कई बार एक-एक सीढ़ी का अंतर पूरे का पूरा दायरा ही बदल देता है। ये भी ज़रूरी नहीं जो हस्बेमामूल हो, वो बहुत आसान हो और हो भी जाए। और इसे आसान बनाने के लिए हम हर दूसरे-तीसरे के आगे हाथ फैला देते हैं कि देखिए इन हथेलियों में कुछ है या नहीं ? मेरा मन आज तक ये समझ ही नहीं पाया कि प्रेम क्या है और उसकी अर्हता क्या ? पर मुझे लगता है कि प्रेम की सबसे बड़ी अर्हता ये होनी चाहिए कि प्रेम स्वयं अनिवार्य नहीं होना चाहिए। जैसे नारंगी, ताम्बई, पीले, हलके हरे, गहरे हरे पत्तों के साथ एक ही शाख पे रह लेते हैं, ऐसे ही रहिए। कंधे बस आँसुओं की नमी सोखने के लिए बने हैं, न कि आँसुओं से गल कर गिरने के लिए। रेशम से जज़्बात, आँखों के उजाले, हँसी के तार और भी न जाने क्या-क्या ? इन सब बातों में कई बार बड़ी बोरियत छुपी होती है। हर बंदगी का हक़ अदा करना यूँ भी आसान कहाँ है ? साँस लेने दीजिए, साँस लीजिए। जलने वाली हर चीज़ एक रोज़ जल ही जाती है। धूप हो, उजाला हो, या शरीर। प्यार तो ख़ैर बड़ी अनदेखी चीज़ है। जलने लायक हुई तो जल ही जाएगी। फिर कई बार मुझे लगता है ये कैसे जल पाएगा ? क्योंकि प्यार में एक सतत गीलापन है, डेम्पनेस है। ये सीलन नमी की नहीं है। ये एक अलग तरह के अँधेरे की है। ठीक वैसे जैसे किसी मन्दिर के अँधेरे गर्भ-गृह में होती है। आप अँधेरे के उस भीगे-निचुड़े तत्त्व को महसूस कर पाते हैं पर छू नहीं सकते। इसलिए अब मुझे लगता है

कि प्यार मन के भीतर खिलने वाला एक इंडोर प्लांट है। ये सब किसी डायरी के पन्ने नहीं हैं। डायरी मुझे लिखनी ही नहीं आती। ये चिट्ठी भी नहीं है क्योंकि चिट्ठी के मिज़ाज अलग हुआ करते हैं। ये काग़ज़ के टुकड़े पे लिखा गया कुछ ऊल-जलूल सा है, ज़िन्दगी के रंग जैसा। हालाँकि इसे देखनेवाली सभी आँखों को रंगों की पहचान ही नहीं होती है। तो अपनी मर्ज़ी के लिहाज से, सुविधा के हिसाब से हर आदमी ज़िन्दगी का अलग रंग मान लेता है। जैसे मैंने कभी ओक नहीं देखा पर सुना है कि इसके पत्ते गहरे लाल रंग के होते हैं, सुर्ख अंगारों की तरह। तो मैंने ज़िन्दगी का रंग शाहबलूत के पत्ते की तरह गहरा लाल मान रखा है। जबकि पता है कि ज़िन्दगी में स्याह-सफ़ेद का चक्का ज़्यादा है लाल रंग कम। हम ज़िन्दगी-भर एक असास, एक पूँजी बनाने की कोशिश करते हैं। इस असास को माँ-बाप दोनों मिलकर बनाते हैं पर कई दफ़ा ये ज़िम्मेदारी किसी एक पर आ जाती है। तब मुझे ऐसा लगता है कि जो पूँजी माँ के हाथ तैयार होती है उसके मिज़ाज में एक नर्मी रहती है। इसके बनने से ज़्यादा सावधानी इसे खर्चने-बरतने में रखनी पड़ती है। ये ठीक वैसे है कि एक चाँद पहाड़ की ओट तले निकले और एक झील की सतह पे निकले। मुश्किलें, परेशानियाँ झील वाले चाँद को ज़्यादा मिलती हैं। ये बार-बार परछाइयों में बनता है, बिगड़ता है पहाड़ के मजबूत चाँद से उलट। पर कहीं क़िस्से-कहानियों, गीत-ग़ज़लों में झील के चाँद के अलावा कुछ और सुना है? नहीं न! ज़िन्दगी का अहसास शाहबलूत की सुर्ख़ी ले झील की चाँदी के बीच डोलता रहता है।

*

जैसे कई लोग काष्ठदारु को अशोक का पेड़ मानकर जीवन-भर उस पर लाल-सफ़ेद फूल खिलने की आशा पाले फिरते हैं, ठीक वैसे ही उसने सड़क पार दूर किसी अजब से पेड़ को अपने मन की राहत के लिए शाहबलूत का नाम दे दिया था। दिनोदिन बड़ी उम्मीद से खिड़की खोली जाती कि कोई तो पत्ता लाल दीखेगा। मौसम बदल रहे थे। दूर किसी अजाने-वीराने इलाक़े में किसी झील के ऊपर बर्फ़ लहक-लहक के झूल रही थी और तह-दर-तह जमा हो रही थी। कहीं किसी दूसरे देस में असल शाहबलूत के पत्तों का रंग बदल रहा था, लाल हो रहा था। उधर पहाड़ की बड़ी-बड़ी बाँहों के नीचे खड़ा पेड़ आख़िर जाने क्यों एक ही पत्ते को सँभाले खड़ा था? उसने सोचा, जाने कब ये पत्ता रंग बदलेगा? हवा का एक झोंका जाने कब आया और अपनी चादर लहरा के शाम के सर पर ओढ़ा दी। खिड़की के कोने पे बैठा कबूतर फड़फड़ा के उड़ गया। कैसे जाने शाख से बँधे पत्ते का टाँका खट से टूटा और पत्ता आज़ाद। सड़क पे सर्रर से एक गाड़ी गुज़र गई और ज़मीन पर आता पत्ता गाड़ी के साथ उड़ता-उड़ता दूर खो गया।

"लो ये भी तमाम हुआ।" उसने कहा और देर से पकड़ा हुआ खिड़की का पर्दा छोड़ दिया। वो पलटी तो उसने देखा कि पलंग पर जीजी से लिपटी एक छोटी बच्ची गहरी नींद में सो रही है। जुगनू ने महसूस किया कि मन की शाख़ का सूखा लाल पत्ता एकाएक हरा होने लगा है। वो मुस्कुराई और पर्दा खींच कमरे में अँधेरा कर दिया ताकि सोने वालों की नींद न टूटे!

सब सीमाब सुनहरे

किसी समय, किसी देश, किसी देशकाल में कभी भी किसी परछाईं का रंग-रूप उजला नहीं हुआ। न और किसी औरत के सर पे, न ही किसी आदमी के कन्धों पर कभी कोई परछाईं टिक सकी है। शाम होते-होते हर परछाईं, हर भ्रम को पैरों से नीचे उतर ही आना है।

ꙮ

रशीद,

तुम्हारी चिट्ठी तो समय पर मिल गई थी, पर ड्राफ़्ट देर से मिला तो तुम्हें थोड़ा रुक अब ख़बर भेज रही हूँ। आजकल बड़ी बेचैनी रहती है, जैसे अन्दर-अन्दर कुछ चल रहा हो। ख़ैर यूँ भी ग़ौर से देखो तो हमारे आस-पास, हमारे व्यक्तित्व में जाने कितने-कितने ढूह टीले उग आए हैं। रेत की फिसलन भरी छोटी-छोटी पहाड़ियाँ जिन पर पाँव धरो तो अन्दर धँस जाओ, भँवर के गोल छल्ले जो दिखने में तो बड़े अच्छे चमकीले लगते हैं पर जब अपने अन्दर खींचने लगते हैं तब उनकी जटिलता का अनुभव होता है। साहिर की एक नज़्म सुना कर सआदत ने मुझे बड़े गहरे तक छू लिया था, आज उसी छुअन की सिहरन काटनी पड़ रही है। छूने की, स्पर्श की जो अनुभूति होती है न रशीद, वो भी कई दफ़ा बड़ी काली अँधेरी होती है। यहाँ इस मन्दिर के अँधेरे गर्भगृह के सामने हलकी रोशनी वाले कमरे में बैठ कर तुम्हें चिट्ठी लिखते समय मुझे बार-बार पीछे मुड़ कर देखना पड़ रहा है। दो-दो लोग अपनी-अपनी कँटीली विवशता में बँधे दीखते हैं मुझे। वहाँ अपने बिस्तर पर अपने अब गया तब गया जैसे छूटते हुए जीवन को थामे छोटी नानी हैं, और यहाँ तुम्हें चिट्ठी लिखती मैं। सआदत चौबे की तो बस परछाइयाँ ही परछाइयाँ है यहाँ, कभी इस कोने तो कभी उस कोने। तुमने जो पैसे भेजे थे नानी के लिए वो मैंने धर्मशाला के कमरे

के लिए दान दे दिए हैं। कमरा पूरा हो जाए और ये बिना किसी परेशानी के अपनी गति को पाएँ तो मैं भी दीक्षा लूँ। सत्रह साल हो गए ख़ुद को सौंपे हुए। समय मिले तो हमसे मिलने आ जाना। हाल के महीनों में अगर जल्दी आओगे मिलने तो शायद छोटी नानी को देख पाओ और मुझे भी, वरना एक बार दीक्षा में गई हुई औरतें बाहर के लोगों से मिल नहीं सकतीं।

जानकी

I

हवा बीच एक परिन्दा गोते खा रहा था। कभी तेज़ हिचकोले खाता बड़ी तेज़ी से नीचे आता तो कभी ऐन ज़मीन के ऊपर से वापस लौट जाता। बड़ी देर तक करतब करने के बाद थक-हार के परिन्दा जब मन्दिर की घंटी पे बैठा तो हवा में एक रुनझुन लहक गई और दोपहर का सन्नाटा मानो एक पल को अँगड़ाई ले कुछ बोल गया। आवाज़ से चौंककर वो पलटी। उसने परिन्दे को देखा और परिन्दे ने उसे। दोनों ही हैरान थे। वो सोच रही थी, कैसा अजब परिन्दा है! आज से पहले कभी देखा ही नहीं, और परिन्दा सोच रहा था कि ये वही जानकी है? कितनी बदल गई है। बाल कानों तक कटवा दिए हैं और टखनों तक जाने कैसी साड़ी लपेट रखी है। उलटे हाथ की कलाई में कभी एक कंगन हुआ करता था। जाने कहाँ गया? अब तो दोनों कलाइयाँ कोरी हैं। शिव मन्दिर की पुजारिनें इतनी नीरस, रूखी क्यों होती हैं? उसने सोचा। शिव, शिव, शिव, शिव करता हुआ परिन्दा दोपहर की चुप्पी तोड़ता हुआ दूर रखे शिवलिंग पर चढ़े बेलपत्रों पे जाकर चोंच मारने लगा। वो उठी, आँगन के एक कोने में झाड़ू फेंक आँगन के दूसरे कोने में बने शिवलिंग की तरफ़ बढ़ गई। उसे अपनी तरफ़ आता देख परिन्दा एक झटके से उठा और दोपहर के धूसर आसमान में ग़ायब हो गया।

☙

लम्बी सीधी ढलानों-सा फिसलता हुआ दिन, शाम के पत्थरों से निकलता हुआ रात की देहरी पे खड़ा हो जाता है। रात भी ऐसी जैसे गुड़हल के फूल में ओस पल-भर ही में चुक जाए।

ये दस बाई आठ का कमरा ही अब उसका घर था। सब काम निबटाकर जब वो कमरे में पहुँची तो रात घिर आई थी। दूर परदेस का पंछी अब उसकी खिड़की के आस-पास मँडरा रहा था। उसने बत्ती जलाई, एक आले में रखी शिव की मूर्ति को धूप के धुएँ से ज़रा और चिकटा कर पूजा का उपक्रम पूरा किया। फिर कटोरे में

दलिया और ज़रा दूध डाल एक कोने में खाने बैठ गई, परिन्दा खिड़की के कुछ और पास आ गया। कुछ देर चक्कर काटने के बाद वहीं किनारे पे बैठ गया। वो उठी, एक ब्रेड का टुकड़ा खिड़की पर रख आई और वापस आ कर ज़मीन पे बिछे बिस्तर पर लेट गई। इसी कमरे में दायीं तरफ़ एक लोहे का पलंग पड़ा रहता था। उस पर सोती थीं छोटी नानी। जैसे तूताखामेन के मक़बरे में सुनते हैं अनगिनत रहस्य बन्द हैं, ठीक वैसे ही इस कमरे में जानकी और छोटी नानी के मन में जाने कितने-कितने रहस्य बन्द थे। कितनी इच्छाएँ कितने राज़ अपने साथ ले गई होंगी छोटी नानी।

उसने मुँह तक चादर खींची और करवट बदल कर लेट गई। दिन-भर की थकान ने नींद को फ़ौरन ही उसकी चौखट तक ला कर छोड़ दिया। दूरदराज़ के भटके, थके मुसाफ़िर क़िरदार एक-एक करके उसके पायँते आ बैठने लगे। जाने कब कृष्ण की तरह उसकी आँखें खुलें और सामने बैठे अर्जुन पर पड़ जाएँ। क़िरदारों की भीड़ में जो सबसे पहला चेहरा उसे दीखा, वो रशीद का था।

ଓ

"आप चाहें आसमान में वृश्चिक ढूँढ़ें या सुरैया, इस खोज से इन तारों-सितारों को कुछ फ़र्क़ नहीं पड़ता। ये आपकी सहूलियत के लिए नीचे नहीं झुक आते हैं। हाँ, अगर दूरबीन न हो तो शर्तिया खोजने वाले की आँखें फूट जाती हैं। ज़िन्दगी एक ब्लाइंड फोल्ड है जानकी, जिसमें दूरबीन इक्का-दुक्का हाथों को ही मिल पाती है। तुम्हारे हाथों में कोई दूरबीन नहीं है और आँखों पर भी काला चश्मा चढ़ा रखा है तुमने जानकी। जो अपना ही घर छोड़ कर भाग गया हो, अपने पीछे एक औरत को लावारिस छोड़ गया हो, उसके पीछे अपना वक़्त ज़ाया क्यूँ कर रही हो? जानकी किसी ग़मगुसार का हाथ हाथों में होना, किसी ख़ैरख़्वाह, का साथ ज़िन्दगी के लिए बहुत ज़रूरी है।"

"मुझे कुछ समझ नहीं आया रशीद।" वो इतना ही बोली।

"ग़मगुसार कहो या ख़ैरख़्वाह मतलब तो साथ निभाने वाले ही से है।"

चाय का प्याला होंठों तक ला वापस रख दिया जानकी ने। एक पल रुकी, मानो गले में फँसी आवाज़ को धकेल कर बाहर ला रही हो। फिर बोली, "रशीद, हम लोग बहुत अलग हैं और यूँ भी अभी तक मैं ख़ुद श्योर नहीं हूँ कि मेरे और सआदत के बीच क्या था, क्या नहीं।"

"सआदत भी तो मेरे ही मजहब का हुआ।"

"नहीं! सआदत तो उसका पेन नेम है। असली नाम तो मोंटी चौबे है। फिर कौन जाने कभी हमारे बीच बात बने भी या नहीं।"

"क्यूँ?"

"वो राम को पूजते हैं और हमारे यहाँ रावण का मान है। वो देवताओं की फ़ोटोज़ लगाते हैं अपने दरवाज़ों पर, हम बलि की। हमारे तो मान के देवता भी अलग-अलग हैं। जिनका हम मान मानते हैं उन्हें वो लोग दूसरी आँखों से देखते हैं। हम सब की लाइफ़ कई शैडोज़ से घिरी है, इतने अँधेरों में रोशनी का आना-जाना मुश्किल लगता है अभी तो। यूँ भी तुमने कहा, ज़िन्दगी ब्लाइंड फोल्ड है तो मैं आँखों पर बँधे इस फोल्ड को खोलने की कोशिश में हूँ। देखो, आँख खुले तो क्या मिले? उजाला-अँधेरा।"

"तुम वापस पांडिचेरी क्यूँ नहीं चली जातीं?"

"वहाँ जाने से पहले तो चिदंबरम जाऊँगी।"

"किसलिए?"

"बताया तो था तुम्हें।"

"अभी भी तुम्हारे दिमाग़ में मन्दिर जाने का फ़ितूर बसा हुआ है।"

"अभी तो मेरे दिमाग़ में आगरा जाने का फ़ितूर है। एक बार उस लेडी से मिलना चाहती हूँ। ज़रा जाने का अरेंजमेंट करवा दो यार।"

2

रशीद,

यहाँ इस शहर में एक बहुत अजीब चीज़ है। चालीस एकड़ में बने मन्दिर से लगभग आधे से ज़्यादा शहर दो हिस्सों में बँटा हुआ है। लोग आने-जाने को मन्दिर का परिसर ही इस्तेमाल करते हैं। अपने-अपने जूते-चप्पल मन्दिर के एक तरफ़ उतारते हैं और दूसरी तरफ़ जा के पहनते हैं। मैंने यहाँ तमाम सूट-बूट पहने लोग भी देखे हैं जो बड़ी श्रद्धा से सर झुकाए एक हाथ में अपने कामकाजी सामान, दूसरे में अपने पाँव की चीज़ें पकड़े सुबह-शाम गुज़रते हैं। यूँ तो ये शिव मन्दिर है वो भी नटराज स्वरूप का। देवी पार्वती के शिवाकामी (शिव की कामना करने वाली) रूप की भी यहाँ पूजा होती है। इनके मन्दिर की छत पर बहुत-सी आकृतियाँ उकेरी गई हैं, जिन्हें बिना लेटे देखा नहीं जा सकता। और यहाँ गोविन्द राज पेरूमल की भी बड़ी मान्यता है, गोविन्दराज पेरूमल यानी विष्णु। इन लेटे हुए विष्णु की दोनों वक़्त आरती इनकी दोनों पत्नियों के साथ की जाती है। एक तो लक्ष्मी है और दूसरी हैं हाँडल। हाँडल यूँ तो छठी शताब्दी में कृष्ण भक्ति, विष्णु भक्ति की प्रचारक थीं, जिन्हें बाद की लोक मान्यताओं में विष्णु की पत्नी माना गया है, ठीक वैसे ही जैसे तुम्हारे यहाँ मध्यकाल में मीराबाई को माना गया है। ख़ैर ये तो शहर और मेरे ठिकाने की बात हुई। ये बताओ सआदत का कुछ पता

चला क्या? वैसे छोटी नानी का अब मन लगने लगा है यहाँ। जल्दी चिट्ठी भेजना मुझे इन्तज़ार रहेगा।

जानकी

ঙ

परिन्दे की चहचहाहट ने उसे बड़ी सुबह ही उठा दिया। थकान अभी जानकी की बाँहों से निकली भी नहीं थी कि जाने किस दरार से सरककर धूप अन्दर सीधे उसके बिस्तर तक चली आई। इधर-उधर करवट बदलकर वो उठी और कमरे की एकमात्र एक हाथ बड़ी खिड़की खोल दी। कौन जाने ये आलेनुमा खिड़की पल्लव वंश, चोला वंश, या पांडे वंश के समय बनी हो। हवा का झोंका उस तक आया, उसे छुआ और वापस लौट गया।

"पुरवा हो या पछुवा, एक उम्र के बाद घुटनों को कोई भी हवा माफ़िक़ नहीं बैठती। तब आदमी को बिन हवा जीने की आदत डालनी चाहिए। कुछ लम्बे-लम्बे क़तरे साँस खींच के गहरे उतार लेने चाहिए और फिर बाक़ी बची उमर इस उम्मीद से काटनी चाहिए कि ये चंद क़तरे ही ज़िन्दगी की लरज़िश बनाए रखने में क़ामयाब होंगे जानकी।"

खिड़की पे खड़ी जानकी के मन में छोटी नानी की ये बातें बार-बार गूँज रहीं थीं। वो बार-बार सोचती, जाने साँस के कितने क़तरे खींचे होंगे छोटी नानी ने जीने के लिए और उसको कितने की ज़रूरत पड़ेगी? अगर अफ़ीम चाट कर साँस खींचे तो साँस का स्टॉक कुछ परसेंट ज़्यादा हो पाए। छोटी नानी कितनी जल्दी चली गईं, न जाने वाली उम्र में ही। बस पन्द्रह बरस ही तो बड़ी थीं उससे। उसने पलटकर अपने को शीशे में देखा कितनी बूढ़ी लगने लगी थी वो। सैंतालीस-अड़तालीस ऐसी तो कोई उम्र नहीं होती बूढ़ी लगने की। ख़ैर औरतें यूँ भी जल्दी ही बड़ी लगने लगती हैं। उसने ख़याल को झटका और घुटनों की माफ़िक़ हवा के लिए खिड़की का दूसरा पल्ला भी खोल दिया।

ঙ

शाम का आसमान अजब नारंगी से रंग में डूबा हुआ था। वहाँ अक्सर ऐसे नारंगी बादल ज़रा देर बरस के ख़ाली हो जाते थे। वो दोनों मन्दिर की सीढ़ियों पर बैठी थीं। आसमान धीरे-धीरे अँधेरे से गहराता जा रहा था। बस एक कोना कहीं अभी भी हलका पीला बचा रह गया था।

"आपको कभी अपने घर की याद नहीं आती नानी?"

"नहीं।"

"कभी भी नहीं? ऐसे हरे-हरे खेत, पानी के पोखर, डूबती-उभरती कमल की

पत्तियाँ, धुला हुआ पीला आसमान।''

''पीला रंग मुझे कभी पसन्द नहीं आया जानकी।''

''ओह! कितना तो सुन्दर होता है पीला रंग, चमकदार, सुनहरा, सोने-सा, धूप-सा।''

''धूप होना बहुत मुश्किल काम होता है। एक तो सारी उमर एक ही जगह खड़े रहना होता है। एक घूमते हुए पिंड के उजाले-अँधेरे दोनों का दारोमदार आपके कंधे पर होता है। आप भले ही जलिए, सुलगिए, प्यासे मरिए पर आप धूप हैं तो आपको उस घूमते हुए पिंड पर जीवन बनाए रखने के लिए न जाने कितना-कितना पानी इकट्ठा करना होगा, बरसाना होगा। तुम धूप बनना छोड़ो जानकी। कब तक मोंटी के लिए छायाओं का इंतज़ाम करती रहोगी। ''

''अब मोंटी है ही कहाँ नानी?''

''तभी तो कह रही हूँ कि ख़ाली सड़क पे किसके लिए दीप-ज्योति जलाए फिर रही हो। अग्निहोत्र की परम्परा भी महाभारत के बाद ख़त्म हो गई, और वो भी कुण्ड में अग्नि रखते थे, अपने भीतर नहीं।''

''ये महादेव भी तो सुलगते रहते हैं नानी?''

''अजी ख़ैर मनाओ काहे सुलगते हैं। ये तो भस्म लगाते हैं नेचुरोपैथी की तरह, जलता तो कोई और है। जलने वाली तो एक बार कुण्ड में उतरी तो ख़ाक हुई जानो।''

''शिव मन्दिर में बैठ कर ऐसी बातें कर रही हो आप?''

''साँच को आँच नहीं। शिव को ऊष्मा बनाए रखने को न जाने कितने-कितने सूर्य चाहिए। तुम मोंटी के लिए सूर्य न बनो। जाओ इस मन्दिर संन्यास के झंझट से बाहर निकलो। जानती हो जानकी, प्रेम, कलुष, पाप और प्रायश्चित्त जीवन में एक बार ज़रूर आपको ईश्वर के द्वार पर ला कर खड़ा कर देते हैं या अनजान निर्जन में। इन चारों में ही बुखार-सी गर्मी रहती है जो सीधे आप के सर जा लगती है। सन्निपात में सुनते हैं या तो वजन बढ़ जाता है या घट ही जाता है या बाल बहुत बढ़ जाते हैं या बिलकुल ही झड़ जाते हैं। कहते हैं, एक बार जब पार्वती शिव को पाने के लिए तपस्या कर रही थीं तो उनकी माँ उन्हें देखने आईं। क्या देखती हैं कि लड़की मारे बुखार के तप रही है। नाड़ी देखी तो लक्षण सन्निपात के थे। अंट-शंट जाने क्या बड़बड़ा रही थीं। बाल बढ़ के इतने लम्बे हो गए थे कि पत्थर की शिला से ढलक के दूर तक फैल गए थे। माँ ने बाल काढ़े, बाँधे और फिर अपने साथ लाए फलाहार के थाल खोल दिए। पार्वती ने हाथ हिला कर मना कर दिया। माँ को कुछ समझ नहीं आया, क्या कहा ये सुन भी नहीं पाईं? कान पार्वती के मुँह के पास तक लाईं तो फुसफुसाहट में इतना ही सुन सकीं 'पर्णा'। एक धक्का-सा लगा रानी मैना को। मारे प्यार के चक्कर

में फँस के लड़की अब फलाहार भी छोड़ बैठी। पत्ते खा के दिन बिता रही है। पिछली बार जब आई थीं तो बता रही थीं की किसी साधु को अपना अन्न दान कर दिया था और साधु महाराज ने राजी-ख़ुशी सब समेटा और अन्नपूर्णा नाम का झुनझुना थमा गए। तो लाली ये होते हैं मुहब्बत के झमेले। आदमी आपकी थाली की रोटी भी उठा ले और आप मुफ़्त में अन्नपूर्णा सुन के इतराओ।''

''शिव मन्दिर में बैठ कर शिव की ही बुराई?''

''बुराई थोड़े सच्ची बात की है।''

''तो फिर शिव की पूजा क्यों करती हो आप?''

''कुछ अपनी ख़ुशी के लिए और ज़्यादा तुम्हारी के लिए।''

''पाप पड़ेगा।''

''पड़ने दो, भगवान् की शरण में हैं तो उतर भी जाएगा। अच्छा बातें छोड़ो अब, मैं ज़रा जाप कर लूँ तुम तब तक सामान रख-रखा के फ़्री हो लो फिर आरती सुन के चाय पीने चलेंगे।''

चाय की दुकान तक जाने के लिए पहले मन्दिर का बड़ा प्रांगण पार करना पड़ता था और फिर एक लम्बी सड़क। दोनों औरतें हर आठ-दस दिन में एक बार बाहर आती थीं।

इस समय सड़क पे हलकी-हलकी बूँदें पड़ रहीं थीं। एक हाथ में बीस का नोट दबाए दूसरे में छाता पकड़े जानकी पीछे चल रही थी और आगे-आगे छोटी नानी। सड़क पार कर के एक बस से बाल-बाल बचते हुए छोटी नानी चाय की दुकान में घुसीं। बस वाले को एक गाली दे के वो वहीं पास पड़ी बेंच पर इस बात की परवाह किए बिना धम्म से बैठी कि मिट्टी-पानी की मिली-जुली नाली उन्हीं के पाँव पखार के बह रही है, दो चाय-दो टोस्ट का ऑर्डर दे कर वो जानकी से मुख़ातिब हुईं।

''ज़रा भी चल-फिर लो तो थकान हो जाती है अब हमें। पर सोचते हैं कि हफ़्ते-दस दिन में इतना भी नहीं चले तो घुटने जाम हो जाएँगे, और इसकी चाय इतनी अच्छी है कि आने का लालच भी नहीं छूटता।''

चाय के छोटे से गिलास को हाथों के बीच कुछ देर दबा के जानकी ने दोनों हाथ अपने गालों पर फेर लिये।

''हम भी अपने छुटपन में ख़ूब करते थे ऐसा जानकी जब ठंड लगती थी। ज़रा हाथ तापे और झट गालों पर लगा लिये। हाय! हमारी धोती ख़राब हो गई। बताओ ऐसा तो पानी नहीं पड़ा कि कीच की गंगा-जमुना बह जाएँ।''

''तो आप यहाँ बाहर ही क्यों बैठ गईं? अन्दर कितनी जगह तो ख़ाली है।'' वो बोली।

"अरे चल-चल के थक गए थे।"

"हूँ, उस दिन नीनू आया था न अन्दर तो बता रहा था कि पीछे जो आठ-नौ दुकानों का एक मार्केट हुआ करता था न, अब उसी को तोड़ताड़ कर एक बड़ा शो-रूम बन रहा है गाड़ियों का। ये सारी रेत उसी मलबे की होगी। यूँ भी खंडहर-सी हो गई थीं सब दुकानें।"

"सच ही है कि खंडहर की ईंट छेनी-हथौड़ी से तोड़-तोड़ के नींव में भर दी जाती है ताकि नई इमारत बन सके। हर खंडहर के पर्दों के ठीक पीछे एक बड़ी सुन्दर इमारत छुपी होती है। ये इस बात की सब से बड़ी गवाही है कि सिर्फ़ बसन्त के पेट से पतझड़ नहीं जन्म लेता, पतझड़ के गर्भ से भी बसन्त का पहला फूल खिल सकता है जानकी। हाँ पर ये हर फूल हर पत्ते का अपना ख़ुद का निर्णय होता है कि वो पतझड़ से जन्म लेगा या बसंत से।"

"निर्णय लेने की आज़ादी कहाँ है नानी? ये तो स्थिति के हाथ होते हैं जो आपको खाँचे-खाँचे घुमाए फिरते हैं और जब थक जाते हैं तो जो खाँचा सबसे पास हुआ उसी में छोड़ देते हैं। हम ख़ुद क्या चुन सकते हैं?"

"तुम चुन सकती हो अपने लिए आज़ादी।"

"आज़ादी का कोई ऐसा बड़ा उत्साह तो नहीं हमें। जी को ही बहलाए रखना है बस।"

"जी का बहलना बड़ा मुश्किल काम है और जो जी को भा जाए वो ज़रूरी तो नहीं कि जीने के लिए माकूल हो जानकी।"

"जी को भाया हुआ ही तो आख़िर तक साथ जाता है नानी।"

"तो बताओ कहाँ है मोंटी? कहीं है तुम्हारे साथ? एक बात जानती हो?"

"क्या?"

"कि जी को जाने कैसे-कैसे भरम ले डूबते हैं। तुम्हारी बात ठीक है कि खाँचे-खाँचे घूमना अपने हाथ में नहीं। पर जी की बिगड़ैल इच्छाओं के चलते किसी ग़लत खाँचे में आ बैठना तो सरासर मूर्खता की बात है। जो इस जी के लायक ही नहीं उसके लिए जी क्यूँ कुढ़ाना जानकी? समय रहते-रहते सोच लो अपने बारे में जानकी।"

3

टिटहरी की तेज़ आवाज़ ने दिन ही में उसे कँपा दिया। चलती बस में ठंडी हवा से उसे गले के आस-पास पानी की अनुभूति हुई मानो किसी ने बर्फ़ का एक टुकड़ा घिस के बिना पोंछे ही छोड़ दिया हो। उसने हाथ लगा कर देखा तो सच ही में गले के आस-पास पसीना आ रखा था। उसने हाथ बढ़ा खुले बालों से बँधी फूलों की पतली डोरी तोड़कर चलती बस से फेंक दी। जानकी अम्मन वुड वर्क्स की जानकी

ने सीट पर सर टिका दिया और आँखें बन्द कर सआदत चौबे के बारे में सोचना शुरू कर दिया। बन्द आँखों में रोशनी के फ़्लैश से चमक जाते थे पर चित्र कोई भी सामने नहीं आता था। वो बार-बार अपनी आँखें खोलती-बन्द करती पर मज़ाल थी कि एक बार भी उसे सआदत का चेहरा दीखा हो।

"तुम हेलन ऑफ़ ट्रॉय हो, जिसने सब पा कर सब खो दिया और चाह कर भी कुछ पाया नहीं।" महीनों से सोते-जागते कोई उसके पास आ कर उसके कानों में ये फुसफुसाता और छू हो जाता। तंग आ कर उसने अपनी आँखें खोल दीं और बस के सहारे-सहारे भागते रास्ते को देखना शुरू कर दिया।

ଓ

उसने तंग गलियों के बारे में तो सुना था पर इस शहर आगरा की कुछ गलियाँ तो तंग के अलावा बड़ी चुस्त भी हैं। तंग गलियों से तो एकबारगी निकला जा सकता है पर ऐसी चुस्त गलियों को कोई कैसे पार करे? मकान हरदम ऐसे लगते हैं जैसे उनके ऊपरी माले एक-दूसरे से सर मिलाने को झुके जा रहे हों। जगमगाती कपड़ों की दुकानें, बिजली के तारों से बिजली पा रही हैं। उन तारों के बेतरतीब झुण्ड को जा-ब-जा सर के ऊपर देख जानकी को चक्कर-सा आ गया। ख़ुद को थोड़ा सँभाल फौवारे बाज़ार के अब गिरा तब गिरा की स्थिति में खड़े एक मकान को जानकी ने देखा। तारों के बेतहाशा फैले झुंड के पीछे उसने देखा मैले पड़ चुके अक्षरों में चौबे निवास लिखा था। नाम के ऊपर ही एक टाइल पर स्वस्तिक का निशान बना था जिसका रंग कभी चटक नारंगी रहा होगा जो आज उड़-उड़ कर धूसर पड़ चुका था। उसी के बगल में एक और टाइल लगा था जिस पर गणेश जी का चित्र था जो अब जाने कितने सालों की मिट्टी से अटा पड़ा था। दूर कहीं किसी मन्दिर की घंटी बजी। जैसे जानकी को याद दिला रही हो कि वो ख़ुद को दक्षिण के मन्दिर में समर्पित कर चुकी है। अगर सआदत जल्दी ही नहीं लौटा तो उसे चले जाना होगा वहाँ, जहाँ कुछ समय बाद संस्कार होगा। ये लम्बे-लम्बे बाल आठ अंगुल तक काट दिए जाएँगे। चटक रंग की जगह काली या हरी किनारी की धोती टखनों तक पहननी पड़ेगी। हवा के सहारे एक गंध उसको छू कर गुज़र गई। ओह! किसी ने अपनी रसोई में मूली छौंकी है। ज़रा झिझक कर उसने घंटी बजाई। बार-बार घंटी बजाने के बाद किसी ने छज्जे से झाँका, तेज़ धूप में जानकी ठीक से देख नहीं पाई, बस एक साया सा सरक कर गुज़र गया।

थोड़ी देर बाद दरवाज़ा खुला। जानकी ने उन्हें पहली बार देखा और पहली झलक ही में उन्हें पहचान लिया। आदमी अपने भीतर कोई बड़ी उत्कंठा लिए ये किसी के दरवाज़े तक पहुँचे तो अक्सर ही ढूँढ़ने वाले को बिना परिचय के पहचान लेता है।

"जी कहिए?"

"मैं जानकी हूँ, दिल्ली से आई हूँ। आप छोटी नानी हैं न?"

उन्होंने त्योरियों पर बल डाला और फिर अनचाहे मेहमान को मुस्कुरा कर देखा।

"आप पहले अन्दर तो आइए, पूरा परिचय क्या यहीं धूप में ही देंगी मुझे?"

"मेरे पीछे-पीछे ऊपर चली आइए, ऊपर रहती हूँ मैं। पर सोच रही हूँ अब नीचे शिफ़्ट हो जाऊँ। बार-बार ऊपर-नीचे आने-जाने में थकान हो जाती है।"

"आप अकेली रहती हैं यहाँ?"

"हाँ।"

अब तक दोनों सीढ़ियाँ पार कर के एक कमरे में पहुँच चुकी थीं।

"देखा चार सीढ़ी चढ़ने में ही साँस फूल गई।"

"तो आप नीचे ही रहिए फिर।" तख़्त पे बैठते हुए जानकी ने उनसे कहा।

उसकी बात अनसुनी कर के वो बोलीं, "तुम आराम से बैठो मैं पानी ले कर आती हूँ।" जब तक वो पानी ले कर वापस आईं जानकी पूरे कमरे का मुआयना कर चुकी थी।

कमरा छोटा था पर व्यवस्थित था। एक अजब से हरे रंग में पुता हुआ था जो न पिस्ता ही था न तोतई। एक लम्बी अलमारी में प्लास्टिक की पट्टी बिछी हुई थी जिसके एक कोने में फटी जिल्द की आठ-दस क़ानून की किताबें रखी हुई थीं। दूसरे कोने में एक बड़े फ्रेम में मढ़ी हुई शिव की मूर्ति थी जिसके पास शिवपुराण रखा हुआ था। सामने के आले में एक छोटा हाथ शीशा था जिसके बगल में एक ढिबरी और माचिस पड़ी हुई थी। कमरे में आमने-सामने दो खिड़कियाँ थीं, एक अन्दर आँगन की ओर खुलती थी और दूसरी बाहर छज्जे की तरफ़। ये दूसरी खिड़की बड़ी थी जिस पर बाहर की तरफ़ से कूलर लगाया गया था, जिसने खिड़की का आधा हिस्सा घेर रखा था। खिड़की का दूसरा पल्ला बन्द था जिसे खोलने पर नीचे बाज़ार की चलती-फिरती सड़क साफ़ देखी जा सकती थी।

4

रात के जाने कौन से पहर में जानकी की आँख खुली। कमरे में हलका उजाला तो था पर इतना भी नहीं कि आँख खुले और सब साफ़ नज़र आ जाए। उसने सिरहाने रखे गिलास से पानी पिया और दुबारा लेट गई। अब तक उनींदी आँखें हलके उजाले में देखने के क़ाबिल हो चुकी थीं। सामने खिड़की के पल्ले से सट कर एक छाया खड़ी थी, जिसकी साड़ी का पल्ला बार-बार कूलर की हवा से उड़ रहा था। इतनी रात गए ये यहाँ क्यों खड़ी हैं? सोच कर घड़ी-भर को उसने अपने सीने की धड़कन

गले के ऊपरी हिस्से में सुनी। फिर डर को क़ाबू कर जानकी उनके पास जाकर खड़ी हो गई।

"अरे! तुम जग क्यूँ गईं?"

"पानी पीने उठी थी फिर आपको यहाँ देखा तो.....।"

"चाय पियोगी? बना लाऊँ अगर तुम्हारा मन कर रहा हो तो।"

"नहीं, रहने दीजिए, इतनी रात को कौन चाय पीता है?"

"मोंटी पीता था।" बेसाख्ता उनके मुँह से मोंटी का नाम निकल गया।

एक चुप में दोनों ने एक-दूसरे को देखा और फिर बाहर सड़क पर आँखें टिका दीं। गली के कोने पे एक कपड़ों की दुकान थी जिसकी निऑन लाइट वाले बोर्ड के ठीक नीचे किन्हीं डॉ. शेख़ के दवाख़ाने का इश्तिहार चिपका हुआ था। उससे कुछ दूर दो-तीन कुत्ते आड़े-टेढ़े एक-दूसरे से चिपके सो रहे थे। अचानक उन्होंने जानकी की तरफ़ एक सवाल उछाल दिया।

"यूँ तो तुम मोंटी की खोज-ख़बर लेने नहीं आई होगी यहाँ? जिसने तीन साल से पलट कर नहीं देखा? कोई खोज-ख़बर नहीं ली? कहाँ गया? किस कारण गया? कब लौटेगा? ये भी कौन जाने? उसकी उम्मीद ही छोड़ो। ये हम में से कौन जाने कि किस की साइकोलॉजी कब किस चीज़ से गवर्न हो, हाँ पर ये सुना है कभी-कभी अपनी ननिहाल ख़बर कर दिया करता था।"

"अपनी ननिहाल?"

"हाँ उसकी असली ननिहाल। मैं उसकी सगी नानी नहीं हूँ।"

"तो फिर आप कौन है उसकी?

"नानी।"

"मतलब।"

उन्होंने इस बात का कोई उत्तर नहीं दिया। बल्कि अपना प्रश्न फिर दोहरा दिया।

"तुमने बताया नहीं तुम यहाँ किसलिए, किस कारण इतनी दूर आई हो?"

"आई तो आपसे ही मिलने हूँ। मन में एक बात है सालों से। उसी सिलसिले में मिलना था आपसे। सोचा था पूछ कर जवाब मिल जाएगा तो मन को चैन पड़ जाएगा।"

"ऐसी क्या बात है जिसके लिए तुम्हें मुझसे सवाल-जवाब करने की ज़रूरत पड़ गई, जबकि आज पहली बार ही मिले हैं हम? ख़ैर चलो पूछो क्या पूछना है?"

उसने थूक निगला। गले की सूखी दीवारों पे चिपकी आवाज़ को बाहर निकाला ही था कि बत्ती चली गई। एकदम कमरा गले-गले पूरे अँधेरे में डूब गया। अपनी पसीने से तर हथेलियाँ पोंछ जानकी ने झट अँधेरे का हाथ पकड़ लिया। इतने कद्दावर साथी का हाथ, हाथ में आते ही अब तक जो आवाज़ सूख चली थी फिर खुल कर गले में लहलहा उठी।

"जी मुझे पूछना था कि?..."

"कि क्या? क्या पूछना था? पूछो।"

"जी, जी, मोंटी आपसे इतना इन्फ्लुएंस रहता था कि हर वक़्त आपकी बातें। आप लोगों का सम्बन्ध? आप इतनी यंग हैं कि... दस ही साल तो बड़ी हैं बस आप उससे।"

ऐसा सवाल कि घबरा के अँधेरे ने जानकी का हाथ छोड़ दिया। चन्द्रमा पश्चिम की तरफ़ दो इंच और सरक खिड़की के मुहाने तक आ गया। किसे देखे, जानकी को या उन्हें? किसे सुने, जानकी को या उन्हें?

उन्होंने जानकी को देखा और बोलीं, "उधर कोने में एक फ़ोल्डिंग चेयर रखी है। ले आओ, कब तक ऐसे यहाँ खड़ी रहोगी। जानकी वहीं ज़मीन पर पालथी मार बैठ गई तो उन्होंने कहना शुरू किया।

"सन तैंतीस में मेरे दादा अकाल के बाद अपने बचे परिवार को, जिसमें मेरे पिता, मेरी बुआ, और मैं ही रह गई थी, इन सब को लेकर बंगाल से जालौन चले आए। जालौन ऐसा कोई बड़ा शहर नहीं था। शहर तो क्या तब तो कस्बा भी नहीं था। ख़ैर-ख़ैर करके इस नई जगह रहना शुरू कर दिया। पर न खाने-पीने का साधन, न ही रहने का कोई हिसाब। शुरू में एक रैन-बसेरा टाइप जगह हमारा घर बनी, फिर उसके बाद कभी यहाँ रहे, कभी वहाँ रहे। यूँ हमने शुरुआती दो-तीन साल इस तरह गुज़ारे। हमारे यहाँ लड़कियों का डोमेस्टिक हेल्प की तरह अलग-अलग शहरों में जाना बड़ा पुराना चलन है। लड़कियाँ जाने कब से यूँ ही अपना घर, अपना देस, अपने बच्चे छोड़ अनजान-परायों के यहाँ जाकर रोटी कमाती रही हैं। सो मेरी बुआ पहले यहाँ आगरा सी.पी. के बहनोई के घर काम करने भेज दी गईं। बाद में उन्हीं के मार्फ़त मुझे यहाँ सी.पी. के घर उनके पाँच साल के धेवते की आया के काम पर भेज दिया गया। इस मकान में वो ही दोनों थे। मोंटी के पेरेंट्स कैसे ख़त्म हुए न कभी सी.पी. ने बताया, न मैंने कुरेद-कुरेद कर पूछना ज़रूरी समझा। मोंटी पाँच साल का था तब और मैं पन्द्रह की थी। भाइयों जैसा था, बेटे जैसे था मेरे लिए। पर था तो मालिकों का बच्चा, अपना कैसे हो जाता? नौकर कितना ही चाहें, लाड़ लड़ाएँ पर फ़र्क़ तो रह ही जाता है। ख़ैर ये फ़र्क़ भी मिटा दिया गया। मेरे दादा ने सी.पी. से मेरी शादी करा दी। मुझे मालूम है ज़रूर इसके लिए मेरे घरवालों को पैसे दिए गए होंगे, पर कितना ये मुझे आज तक नहीं पता चल पाया।"

जानकी सारा क़िस्सा दम साधे इतनी तन्मयता से सुन रही थी कि उन्हें बीच-बात में उसे टोकना पड़ा।

"ऐं सो गईं क्या?"

"नहीं तो! फिर क्या हुआ?"

''हुआ तो ये कि कई बार ऐसी जवान लड़कियाँ माल-टाल ले कर भाग जाती थीं। मेरी बुआ भी किसी साड़ी बेचने वाले के साथ निकल गई थीं। लाख ढूँढ़ने पे भी कोई पता नहीं चला। और थीं भी कितनी बड़ी, मुझसे से तीन साल बड़ी थीं। उन्नीस की थीं उस वक़्त। सो उनके जाने के बाद सबने अपने-अपने असासे-पूँजी सुरक्षित कर लिये। मेरे घरवालों ने कहा कि एक बेटी के जाने के बाद दूसरी का ठौर-ठिकाना पक्का होना बड़ा ज़रूरी है। सी.पी. ने कहा कि मोंटी के लिए उनके बाद कोई अपना होना चाहिए। अपना चाहिए था तो उसकी ददिहाल छोड़ आते। भरा-पूरा घर था मोंटी के पिता का। सबने अपने-अपने वर्शन बना रखे हैं इस क़िस्से के पर मेरी तईं ये ह्यूमन ट्रैफ़िकिंग का मामला है। पैसे की लेन-देन पर बड़ी उमर के आदमी को शादी के नाम पर लड़की बेच देना। और तुम्हारी बात का जवाब ये कि मोंटी सी.पी. का धेवता था तो मेरे लिए भी धेवता ही था। अलावा इसके न उन्नीस न इक्कीस।''

बाहर ओस पड़ रही थी। उदास चन्द्रमा बार-बार यही सोचता हुआ न जाने किधर खिसक रहा था।...कि मेरी तईं ये ह्यूमन ट्रैफ़िकिंग का मामला है।

''चलो तुम अब सो जाओ। बत्ती भी आने वाली होगी। अगर सुबह जल्दी उठ गईं तो मनकामेश्वर के दर्शन कराने ले चलूँगी।''

5

''तुम्हारा मायका कहाँ हैं?''

''पांडिचेरी।''

''अच्छा! कौन-कौन है तुम्हारे मायके में?''

''कोई भी नहीं। पिता थे, कई साल हुए ख़त्म हो गए। माँ ने बहुत पहले, मेरे बचपन ही में अलग हो कर दूसरी शादी कर ली थी। सो अब उनसे कोई मेलजोल नहीं है।''

''ओह! तो तुम्हारा रहना-सहना, खाना-खर्चा?''

''मेरे पिता की कुड्डालोर में लकड़ी की दुकान थी, रेडीमेड दरवाज़ों की। बाद में चाचा देखभाल करते रहे हैं उसकी तो पढ़ाई-लिखाई के लिए वहीं से पैसा आ जाता था।''

''ये कुड्डालोर कहाँ है?''

''पांडिचेरी के पास है। वहीं उसी जिले में चिदम्बरम करके एक जगह है जहाँ के शिव मन्दिर में समर्पित कर दिया है ख़ुद को मैंने।''

''हें...!' एक लम्बा भौंचक्का सा स्वर उनके मुँह से अनायास ही निकल गया।

''हाँ एक बार इसका कहीं पता चल जाए तो ठीक वरना मुझे तो जाना ही पड़ेगा।''

"क्यूँ ऐसा भी क्या हुआ कि ज़रा कोई ख़ाली कोना दीखा तो उसी में सरक लीं? उनतीस-तीस साल की लड़की हो। ज़माना-भर सामने खुला पड़ा है। पढ़ी-लिखी हो आप अपनी राह बनाओ।"

"राह बनाई तो थी पर साथी बीच राह ही ग़ायब हो गया।" उसने कहा।

रात अभी बीती नहीं थी। किसी छत से एक ओस पगी धुँधली आवाज़ तैरती हुई चली आई। जाने कहीं कोई लड़की गाना गा रही थी या कोई ट्रांजिस्टर ही बज रहा था।

उन्होंने अचानक बड़ी धीमी आवाज़ में बोलना शुरू कर दिया जैसे आवाज़ को अँधेरे में सँभल-सँभल कर चलने की हिदायत दे रही हों।

"जानकी, मैंने इसी मकान की इसी खिड़की पे खड़े हो, जाने कितनी-कितनी लड़कियों को सब्जी वालों से सौ-सौ ग्राम कचनार की कली के लिए मोलभाव करते सुना है। ये वही लड़कियाँ है जिन्हें तुम अक्सर रातों में छत पर टहलते हुए 'सैयाँ एक कली कचनार की जाओ तुमपे अपने बालों की उधार की' गाते भी सुन सकती हो। रात को गाये जाने वाले मुहब्बत के गीत और दिन में चूल्हे में पकने वाली चीज़ों में ज़मीन-आसमान सा अंतर होता है। एक ही चीज़ से जीवन बहलाना बहुत मुश्किल होता है। समझदार लोग बाज दफ़ा बालों से कलियाँ निकाल सामने जीवन की तरफ़ भी देखते हैं।"

"जीवन तो दो लोगों का एक ही संगठन में बीतने का नाम है।"

"सच्ची बात। फिर भी दुनिया का कोई भी शीराज़ा, कोई भी संगठन कभी पक्का नहीं हो सकता...उसे टूटना ही होता है। समय अलग-अलग समय में बनाए गए शीराज़े-संगठन को समय-समय पर तोड़ता रहता है, और फिर उस टूटे मलबे से नया कुछ बनता है। बनाने-बिगाड़ने के मामले में समय बड़ा शातिर है जानकी।"

"फिर भी किसी का साथ जीवन में ऊष्मा भर देता है, उजाला भर देता है, चमक भर देता है, सब कुछ सुनहरा कर देता है।" जानकी ने कहा।

"ज़री, सुनहरा, चमकीला पीला कैसा गहरा रंग है न! सब में दीवानगी की हद तक भरा हुआ है जो नकार देता है बाक़ी रंगों को अपनी चमक से। पर सबसे अलग चाँदी की छाँव वाला सफ़ेद या सीमाब (पारे) का रंग बड़ी ढिठाई से कुछ अलग कलछाँव-सा जब चमकता है तो उसके सामने सुनहरे की कोई बिसात नहीं। पारा जब टूट कर गिरता है तो छोटी-छोटी न टूटने वाली बूँदों में बदल जाता है जानकी। ये बूँदें ढरकती-सरकती रहती हैं, टूटती हैं फिर एक-दूसरे में मिल जाती हैं और आगे के सफ़र को बढ़ जाती हैं। अपनी कद-काठी में ये रंग ऐसे लगता है जैसे किसी रेलिंग पर झुकी धूल-भरी बेल का ताज़ा खिला सफ़ेद फूल हो। रात की चाँदी की रंगत-सा ये पारा सोने की चमक से कई-कई गुना सुन्दर है। सियाह-सफ़ेद के हाशिये पर खड़ा पारा ही बुखार नापने के काम आता है। ज़री नहीं, सोना नहीं। जो

तुम्हारा बुखार हर सके उसे तलाशो किसी और को नहीं।''

कई बार बीच की बर्फ़ पिघलने के लिए दो बात ही बहुत होती हैं। धूप की पहली किरण जब कमरे में आई तब उन दोनों को पता चला कि रात तो कब की बीत गई। पर रात जानकी के मन के सब पूर्वाग्रहों को मिटा कर बीती थी। आसमानी हवेली के रात के चौकीदार ने ठोंक-बजाकर जब तसल्ली कर ली कि अब उन दोनों को मोंटी नाम के पुल की ज़रूरत नहीं रही तो आसमान का कारोबार सूरज के हाथों सौंप उसने विदा ली।

उन्होंने पल्ले से गले के पास आया पसीना पोंछा और पास पड़ी कुर्सी पर बैठ गईं। घंटों खिड़की के सहारे खड़े-खड़े उनके पाँव अकड़ गए थे।

''तुम अब थोड़ी देर सो लो। उठोगी तो मन्दिर ले चलूँगी दिखाने।''

''आप चलिए मेरे साथ मन्दिर। आपका जीवन-भर ध्यान रखूँगी। जो जिम्मेदारी मोंटी नहीं निभा पाया वो मैं उठाना चाहती हूँ अब।''

''कहाँ?''

वो कमरे से बाहर जाते-जाते ठिठक गईं और जानकी को हँस के देखा।

''चिदम्बरम।''

''यूँ तो मैं किसी के लिए कोई जिम्मेदारी नहीं कि किसी को आगे बढ़कर उठाना पड़े। साहचर्य और जिम्मेदारी दो अलग-अलग रास्ते हैं। सम्बन्ध की मज़बूती उसके साहचर्य में होती है न कि उसे जिम्मेदारी मानने में। सबको अपना-अपना बोझ ख़ुद ही उठाना पड़ता है और जानकी जीवन बड़ा भारी पहाड़ है। इसे उठा कर चलने वाले को कभी-कभी बीच-बीच में रुक कर तलवों पे कड़वा तेल और पानी मिला कर लगाते रहना चाहिए। इससे एक तो थकान मिटती है और छाले भी नहीं पड़ते। बिन छालों के पैरों से चलोगी तो दूर तक चल पाओगी और कन्धों के बोझ को भी सँभाल पाओगी। मोंटी तुम्हारे जीवन का छाला है, इसे निकालो और कोई रुई का फाहा धरो।''

6

छाँव के बड़े-बड़े टुकड़े आसमान के धुँधलके में अठखेलियाँ कर रहे थे। ये बारिश का मौसम था। ज़रा धूप हुई और शाम तक बरसात। पियाऊ के एक कोने खड़े हो कर कुछ लड़कियाँ पानी पड़े ख़ुरदरे फ़र्श पर एड़ियाँ घिस-घिस कर पाँव साफ़ कर रही थीं। पियाऊ के पीछे ही एक छोटा तालाब था जिस के पास धर्मशाला बनाने का काम बड़ी तेज़ी से पूरा किया जा रहा था। इसी में एक कमरे का निर्माण जानकी उनके नाम से करवा रही थी। धर्मशाला के लम्बे-लम्बे

बरामदों में मिट्टी और काग़ज़ की लुगदी से बनी शिव की बड़ी-बड़ी मूर्तियाँ रखी हुई थीं जिनपे धूल की एक चादर यूँ चिपकी हुई थी मानो किसी ने ठण्ड से बचाने के लिए उन्हें शाल उढ़ा दिया हो।

"चलिए ज़रा देख आएँ कमरे का कितना काम हुआ है। मिस्त्री कह रहा था, आज फ़र्श बैठाएगा।" जानकी ने उन्हें खटोले से उठाते हुए कहा।

"चलो।"

अचानक चलते-चलते वो ठिठक गईं।

"उधर देखो जानकी, वो बच्चियाँ जो कुछ देर पहले पियाऊ पर पैर साफ़ कर रही थीं, देखो यहाँ क्या कर रही हैं?"

जानकी ने पलट कर देखा। बरामदे के दूसरे छोर पर लड़कियाँ कपड़ों के बड़े-बड़े टुकड़ों से शिव की मूर्तियाँ साफ़ कर रही थीं।

"सफ़ाई ही तो कर रही हैं। साफ़ करके अभी अन्दर रख देंगी वरना अभी बारिश हुई तो ये सब कीच-सी हो जाएँगी। इसमें नया क्या?"

"नया ये कि समय की धूल किसी को नहीं छोड़ती। यहाँ तक कि ईश्वर कहे जाने वाले तत्त्व को भी अपने अन्दर समेट लेती है। इसलिए मौक़े-बेमौक़े झाड़-पोंछ बहुत ज़रूरी है। और एक तुम हो, अतीत की गर्द लपेटे घूम रही हो।"

"चलिए छोड़िए ना ये सब," जानकी ने ज़रा उकता कर कहा, "कमरे का काम देख लें पहले फिर आप के डॉक्टर के भी चलना है। फिर लौट के पूजा भी करनी है मुझे।"

"कैसी पूजा?"

"चंद्रग्रहण है आज। लौट के देव पूजने होंगे न।"

"बड़ी व्यर्थ बातें करती हो तुम कभी-कभी जानकी।" उन्होंने कहा।

"मुझे कभी-कभी हँसी आती है आपकी बातों पे।" वो बोली।

"हँसी तो हँसी होती है लाली, चाहे होंठों बीच रह जाए या आँखों के किनारे तक फैल जाए। और जिन योग्यताओं, पूजाओं की तुम बात करती हो उन्हीं के नीचे जाने कितने ज़हर के नाले-परनाले खुले हुए हैं। जिस चन्द्रमा को जानकी तुम अर्घ्य चढ़ा-चढ़ा के बौराये जाती हो, उसी से कहते हैं सत्ताइस बहनें बियाह दी गई थीं। इसे ऐसे मत देखना कि दक्ष को एक बड़ा ही होनहार लड़का मिला बेटियाँ ब्याहने को। क्षय का मरीज़ था न वो। इसे ऐसे देखना कि साठ बेटियों के साधन-संपन्न बाप ने क़तई अपने जूते भी नहीं घिसे और एक ही की बाड़ में बाँध दी बेटियाँ। सिर्फ़ सर ही काटना ही नहीं, ऑनर किलिंग कई और भी तरीक़े की होती है। रशीद के बारे में क्या सोचा तुमने? बेनागा तुम्हें चिट्ठी भेजता है। मेरा खर्चा भेजता है।"

"क्या सोचूँ? मोंटी के बाद कुछ सोचने का मन नहीं करता। और न ही कोई ऐसा है जो आँखों को जँच जाए।"

"आँख का काम देखना-भर होता है जानकी। इनके नीले, हरे, भूरे, काले या गोल, सपाट, या कमानीदार होने से कोई फ़र्क़ नहीं पड़ता। इनका काम बस आपके दिमाग़ में एक उलटा दृश्य बनाना है, जिसे बाद में ये आपको साफ़-सीधा दिखा सकें। अलावा इसके और कुछ नहीं। हर ज़िन्दगी एक ख़ास मक़सद के लिए होती है इसे यूँ ही किसी फ़ज़ूल रूमानियत के लिए बर्बाद नहीं करते। रूमानियत बस थोड़ी ही देर साथ देती है। जो दूर तक हाथ पकड़ के साथ चले, झट उसकी हथेली थाम लेनी चाहिए।"

"हम्म।"

"यूँ अपना आप ख़ुद नहीं मिटाते जानकी। किसी कहानी की नायिका होना प्रोटेगनिस्ट होना ये कब कहता है कि आप लीक और लोक दोनों को तोड़ ही न सकें।"

बारिश की बूँदें अब पड़कर थम चुकी थीं पर हवा में नमी और ठण्ड अभी भी घुली हुई थी। आसमान में अँधेरा गहरा गया था। सड़क किनारे क़तार में लगे गुलमोहर पानी की मार से फूल बिखेर कर अब खड़े-खड़े हाँफ रहे थे।

7

समंदर की तेज़ लहरों का शोर उसका ध्यान भटकाने की व्यर्थ कोशिशों में कभी बड़ी तेज़ी से उसकी तरफ़ बढ़ता कभी पीछे लौट जाता। ये उसका अपना शहर था पर पिछले सत्रह सालों में इतना बदल गया था। और बदला भी था तो इतना कि अब जानकी उसका कोई भी रेशा पहचानने में समर्थ नहीं थी। तागे-तागे रेशे-रेशे की बुनावट-बनावट उसकी समझ से कोसों परे थी। पिछले इक्कीस-बाईस दिन से वो यूँ ही भटक रही थी। कभी अस्पताल तो कभी लॉज। घंटों यूँ ही समंदर के सामने बैठे-बैठे वो भूल ही गई थी कि यहाँ क्यों आई थी? पानी की उड़ती छींटें डूबते सूरज के सामने प्रिज़्म बना रही थीं। एक धुँधला-सा इन्द्रधनुष जानकी के सामने बनता तो कभी मिट जाता। कभी-कभी रंग सामने होते हैं पर नज़र पकड़ नहीं पाती उन्हें। छोटी नानी जानकी के जीवन का ऐसा ही इन्द्रधनुष थीं जिन्हें जानकी मन्दिर में त्यागे गए रंगों की सफ़ेद चादर के पार कभी देख ही नहीं पाई। वो जैसे एक दिन उसके साथ चली आईं वैसे ही उसे छोड़ भी गईं।

"ज़िन्दगी फ़तहजंग नाम के एक बहुत बड़े हाथी का नाम है। इसके हौदे पे बैठे सवार को कभी न कभी नीचे उतरना ही पड़ता है। और एक बार जो भी उतरा वो कभी वापस नहीं चढ़ पाया।"

मामूली से घुटने का ऑपरेशन ऐसा बिगड़ा कि उनकी किडनी ले बैठा। उन्नीस दिन डायलिसिस पर रह कर उन्होंने जानकी से आँखें फेर लीं।

'शुक्र है अस्पताल सरकारी था वरना वो इतना महँगा इलाज कैसे करा पाती?' उसने सोचा।

उसने हाथ बटुए में से दो छोटी-छोटी पुड़ियाँ निकालीं। इनमें छोटी नानी की राख थी। सिवाय इन दो पुड़ियों के जानकी अस्पताल से कुछ वापस नहीं लाई थी। उसने एक पुड़िया खोली और समंदर में बहा दी। दूसरी वापस बटुए में रख ली और सोचा कि जाकर नटराज के पैरों में चढ़ा देगी। जो अनंत से भस्म लगा रहे हों क्या इस चुटकी भर राख को न स्वीकार करेंगे? उसने खुले बालों का जूड़ा लपेटा और सड़क पर उतर आई।

समय अपने दोनों किनारों पर फैले अनन्त विस्तार को देखता है। दाएँ-बाएँ पैर के अँगूठे को देखता है। सोचता है कल ही तो किसी पर काले रंग का धागा बाँधा था दीख नहीं रहा। ख़ैर कोई बात नहीं, ये धागा मन्दिर में समर्पित स्त्रियों के बालों को बट कर बनाया जाता है, मिल ही जाएगा। वह गर्दन झुका बादलों के परदे के पार दूर देखता है। सुदूर एक शिव मन्दिर में सीमेंट के लाल-भूरे ज्यामिति पत्थर पर कोई औरत उकड़ूँ हो कर बैठी थी।

तेज़ हवाओं के साथ सिवाकासी के मन्दिर से आती शिव-शिव की आवाज़ उस तक भी पहुँच रही थी। यूँ तो मन्दिर पार्वती का है पर जाप शिव का ही होता है। नटराज के इस मन्दिर में कोई उनसे ऊपर नहीं है। नाईन बाल काटने को कब से इन्तज़ार में बैठी हुई थी, उसे ध्यान ही नहीं था। उसकी नज़र सामने धर्मशाला के एक कमरे पर लगे पत्थर पर टिकी थी जिस पर बड़े-बड़े अक्षरों में लिखा था :

'श्रीमती दुलारी चौबे की याद में।'

उन्हें अब किसी सम्बन्ध, उपनाम की ज़रूरत नहीं, उसने सोचा।

छोटी नानी को गए सवा महीने से ऊपर हो गया था। रशीद की कोई चिट्ठी नहीं आई थी इधर और सआदत के बारे में अब उसने सोचना ही छोड़ दिया था।

"आप शुरू कीजिए और कानों तक ही काटिए बाल, जैसे लड़कों के होते हैं।"

नाईन ने ज्यों ही कैंची चलाई, एक तेज़ ढरकती बूँद कहीं दूर किसी चाय की केतली पर जा गिरी और वापस मौसम की नमी में खो गई। मन्दिर से दूर गली के मुहाने पर कोई लड़का अभी टेम्पो से उतर कर खड़ा भी नहीं हो पाया था कि झमाझम पानी उसे भिगो गया। अन्दर उसके समर्पण संस्कार शुरू हो गए थे। कोई पुजारी किसी कोने में बैठा पंचाक्षर स्तोत्र गुनगुना रहा था :

नागेन्द्र हाराय त्रिलोचनाय भस्मांग रागाय महेश्वराय
नित्याय शुद्धाय दिगम्बराय तस्मे न काराय नमः शिवाय

बाल कटाने के बाद उसने सर धोया और अपने कमरे में चली गई।

लड़का धीरे-धीरे मन्दिर की ओर बढ़ा चला जा रहा था। मन्दिर के दरवाज़े के ऐन सामने वो रुका। फिर अचानक मुड़कर कुछ दुकान पीछे जा खड़ा हुआ और बोला, ''एक स्टीम टी दीजिए ज़रा।''

मन्दिर से अब तक शिव, शिव, शिव, शिव की आवाज़ आ रही थी।

✪✪✪